Unity Dow

The Screaming of the Innocent

隠された悲鳴

ユニティ・ダウ

三辺律子〔訳〕

英治出版

【儀礼殺人（ぎれい・さつじん）】
ある儀式にのっとって、
人体の一部を得るために
行われる殺人。（編集部）

隠された悲鳴

第1章

少女に恨みがあるわけではなかった。ただほしかったのだ、必要だったのだ。もちろん、必要であり、ほしいのだから、そこにある種の感情はあったが、愛とはちがう。それに、聞いたところによれば、たやすく手に入るのもまちがいなかった。少女が友だちと笑っているのを、彼はじっと見つめた。頭をのけぞらせ、腕を翼みたいにパタパタさせている。鳥の真似をしながら面白い話を友だちに聞かせているらしい。友だちもみな、笑っている。子どもがよくやるように、ただふざけているのだろう。なにをしているにしろ、彼が値踏みするように見ていることには気づいていない。少女たちが集まっている近くを彼が通るのは、2度目だ。少女のことはすぐわかった――前にも見ていたから。

繰り返すが、本当に恨みなどない。憎んでいるわけでもなければ、少女や家族を苦しませたいわけでもない。単に少女がほしいだけだ、どうしても入り用なのだ。苦しみはやむを得ない。

彼は、誰にきいても、立派な男だ。20年間同じ女と結婚していて、別れるつもりはない。20歳のロシナと結婚したとき、彼は23歳だった。20年のあいだに、ロシナはほっそりとした若い女から威厳のある落ちついた女へと変わっていった。ロシナの友人たちは、プロに編んでもらった彼女の髪を羨ましがっている。三つ編み1本につき250プラする。家政婦の1か月分の給料と同じだ。友人たちは、たっぷりと膨らんだガーナ風のドレスと、頭に巻くおそろいのおしゃれなスカーフのことも羨ましがっている。伝線していないストッキングのことも。ロシナは、葬式のときも結婚式のときも教会の集まりのときも、いつも完璧だ。PTAでも、政治関係の集まりのときも、抜かりはない。リップもごく薄くぬるだけ。「安っぽい」と言われるほど濃くなく、あくまで「つやがあるわね」という程度に。人々は、ディサンカ氏のことを本当に立派な夫だと、繰り返し褒めたたえる。

彼は立派な愛人でもある。愛人のメイジーにはトヨタのハイラックス二輪駆動のツードア・タイプを買ってやったところだ。車を買ったときには、愛人宅の建て増しの費用もすでに払っていた。見境のない男なら（そして、見境のない男はやまほどいるわけだが）、愛人には四輪駆動のフォードア・タイプを買ってやったかもしれないが、ディサンカ氏はそんなことはしない！ディサンカ氏は、境界を守ることが大切だとわかっていた。妻は、トヨタのハイラックスのフォードアを運転していたし、ディサンカ氏も同じだ。愛人も同じものに乗るのは、まずい。愛人が、妻のテイクアウトの惣菜店のとなりの土地を割り当てられそうになったときも、ディサンカ氏はしかるべきすばやさで介入した。

近すぎるという問題に最初に気づいたのは、ディサンカ氏の母親だった。母親はすぐさま息子に忠告した。「ラー・レセホ、妻と愛人を同じように扱っちゃだめだよ。争いになるからね」母親はいつも息子のことを、ラー・レセホと呼んでいた。レセホの父という意味だ。自分のことは、マー・ディサンカと呼ばせていた。ディサンカの母という意味で、それを誇りに思っている。世の母親が必ずしも子どもを自慢に思えるとはかぎらないが、ディサンカ氏はまちがいなく自慢の息子だった。

「どういう意味です?」ディサンカ氏はしぶしぶテレビの画面から視線をそらした。ひいきのチームのマンチェスター・ユナイテッドの試合中なのだ。邪魔されたくなかった。

「マー・ベティがお兄さんから聞いたんだ。お兄さんは友だちから聞いたらしいよ。メイジーが、おまえの店から2軒はさんだところに土地を買おうとしているってね。郵便局の横だよ。つい昨日、土地管理委員会が測量に来たそうだ。こんなこと、許しちゃだめだよ。いいかい、妻と愛人を同じように扱ってはだめ！　どんなにすばらしい妻でも、文句を言うからね。すぐさま手を打つんだよ！」マー・ディサンカはこちらへやってきて、彼とテレビのあいだにでっぷりとした体で、でんと立ちはだかった。息子が気もそぞろの様子なので、わざとやったのだ。マー・ディサンカには、家族をひとつにまとめるという役割がある。なんやかんや言って、嫁のマー・レセホはよくしてくれるし、家にも温かく迎え入れてくれる。もともと息子の家に来たときは、ちょっと立ち寄っただけという体《てい》を装っていたが、自分の家に帰るつもりはなかった。孫たちが育っていくさまを見るのは楽しかった。息子の家庭の平和が脅かされようというときに、ほっておくことなどできない。避けようと思えば避けられることなのだから。

ディサンカ氏は母親の助言を聞きいれ、すぐさま村の土地管理委員会の理事長に状況を説明し、理事長はしかるべくディサンカ氏の愛人に村の反対側の土地を割り当てた。裁縫の店を開くのに最適な場所とは言えなかったが、少なくともこれで争いは避けられる。ディサンカ氏は理事長に借りを作ることになった。理事長はあと4年、今の地位に留まることを望んでおり、票を集めるために、ディサンカ氏に水面下で動いてもらうつもりだった。多くの人々が、愛人のために家庭における責任を忘れるような真似をしなかったディサンカ氏を立派な夫だと言った。理事長も、愛人の土地を別の場所にする理由はよくわかったし、だからこそ認めたのだ。ほかの男たちがもっとディサンカ氏のように賢明ならいいのだが、と理事長は思った。多くの委員会の委員を兼任し、プロジェクトがうまく進むよう、なにかと便宜を図ってくれる立派な男だ。大統領府にネオ・カカンの殺人事件の捜査が遅々として進まないことを訴えに行くときも、当然、ディサンカ氏は代表団の1人に選ばれた。ディサンカ氏がどれだけ尊敬を集めているか、わかるというものだ。まさに立派な委員というのにふさわしい男だ。

それに、ディサンカ氏は立派な父親でもあった。常に笑顔を絶やさぬとまでは言えないものの、常に怒鳴り散らしもしない。顔つきは険しいが、品がある。人はディサンカ氏のことを話すとき、よく「洗練」という言葉を使った。ハンサムだし、姿勢がよく、体は引き締まっていて、背は高い。つまり、親切で頼れる男だということが、全身から滲み出ている。4人の子どもたちを愛し、なにくれとなく愛情を示した。もちろん、正妻の子たちのことだ。愛人の子どもたちに関しては、愛す必要もなければ、嫌う必要もない。立派な男であり、社会の枠組みの中で生きているディサンカ氏は、愛人の子どもたちを愛してもいなかったし、嫌ってもいなかった。彼らは、母親とディサンカ氏との関係から恩恵を受けている。ディサンカ氏が母親と寝ていれば、子どもたちは（彼の子どもであろうが、別の男との子どもだろうが）経済的な援助を受けることができる。たまにディサンカ氏は前の愛人のところへ行って、数週間、あるいは数か月の蜜月を楽しむこともあった。そのあいだは、愛人と子どもたちは余分に食べ物をもらえたし、特別幸運に恵まれれば、新しい靴を買ってもらえることもあった。

ディサンカ氏は、正妻の4人の子ども（息子2人、娘2人）にたっぷりと愛情をかけた。学校には車で送ってやっている。まわりの生徒たちはほとんどが徒歩か、ガタガタ揺れるバスで通学していた。特に末っ子のモラティのことをかわいがっていて、愛情をこめてデベイビー――つまり、「ベイビー」とか「パパのかわいい赤ちゃん」と呼んでいた。あまりにかわいがるせいで、今もゆっくりと走る車の中でディサンカ氏のとなりに座っているモラティは、パッツンパッツンのトレーニングウェアから飛び出しそうになっている。だが、実際にはジャンプすらできない。アイスクリームやポテトチップスや脂肪分たっぷりのケーキやチキンやジュースやガムを際限なく与えられるという形で愛情を示されるために、せいぜいぶよんぶよん揺れるだけだった。誰かがほんのちょっとでも家事を言いつけようものなら、ハグと文句という武器がくりだされる。もう11歳になるというのに。

モラティとは対照的に、父親の関心の対象は、レイヨウの仔のように軽やかに跳びはねていた。たいていの基準から言って、ディサンカ氏は立派な男だった。商売は繁盛し、立派な妻と立派な子どもたちに恵まれ、立派な愛人は子どもの面倒は自分で見ているし、立派な元愛人たちまでいて、彼女たちも婚外子を自分たちで育て、しかも、妻や現在の愛人との関係が単調になると相手までしてくれる。結局のところ、男はおかゆだけでは生きられない、と言うではないか？

あらゆる点から考えて、ディサンカ氏は成功したボツワナ人だった。ずっとこのままでいたいと願っていたし、このままでいられるように計画していた。ビジネスを広げ、来年中には新しい車を買うつもりだ。愛人の家に自動湯沸かし器を付けることも考えているし、マットレスがでこぼこになってきたベッドも買い替えなければならない。なにごとにも妻を優先させるためには、自宅のベッドも新しくしたほうがいいだろう。本当は替える必要はないが、どちらが妻でどちらが愛人かという境界をあやふやにしたくなかった。引き続きほうぼうの開発委員会の委員を務め、近隣の犯罪監視委員会にも出席し、地域活動にも関わりつづけていくつもりだ。もっと大勢の子どもが通えるよう、地元の学校の拡張も要求しようと考えている。次に厚生大臣が村に来たときには、地元の病院にもっと予算を配分してほしいと直訴もできるかもしれない。

村では、ディサンカ氏についてひそやかなうわさが流れていた。だが、世間というものは、成功者についていろいろなうわさをするものだ。高い政治的地位、ビジネスでの成功、出世、学問の分野での栄誉、つまりはどんな分野であれ成功した男に対し、汚い手を使ったのではと疑いの目を向けることなど、日常茶飯事だ。ディサンカ氏は、そうしたうわさを流す人々は、悪意や妬みに駆られているのだと思うことにしていた。

子どもたちは縄跳びを始めていた。ディサンカ氏が目を付けている少女は、2人の友だちが回している縄を、歌に合わせて巧みな足さばきで跳んでいる。「モロイ、ティケ、ティケ、モロイ！　モロイ、ティケ、ティケ、モロイ！（魔女、隠れろ、隠れろ、魔女！　魔女、隠れろ、隠れろ、魔女！）」。立派な男はそれを見ていた。うっとりと、引きこまれるように。少女が跳ぶたびにスカートが風でめくれあがって、インパラのような脚が丸見えになる。硬く引き締まった濃いブラウンの脚。磨きあげられたモセレセレの木と同じ色だ。脂肪はまったくない。つややかな脚。少女はスカートをつかんで、すそをパンティーにたくしこむ。慎みのためではなく、目の前の課題――これから跳ぶジャンプを成功させるためだ。おかげで、じっと観察している立派な男は、ブラウンの脚をずっと上の股の部分、ピンク色の下着のところまで、なににもさえぎられずに眺められるようになる。もちろん上半身はなにも着ていない。暑い昼下がりに、近所で友だちと縄跳びをしているだけなのだ。いちいち胸を隠すはずがない。

「よし、完璧だ」ディサンカ氏はつぶやく。あの体ならぴったりだ。まだ少しも膨らんでいない。

かろうじて2つ突起があるのがわかるだけだ――目的にはちょうどいい。それに、あの小さく引き締まった尻。ジャンプしながらぐるぐる回している腕の下からは、うっすら産毛がのぞいているはずだ。毛はまだ生えていない。ここからだと遠くて見えないが、まちがいない。まだ少女に近づいた者はいない。純潔を失っていれば、あんなふうにスカートをめくりあげたりしない。胸をはだけたまま、縄跳びもしないだろう。そもそも、縄跳び自体しなくなるはずだ。あの少女は刈り入れにぴったりだ。

「まさに完璧だ。非の打ち所がない」立派な父親であり、夫であり、愛人であり、実業家である男は、そっとささやく。もはやハイラックスを停めて、おおっぴらに眺めている。見ているうちに、前回の刈り入れの記憶がよみがえってきて、期待といっしょくたになり、全身にじわじわと喜びが広がっていく。興奮でくらくらし、これ以上待てないと思う。全身がガタガタと震え、隣に座っている愛娘にももはや隠せないほどだ。愛されて脂肪の塊になり果て、縄跳びすらできない娘。これからもこの娘を愛し、抱きしめ、アイスクリームやポテトチップスや脂肪分たっぷりのケーキやチキンやジュースやガムを際限なく与えて、家事をさせないためにも、あそこで縄跳びをしている少女が必要なのだ。何千という小さな橋が同時に崩壊したかのように、毛穴から汗が吹き出し、感情の熱帯性低気圧《サイクロン》が吹き荒れ、制御できなくなる。一瞬、失禁したかと思ったほどだ。脚のあいだに生暖かいものが広がり、腋の下もじわっと濡れる。一抹の恐怖に息をつく。その感情が喜びに色を添え、後には苦みの混ざった甘さが残される。ほろ苦い感情がまた新たな震えをもたらし、また一から同じサイクルを繰り返す。狂気の波が襲ってくるのを感じる。エアコンの効いた快適な車の中から、暑い午後の陽射しの下に飛び出していって、今、この場で少女を捕まえたい衝動に駆られる。が、すぐに正気に戻り、そんなことは狂気の沙汰だと思い直す。うまくやらねばならない。うまくやれるはずだ。前回から2年がたち、もはや待ちきれない。期待で体がヒリヒリするほどだ。心臓は猛烈な勢いで鼓動し、今にも爆発しそうだ。

「パパ、あの子たちの家が倒れそうだから、かわいそうに思ってるの？　あの子たちも、パパが貧しい子どもたちのために建ててる学校に行くの？　ねえ、パパ、うちに帰ろうよ。あたし、アイスクリームが食べたい！」デベイビーは父親の視線の先に関心を持ったもののすぐに駄々をこね始める。こうなったら、立派な父親は娘に逆らえないことがわかっている。甘やかされた娘を愛しているからだ。だから、娘をぐっと抱きよせてハグし、キスをして、アイスクリームもほかのものも、ほしいものはなんでも買ってやる、と言う。娘は嬉しそうにほほ笑み返す。自分のパパは世界一だと知っているから。優しくて、思いやりがあって、いつもハグして、キスして、守ってくれる。あそこにいる、結び目だらけの縄で遊んでいる半裸の汚らしい子どもたちには、彼女のパパほどすてきな父親はいないにちがいない。

ふたたびエンジンをかけると、4歳くらいの小さな男の子がこちらを見あげる。ばかみたいに手をふって、幼い声で叫ぶ。「4WDだ！　4WD！　トヨタのハイラックス！　ハイラックスだ！　ニッポン！　ニッポーーーーン！！！」

そう、４歳児の目から見ても、ディサンカ氏は成功者なのだ。

縄跳びをしている少女は男の子の声を聞いて、そちらに気を取られる。そのせいでリズムが乱れ、縄を足首に引っかけてしまう。友だちはきゃあきゃあと大声をあげ、少女は跳ぶ側から縄を回す側にまわる。顔をあげると、新車に近い車と、中に乗っている男と小さい女の子が見える。少女は礼儀正しくにっこりとほほ笑む。疑いを知らない村の少女は、偉い男の人が自分のことを見るに値すると思ったことが誇らしい。男が自分という存在そのものに興味を持っているとは夢にも思わず、縄跳びの腕前に感心しているのだと勘違いしてしまう。少女は、男が密猟者だと気づかないインパラだ。密猟者を猟区管理人だと勘違いしているのだ。

「ネオ！」自分の番が待ちきれない友だちが、じりじりして少女の名を呼ぶ。インパラの少女は立派な男から視線を戻し、友だちのために縄を回しはじめる。友だちは、また別の歌を歌いはじめる。「プドゥフードゥ タイサ！（ダイカー〔アフリカにいるウシ科の動物〕、捕まえろ！ ダイカー、捕まえろ！）」。友だちは輪縄を避けるダイカーのふりをして、巧みにジャンプをする。村の少女たちは想像上の輪縄を避けながら、家の近所でなんの心配もせずに、安心しきって楽しく遊んでいる。

立派な男は頭をはっきりさせようとして左右に振る。そして、どうやって与えられた任務を遂行しようかと考えながら、車を発進させた。人目にさらされる前に刈り入れなければならない。男どもがしゃしゃり出てきて、汚してしまう前に。彼はハファーラの村と少女を後に残し、マウンの町へ向かう。必ず戻ると、心の中で誓いながら。

マウンに着くと、携帯電話を見て着信がないかチェックする。1件あったので、友人に電話することにする。「もしもし、首長。ディサンカだ。会えるかね？　ああ、今夜でいい。ああ、きみも気に入ると思うよ。まったく完璧だ。ああ、そうだ」立派な男ディサンカは携帯電話の赤いボタンを押して、通話を切る。3人目の男が必要だ。4人目も必要かもしれない。だが、まず3人目だ。

マウンの町に入り、家に向かう前に、スーパーマーケットによって末娘との約束を果たすことにする。そのころには、娘はとなりでぐっすり眠っていた。この後は、上の娘のレセホも学校まで迎えに行かなければならない。レセホくらいの年齢になっても、自分を溺愛している父親といっしょのところを見られたがっていることに、彼は気づいている。2年前、父親と距離をあけたがっていた時期もあったが、今ではまた昔のレセホに戻った。だから、あのころ口を利かなかったのは思春期によくある不安定な情緒のせいだったのだろうと、考えている。昔の娘に戻ったことに満足し、いっしょにいてやるためにも、できるかぎり運転手に行かせずに自分で迎えに行くようにしているのだ。ふいに腹がへってきて、愛する家族との夕食が楽しみになってくる。少なくとも、食欲は大っぴらに満たすことができる欲望なのだから。

第2章

立派な夫で、父親で、愛人で、実業家で、地域のリーダー格であるディサンカ氏が2人目に選んだのは、村長のモトラバブサ・ボカエだった。ボカエ氏は歩き方や態度から傲慢さが滲み出ていた。だが、彼を傲慢だと責めるのは、気の毒かもしれない。40年前の嵐の晩、母親の子宮から外へ出ようと、紫色になり、痣だらけになって、へその緒が首に巻きついた状態でようやく誕生するなり、待ち構えていた傲慢に包まれてしまったのだから。最初の呼吸をしようとしているあいだに、傲慢は彼を捕らえ、所有し、人格を作りあげてしまった。彼の父親もそうだったし、父親の父親もそうだったのだ。彼の息子にも、きっと同じことが起こるだろう。

実際、ボカエ氏はすぐにでも息子を持つつもりだった。たくさんいる女友だちのひとりにできた息子はいるが、数に入らない。妻とのあいだの息子でなければ、価値はない。妻はすぐに持つつもりだから、息子もすぐだろう。そうすれば、ボカエ家の血筋、すなわち代々首長になるべき血筋も途絶えることはない。彼とはちがって、息子は、聞けば誰もが、戦いに勝利したことを知るような名を持つことになるだろう。生まれながらに持つ権利の証として、将来の首長だということを人々に知らしめる究極の印、即ちヒョウの毛皮をまとうようになるのだ。

ボカエ村長が肩で風を切って歩いたり、雄牛のような声でしゃべったり、若い女をレイプしかけたり、したりするのは、首長になるべく生まれたのも同然なのだからしかたないと、多くの者は目をつぶった。いや、というより、「首長になるはずだった男」として生まれたのも同然と言ったほうが、正確だろう。「首長になるはずだった」だけでは、実際の「首長」と同じ力は持ちえないが、「首長になるはずだった男」が数々の傲慢なふるまいをしても、咎められることはなかった。当然、その傲慢さには、怒りや恨みがたっぷりと織り交ぜられていた。首長になるはずだった男は、自分より劣った一家によって自分の一家の座を不当に奪われたと考えていた。傲慢な男は、憎しみに満ちた男でもあった。

3世代を経た後でも、怒りが引くよりむしろ膨れあがったのも、驚くに値しない。雇用状況はどんどん厳しさを増し、誰もが自分のまわりを見回して、ライバルを蹴落とそうとしていた。ボカエ氏の闘志はますます燃えあがり、3代目の従兄の首長になる権利をつぶしにかかっていた。その手段は、卑劣で目立たずひそやかなものだった。夜な夜な呪術医のもとへ通ったのだ。首長を追い落とし、代わりに自分がその座に着くことが、彼の望みだった。

首長になるということは、なんの訓練も積まないまま、いい仕事に就けるということだ。この仕事には、年齢に下限もなければ上限もない。しかも、首長が亡くなれば、その息子が無条件で跡を継ぐ。ほかの政府の職に就こうとするなら、その任務に適した健康状態かどうか健診を受けなければならないが、首長の場合はそんなわずらわしい手続きを踏む必要もない。従って、頭のおかしな男でも首長になりうる。実際、少なくない数の頭のおかしな男が首長になっていると、主張する人々もいた。

首長になれば、自動的に部族の長兼判事兼議員のアドバイザーとなる。求められる資格は、定められた男とその妻の息子であることだけだ。妻の血筋は重要ではない。だが、あいにく彼の曽祖父と曽祖母の結婚の妥当性に疑問を投げかけた者がいて、そのせいで3世代後のボカエ氏は首長になれなかった。婚資〔花婿または花婿の親族が、花嫁の親族に対して贈る財産〕の牛が少なかったために、部族が結婚を支持しなかったせいだ。結婚で5人の丈夫な男の子が生まれたが、部族の決定は揺るがなかった。ちなみに女の子も5人生まれたが、言うまでもなく、まったく意味がない。彼女たちがそれぞれどういう人物だったかなどということは、嫁いでいった時点でとうに忘れられていた。

ボカエ氏はどうしてもヒョウの毛皮をまとう権利が欲しかったから、どうすれば手に入るかを考えつづけた。自分と息子のために、権利を取り返したい。ちゃんとした女と結婚したらすぐに手に入るはずの息子のために。

ボカエ氏は、自分の肩書も嫌いだった。村長、即ち「コサナ」。小首長とか、副首長、あるいは準首長といった意味だ。それに輪をかけて、中央政府から支払われる乏しい給料にも嫌気がさしていた。取るに足らない連中だらけの政府から給料をもらうということ自体が、嫌でたまらなかったのだ。首都のハボローネで働いている若い女が、真っ赤に塗りたくった爪や唇で、彼の名前の小切手に金額を書きこみながら、その少なさにうすら笑いを浮かべている様子が目に浮かぶようだった。

ボカエ氏は暇さえあればホワイト・ペーパーと呼ばれる公文書をめくって、公務員の給与表に目を通さずにはいられなかった。つい、自分の給料と首長の給料を確かめてしまう。そして、駆り立てられるようにページをめくり、自分より生まれの劣る者たちがどのくらい給料をもらっているかを確認するのだ。ソーシャルワーカーや弁護士や医者が、れっきとした首長の一族よりも高い給料をもらっているなんて、誰もおかしいと思わないのか⁉　地元の学校の校長ですら、彼よりも高い金をもらっている。そもそもやつらは平民で、今の地位に就く権利などない。ボカエ氏がそうしたことに怒りを感じるのは毎度のことで、彼の怒りの矢面に立った人間は、なにも知らないまま次の法廷に立つことになった。ボカエ氏は村長として、一種の司法官の役目も果たしていたのだ。

法の上では、ボカエ氏が罰を下す力は限られているはずだが、その点は曖昧なまま、彼は判決を下した。彼は、女や首長や弁護士や議員を毛嫌いした。

女を嫌うのは、これまでしきたりとして与えられてきた権利よりも多くを求め、女の権利についてわめきたてるからだ。

首長を嫌うのは、本当なら自分がなるはずだったからだ。特に、自分より下位だと考えている部族出身の首長のことを敵対視した。身分の低い首長が発言権を求めて甲高い声で叫ぶのを聞いて、女のように下等な連中だと思うのだった。

弁護士を嫌うのは、傲慢だからだ。彼に言わせれば、連中は、代理人として弁護士を立てる権利などという、聞いたこともないようなイカれた考えを人々に吹きこむイカサマ師の集まりにすぎない。

議員を嫌うのは、正統な血筋でもないくせに人の上に立つからだし、イギリス人を嫌うのは、こんな状況になるのを許したからだ。

つまり、ひと言で言うと、ボカエ氏は、権力を持つべきでないのに持っていたり持とうとしたりする人間すべてを憎んでいた。常に憎しみを抱え不機嫌で、彼の人生を特徴づけるものと言えば、しかめ面、怒鳴り声、サディスティックな笑い声の3つだ。まさに卑劣という言葉がふさわしい男だったのだ。

彼を好いている者はほとんどいなかったし、愛している者などいないに等しかった。実の母親ですら、彼のことを恐れ、できるかぎり会わないようにしていた。彼の前では笑ってみせる者も多かったが、楽しいからではなく義務感から機械的に歯を見せているだけだった。面と向かっては、副首長や村長ではなく首長と呼んだ。「ほかの者が治めているときに生まれた者」という意味の名前、モトラバブサをあえて言い換えて、「治める者」という意味のバブシと呼ぶ者すらいた。とはいえ、公の場やほかの人間がいるところでは、副首長と呼んだ。本物の首長が別にいるのだから。

本物の首長も、逆らえば危険な男だった。彼は、ボカエ氏が自分に悪意を抱いていることに気づいており、部下が敵の味方につくことのないよう、一人ひとりに絶えず目を光らせていた。結果、みなが、首長の血筋を持つ一族のいがみ合う2人のあいだで綱渡りのような状況を強いられ、ボカエ氏を避け、彼の周囲に垂れこめた邪気に近づかないようにしていた。ボカエ氏の父親はもう何年も素面だったことはなく、まわりの状況など目に入らない状態だった。年がら年中、ヒョウやら太った家畜やら、いっぱいの穀物蔵についてぼそぼそつぶやいていたが、耳を傾ける者などいない。頭がおかしいか、呪いをかけられたか、その両方かだとして、誰も相手にしなかったが、どちらだとたずねれば、ほとんどの者が呪いだと答えただろう。

政府が公務員の給与を15パーセントあげたときも、ボカエ氏はすぐさまホワイト・ペーパーをめくった。計算機を用意し、自分と首長の給与の差が広がったことはまちがいないとわかると、かっとなって、あらゆるシステムや人間を罵った。ようやく書類をしまおうとしたとき、若い巡査のモシカがためらいがちにドアをノックして、妻を訴えたいという男が待っていると伝えた。裁判所のドアが開くのを、かれこれ2時間も待っているという。ボカエ氏は、モシカを怒鳴りつけ、女を管理しておけなかった罰で男に4回鞭をくれてやるよう命じた。「牝牛の乳首をくれてやれ！〔「4回鞭打ちをする」という意のボツワナの慣用句〕」

「4回ですか？」若い巡査は自分が執行しなければならない鞭打ちの数に驚いて、きき返した。

首長になれたかもしれない男はわめいた。「乳首が3つの牝牛がいるわけないだろう？　大方、おまえの乳首が3つなんだろう！」

「牝牛の乳首ですね、わかりました」巡査は恐れ入って答え、すごすごと部屋を出て、鞭を取りに行った。鞭で打たねばならないとしても、せめてヤギの乳首の数のほうがふさわしいのでないか、いや、むしろ、1回で十分なのでは、などとあれこれ考えたが、村長が4回と言うなら、4回鞭打つしかない。鞭打ちは、村長が原告の申し立てを聞く前の準備手続きということなのだろう。

ボカエ氏は巡査が男に鞭をふるうのを苦々しげに見ながら、いちいちうなずいていた。2回目ですでに血が流れはじめたが、訴えに来た男は顔ひとつしかめず、苦しそうなそぶりすら見せない。鞭はかなり痛いはずだ。なにしろ鞭を使わないときは塩の中に入れておけと命じてある。モシカ巡査は、村長自ら、鞭をふるってくれないものかと思った。実際、そういうことはよくあった。モシカ巡査自身はこの仕事を心底嫌っていて、こんなふうに最高裁判所の審理前に準備裁判を行うのは憲法違反か、そうでなくても許容しがたいとして、糾弾されるのも時間の問題だと思っていた。最近では、ますます多くの弁護士たちが、これまで人々が敢えて見過ごしてきた諸手続きについて疑問を突きつけるようになっていた。

鞭打ちが終わると、男はこれで話が聞いてもらえるとばかりに期待に満ちた様子で体を起こした。ところがボカエ氏はいきなりぷいと立ちあがって、自分の車まで行って乗りこみ、土煙を舞いあげて走り去ってしまった。どこへ行くのかも、いつ戻るのかさえ、言い残さなかったので、鞭打たれた男はまた別の日に審議の続きをしにここへこなければならないということなのだろう。モシカ巡査には、それがいつかすら、男に教えてやることはできなかった。裁判は不定期で、いつ行われるかも予測できなかった。

首長になれたはずだった男は怒り狂っていた。なにか怒りを鎮めるものが必要だ。ボカエ氏はいちばん近い中等学校へ向かった。面倒な目に遭わずに女——と言うより、少女だが——が確実に手に入る場所だからだ。それに、村長の給料で買える狭苦しい車で事を済まそうとすれば、いつものようなもっと年上の性交渉の相手を調達することはできないのもわかっていた。首長になるはずだった男であっても、朝っぱらから大人の女に狭い車の中で羽目を外すよう説得することはそうそうできない。今朝のようなときは、目的を果たすには、学生が一番手っ取り早い。羽目を外すことで、数時間、授業に出そびれるかもしれないが、まともな時間には返してやるつもりだ。校長が見て見ぬふりをすることは、確信していた。結局のところ、校長は隣国のザンビアから来た男で、なにがなんでも今の職にしがみつこうとしている。彼を雇ってやっている国の人間にとやかく言える立場にはないのだ。彼が口を挟むことではない。なにかしたり言ったりすれば、経済不況にあえぐザンビアに戻る羽目になりかねない。妻と子どものことを考えなければならないのだ。

友人の立派な男とちがい、ボカエ氏は、非配偶者とセックスするのに代償を支払う必要はなかった。少なくとも、物で払うことはない。自分を提供することで払えるのだから。首長になるはずだった男に触れられるというだけで、十分のはずだ。

羽目を外してみたところで、ボカエ氏の重い気分はわずかにましになっただけだった。モシカ巡査は、ドアの開け方でボスの機嫌を感じ取り、ずるずると体を机の下にもぐらせ、目立たないよう小さくなった。ボスは、特に理由もなく巡査を口汚くののしることをなんとも思っていない。年若い巡査はちょうどいいはけ口だったのだ。

ボカエ氏はひと言も言わず、腹立たしげにモシカの横を歩いていった。女子学生は経験豊富で、こちらが奪うというより、対等だった。若いほうの14歳の娘にすればよかったと、ボカエ氏は後悔した。だが、若いほうを誘い出すだけの時間がなかったのだ。年上のほうは16歳だったから、彼がなにを望んでいるかわかっていたし、ボカエ氏のほうも使える時間はせいぜい2、3時間だったから、そっちの娘を選ぶ以外なかった。それでも、ボカエ氏はいまだ重たい気分を振り払えずに、引きずっていた。頭はズキズキするし、肩はガチガチで、上唇はめくれあがっている。

それだけに、友人の立派な男から電話がかかってきて、例の候補者が確認できたと言われると、一気に気分がよくなった。ボカエ氏はさっそく次の裁判を行うことにし、相手側の話は聞きもせず一方的に損害賠償の支払いを命じた。そして、弁護士連中がいかにイカサマ師の集まりであるかということについて長広舌をふるったが、記録係のセロ・モトラパには事件となんの関係があるかわからなかったので、すべて記録しているふりをして、弁護士についてのところは省略した。

裁判記録をつけるのは、神経を使う作業だ。優秀な記録係は、なにを記録し、なにをしないかをわかっていなければならない。彼が記録したことでボカエ氏がトラブルに巻きこまれたりすれば、彼はそれを上回るトラブルに見舞われることになる。

ボカエ氏の長演説は終わり、被告人はブツブツ言いながらうちに帰った。一瞬、判決を不服として上訴しようかとも思ったが、彼は現実的な人間だった。彼は計算した。次の裁判は、ボカエ村長の従兄によって行われる。従兄の裁判官室はとなりだから、ボカエ村長が大声で判決を言い渡すのを聞いていたはずだ。上訴すれば、従兄同士が対立することになり、上訴した彼は「密告」したようになってしまう。上級裁判所は従兄の親戚が統轄している。親戚と言っても遠い親戚だが。そこまで考えて、男は上訴するのをやめることにした。「首長になれたはずだった」モトラバブサ・ボカエ村長の判決を受け入れるしかない。少なくとも、言うことをきかない妻のいる男とはちがい、満足できないものであっても、判決はすみやかかつ明確に下されたのだから。

第3章

「午後休をおとりになったらどうです？　顔色が悪いですよ。あとはわたしがやっておきます。どうぞどうぞ。わたしは大丈夫ですから」マウン・モセジャ高校のモラテディ・セバーキ副校長は、ローツァネ・モシ校長に言った。「首」は、「頭」を追い払いたがるものだ。そうすれば、頭の地位を奪える。首は頭を嫌っていた。

頭は、首が自分を嫌っていることを知っていた。つい前日の夜も、呪術医から乗っ取りを狙っている者がいると警告されたばかりだ。しかし、頭はにっこり笑い、なにも気づかずに感謝しているふりをした。「ありがとう、セバーキ副校長。だが、終業時間まではいるつもりだよ」校長はまた机の上の書類に目をやり、この話は終わったことを暗に示した。副校長は部屋を出ようと立ち上がった。

しかし、副校長はまだ終わりにするつもりはなかった。どうにかして校長を校長室から追い出し、呪術医からもらった薬を使いたい。勤務時間中に帰ってもらわないと、学校が終わった後では、校長室には鍵がかかってしまうだろう。セバーキ副校長はなにがなんでも校長室に入らねばならないのだ。だが、校長はひどい風邪をひいているにもかかわらず、休みを取るつもりはないようだった。となれば、第2の手段に出るしかない。副校長は部屋を出るときに、わざと机の下に運転免許証を落とした。数日前に、校長室のスペアキーは入手してある。錠は安物だったから、なんの造作もなかった。だが、校長がいないときに校長室に入る理由をひねり出すほうは、簡単にはいかなかった。

「ここに来たときに、免許証を持っていたと思うのですが？　どうだったかな。わたしが持っているのをごらんになりましたか？」セバーキ副校長は困ったような表情を作ってみせた。

校長はぱっと顔をあげた。「いいや、見た覚えはないな。持っていなかったよ、まちがいない。持っていれば、気づいたはずだからな」校長は、躍起になって見ていないと言い張った。そんな重要なものが校長室で消え失せたなどと言われるのはごめんだったのだ。

副校長は微笑み返すと、いったいどうしたんだろうと言わんばかりに首を振った。「なら、たぶん持っていなかったんでしょう。確かに持ってきたと思ったんですが。自分のオフィスにでも置いてきたかな。では、具合がよくなられるよう祈ってますよ。わたしは授業に行ってきます」

その日、セバーキ副校長は遅くまで働いていた。同僚たちはちらちらといぶかしげに彼を見ていた。副校長が残業することはめったになかったからだ。彼が怠け者だというのは誰もが知るところで、陰では「ぐうたら男」と呼ばれていた。「ぐうたら男が働き者ぶってたの見た？　そうすれば、校長が昇進させてくれるとでも思ってんのかしら」理科学長のカキーア先生は学校裏の教師用集合住宅への帰り道、近所に住んでいる同僚のモラオディ先生とうわさした。

モラオディ先生はツワナ語の教師だった。「僻地の村に異動させることにすりゃあ、昇進もさせられるさ。小ずるい野心家を追い払うには、それが一番だよ。校長もそうしてくれりゃいいのに」

カキーア先生は答えた。「この村だってじゅうぶん僻地よ！　もちろん、道が舗装されてからずいぶんとよくなったけど。マウンはどんどん大きくなって、都会化してるからね。といったって、もちろんぐうたら男を、さらに三角地《デルタ》の奥にやることだってできるわよね。いっそのこと、カラハリ砂漠の気の毒な学校のどれかにでもやってくれればいいのに。あたしたちはちっとも困らないもの。あいつを見ると、鳥肌が立つのよ！」

モラオディ先生は今やすっかり勢いづいていた。「あいつの野心家ぶりは危険だよ。ハボローネから役人が来るたびにべったりだろ。手紙まで書いてるんだ。あれやこれや政府に礼を言うためにね。いつも校長を手伝うようなふりをして、実際は卑劣な手で貶めようとしてるんだ。あんなひどいレラツワ・ツィパは会ったことがないよ」

カキーア先生は思わず笑ってしまった。モラオディ先生がセバーキ副校長のことをレラツワ・ツィパ、つまりナイフを舐めるやつ〔ナイフの血を舐めて証拠を隠そうとするような不正直なやつという意味〕と呼ぶのを聞いて、去年の事件を思い出したのだ。生徒たちがセバーキ副校長にエイプリルフールのいたずらを仕掛けたときのことだ。地域の教育委員が学校の視察に来て、生徒と教師の前で話をしたのだが、セバーキ副校長はうまいこと画策して、感謝のスピーチをする役を担うことになった。セバーキ副校長は教師一同から委員に贈り物をしようと言い張り、丁寧にラッピングをさせた。ところが、長ったらしいスピーチをした後に贈り物を渡すと、なんと箱から、赤いしみのついたナイフが出てきたのだ。添えてあるメモにはこう書いてあった。「ナイフだけじゃなくて、靴だって舐めます」。セバーキ副校長は大恥をかき、集まった生徒たちが一斉に「エイプリルフール！」と叫んだところで、たいして挽回できなかった。さんざんつかえながらもごもご言い訳した挙句、なんとかエイプリルフールのユーモア精神に則って笑ってみせるだけで精一杯だったのだ。その日、生徒たちはほかの教師にもちょっとしたいたずらをしていたけれど、セバーキ副校長へのメッセージはひときわはっきりしていた。それどころか、陰では副校長のことを「ミスター・靴ナメ」と呼んでいたのだ。

さて、その日の夕方、学校に誰もいなくなると、セバーキ副校長は校長室に忍びこんで、すぐさまやるべきことに取りかかった。さっさと終わらせなければならない。じきに警備員が巡回して、鍵がかかっているか調べに来るはずだ。「煙吹き」を名乗っている男子生徒のグループが理科実験室に無断で入って、ふざけてマウスをおりから逃がすという事件を起こして以来、警備員はもっと真剣に仕事をするよう言われている。セバーキ副校長は持ってきた瓶に指を突っこんで、椅子と机と、さらに書類キャビネットの裏側に呪術医からもらった調合薬をぬりつけた。次に、校長が椅子に座ったとき足が着く位置にバツ印を描き、顔を上げたときに目に入る正面の壁にも同じようにバツ印を描く。それから、印を付けた箇所を指でこすって、目立たないようになじませた。こうして重要な場所にはすべて印を付けたことを確認すると、校長室を出て、ドアに鍵をかけた。

ちょうど自分の部屋の机に戻ったとき、警備員がドアをノックしてからそっと押し開いた。

「こんばんは、副校長。すべてのドアにちゃんと鍵がかかっているか、確かめているんです。お帰りになるとき、お知らせいただけますか？」

「ありがとう、カベロ。ちょうどよかった。実は、免許証を失くしてしまってな、どこを捜しても見つからないんだ。校長室に置いてきてしまったんじゃないかと思うんだが。今朝、校長室に行ったんでね、そのときにポケットから落ちたんじゃないかと。校長室の鍵は持っているか？免許証が机の上の書類に紛れていないか、見てきてくれんかね？」もちろん、警備員が学校中の部屋の鍵を持っていることは、わかっていた。それに、免許証があるか、自分で見にいきたいと言えば、警備員は鍵をあけるのを渋るのもわかっていたから、長たらしい説明をした後、こう締めくくった。「きみが行って見てきてくれんかね？　お客用の椅子の下も、見てほしい」

警備員は出ていった。そして、数分後に免許証を持って、戻ってきた。

「おお、助かったよ！」セバーキ副校長は大げさに言った。「どこにあった？　校長には、校長室にあるはずだと言ったんだよ。いや、本当にありがとう。ほら、最近の警察ときたら！

わかるだろ？　面倒なことになるところだったよ。そこいらじゅうで検問してるからな！　泥棒も捕まえられんくせに、免許証を忘れようもんなら、まるで殺人を犯したみたいに騒ぎ立てるんだ。ビールを2、3杯飲みにモスケ・バーに行きたいんだが、あそこの店の前はいつも検問してるからな。まったく、せこい連中だよ、警察っていうのはね。とにかく助かったよ」

「机の下に落ちていました。おっしゃっていたように、ポケットから落ちたんでしょう。では、お帰りになるとき、ドアに鍵をかけるのを忘れないでください。あと、窓も閉めていただければ」今夜のセバーキ副校長がいつも以上に饒舌だと思ったとしても、警備員は顔に出さなかった。セバーキ副校長は免許証の話をうまく作り上げることで、その前に自分が校長室に入ったことをごまかそうと考えたのだ。校長には、自分がいないときに校長室に入った者がいるかどうかを確かめる方法があるはずだ。疑い深い男で、セバーキ副校長が校長の座を狙っていることにも気づいているのだから。

数か月後、校長が交通事故で死に、新校長の座におさまったセバーキ氏は、例の警備員を追い払おうと考えた。そこで、彼の故郷の村の近くにある学校に異動させるよう手配したので、警備員はセバーキ氏に感謝した。セバーキ氏も、始終自分の顔を探るように見ている気がしてならない1対の目を排除できて、心からほっとした。これで、自分が呪術医を使って校長の事故死を企んだのを、警備員が知っているのではないかという思いをようやく振り払うことができたのだった。

第4章

セバーキ副校長が3人目の男になったという事実は、第六感というものが存在するなによりの証拠だ。だが、単にディサンカ氏がずっと前からセバーキ氏に目を付けていたというだけのことかもしれない。このあたりの呪術医界隈では、セバーキ氏がマウン・モセジャ高校の校長の座を狙っていたことは公然の秘密だったから、いずれ手を組めるかもしれないと思っていたのだ。

モスケ・バーのビジネスマンたちがたむろしている一角をすぎて、トイレへ行こうとしたとき、セバーキ氏は実業家と村長に出くわした。実業家のディサンカ氏が、今夜も同席しているような類の男といるところは、何度か見かけていた。しかし、今日はなぜか、そのテーブルの横を通るときに2人の男のほうへ引き寄せられた。ふいに、無視するわけにはいかないと感じたのだ。膀胱は今にも破裂しそうだったが、そちらのほうの感覚があまりにも強くて、体の欲求に応える方は少しだけ延ばすことにした。ビールでいっぱいの膀胱は、普段はおとなしく待ったりはしないものだ。だが、体中の細胞という細胞で、今、自分は橋を渡って、2人の仲間になろうとしているのだとひしひしと感じた。2人の目にある磁力のせいかもしれない。深く暗い瞳が、今明らかに彼を見つめ、自分たちのほうへ引き寄せようとしている。騒がしい店の中で、2人のまわりの空気だけが完全に静まり返っているせいかもしれない。2人の男の態度や身振りを見れば、単にサッカーの試合結果についてしゃべっているバーの常連ではないことはすぐにわかった。「こんばんは、首長。こんばんは、ディサンカさん」彼は挨拶した。

「座れよ」実業家のディサンカ氏が言った。つまり彼がボスだということだ。

セバーキは座った。席を勧められたのではない。今のは命令だ。

2人の男は、ひどく長く思えるあいだ、じっと彼を見つめていた。

ついにディサンカ氏が口を開いた。「おまえはどういう男だ？」そして、セバーキと目を合わせ、じっと目の奥をのぞきこんだ。セバーキ氏は村長のほうを見たかったが、こちらをにらむ実業家の目玉から視線をそらすことができなかった。「おまえの心はどんな心なのだ？」2つ目の質問が飛んできた。

膀胱はおとなしく待っていることにしたらしい。セバーキ氏は罠にかけられたような気がした。そして、ささやくような声で答えた。「強い心です」

「どのくらい強い？」立派な男は3つ目の質問をすると、膀胱を待たせている男をグイと引き寄せた。

「すべきことをする強さがあります」が、答えだった。

「勇敢な心か?」4つ目の質問だ。

「はい」またささやくような声で答える。

「男の心か?」5つ目の質問。またグイと引っ張られる。

「はい、男の心です。男の息子ですから」副校長の声に強さが感じられるようになる。誇らしげ、いや挑戦的とさえいえる響きがある。橋を渡りたいのだ、反対側にいる男たちの仲間になるために。

「わたしたちは、強い心、石のような心、本物の男の心を持つ者を探している」つまり、それが選ばれる基準ということだ。

「ならば、見つかったということです」セバーキは自信たっぷりに志願する。

「わたしの見つけた男はどんなことができる?」6つ目の質問。

「なんでも。すべてやれます。究極のことでも」彼の意志は固い。

「究極のこと?」

「はい、究極のことです」

「わたしたちは、子羊を狩ろうとしている」ディサンカ氏はいったん言葉をとぎらせ、囚われの身となった男の目をじっと見る。「どんな種類の子羊だと思う?」

「毛のない子羊です」ささやくような声が答える。

2人の男が瞬きひとつせず見つめあい、沈黙が訪れる。視線はぶつかりあっていても、そこにはリードする者とリードされる者が、引っ張る者と引っ張られる者の関係があった。引っ張る者が呪縛を解く。「ションベンをして戻ってこい。仕事のことを説明する。びびったガキみたいに漏らされちゃ、困るからな」

セバーキは解放され、実際に身体の呪縛が解かれたかのように感じた。反動で後ろに倒れるんじゃないかと思ったほどだ。ロープの端にしがみついたまま、いきなり放り出されたかのように。膀胱はこれ以上、待てない。急いでトイレへ向かう。必死になってチャックと格闘し、ついに尿が放出されるのと同時に、恐怖も漏れ出す。熱い恐怖が。だが、それ以上の恐怖が頭に、胸に、腹に、腰に、たまっていく。塀を飛び越えて、夜の闇に紛れようかと一瞬考えるが、次の瞬間、はっと気づく。今、彼は千載一遇のチャンスを与えられたのだ。背を向けて逃げ出すなんて、もってのほかだ。それどころか、逃げ出したりすれば、危険でさえある。今までディサンカ氏についてささやかれていた噂は本当だったのだ。そしてセバーキ自身も、そのごく内輪の特別な集まりにたった今、招かれたのだ。セバーキは自分が特別な存在になったように感じた。

期待が不安に取って代わると、今日一日のいらだちが一気に消えていった。もうすぐ彼は、決して公にはできないが、あの男たちと共に、あることを行い、信じられないような力と権力を手にするのだ。心の中で、完璧な候補者のイメージを思い浮かべてみる。顔は浮かばない。ごく小さな胸だけが見える。きつくつかむと傷ついてしまうような、皮膚からあばらが透けて見える胸だ。ぺしゃんこの腹から2本の脚が出るところは、完璧なV字形になっている。そこまで考えたとき、とっくに膀胱が空になっていることに気づく。想像に夢中になりすぎて、気づかなかったのだ。一物をふってしずくを飛ばすと、ズボンの中にしまい、チャックを上げて、きっぱりとした足取りで、待っている2人のほうへ戻っていった。ジーンズで濡れた手をふき、洗うことなど考えもせずに、ローストチキンを注文してかぶりつく。ビールと尿の循環処理をやめることを考えるより、もっと大事なことがあるのだ。ディサンカ氏が頼んでくれたビールをぐいっとのどに流しこむ。そして、さらにもう1杯飲みはした。

話しあいが終わるころには、大体の計画が立っていた。まだ完璧には程遠いし、もっと綿密に練らなければならないのは、3人ともわかっていた。公の場でこの3人、つまり立派な男と首長になれたかもしれない男と副校長という地域の3本柱が顔を合わせるのは、これが最後になるだろう。それぞれの頭は、成功への確信で膨れあがっていた。目の前に控えている仕事の成功だけではない。その仕事自体は、目的のための手段にすぎない。仕事に成功すれば、目的そのものも手に入れることにも成功するだろう。これから5年後に、ひとつの箱が開かれ、無視することのできない悲鳴が漏れ出すことなど、3人は知る由もなかった。闇が常に悪を包み隠すほど勇敢ではないことなど、知りようもなかったのだ。

第5章

　アマントル・ボカアはハファーラ診療所の宿舎へ向かいながら、期待と不安でいっぱいになっていた。薄い黄色の建物を見て、政府の建物の色を決めるのは誰なんだろうという疑問が胸に浮かぶ。これまでまわりの環境に合っていた試しがない気がする。村のほかの建物は褐色なのに、政府の建物はどれも黄色か白だ。それにどうやら政府は、青色のドアがお気に入りらしい。

　アマントルは最近編み直したばかりの髪を茶色のスカーフできれいにまとめていた。身に着けているアクセサリーは、シンプルなシルバーのイヤリングと腕時計だけだ。今朝は、あまり華美にならないよう、かなり気を使った。あまり華やかだったり、ましてや軽そうに見られたくない。まず大事なのは、今度の仕事で一人前に扱ってもらうことだ。できるかぎりたくさんのことを学んで、一員となったばかりのコミュニティの役に立ちたい。よもや近いうちに、5年を経た恐怖の火をかきたて、5歳を迎えた幽霊を目覚めさせることになるなど、このときは知る由もなかった。

一歩歩くたびに、靴の低いかかとが砂の中に沈みこむのを感じ、これから始まる1年の研修の間はこの靴を履くのはやめようと心に刻んだ。あまりすてきとは言えないけれど、フラットシューズのほうが実用的だろう。今、穿いているストッキングもやめるしかない。宿舎までの道は種を付けた草が生い茂っていて、アマントルが種を運んでくれるのを待ち受けているようだ。いちずな執念深さで足首にへばりついてくる。

形や大きさがまちまちの宿舎から煙があがるのを見ていると、うしろから子どもたちの笑い声が聞こえた。振り向くと、ちょうど空からタカが舞い降りてきた。メンドリがヒナたちを安全なところへ連れていくより早く、タカはがっしと1羽を捕らえた。子どもたちはタカに向かって怒鳴ったが、もう遅い。食うものと食われるものははるか遠くへ飛び去り、子どもたちは（ロバに乗った少年が6人いた）また笑いさざめきながらこちらのほうへ歩きはじめた。すると、1人がロバから落ち、残りの5人はそれを見てまた腹を抱えて笑った。意地悪とも言えるし、ただふざけているとも言える。子どもとはそういうものだ。すると、宿舎から女が出てきて、もっと早くメンドリに知らせてやらなきゃだめだろう、と叱りつけた。少年たちは謝ったが、よくよく見れば、目にいたずらっぽい表情が浮かんでいるのがわかったはずだ。だが、女はプンプン怒って両手を宙に挙げ、ため息をついてから、また中に戻っていった。

アマントルが見ていると、ロバから落ちた少年はほこりを払い、じっと待っているロバにまた這いあがった。少年のむきだしの尻がロバの背に当たる。たじろぐかと思いきや、本人はどうだとばかりにクスクス笑っただけだった。泥のこびりついた短パンの尻の部分の布がほとんど残ってないことに気づいてないらしい。ふたたび堂々たる家畜にまたがった誇り高き騎手といったところだ。アマントルにちらりと見せた笑みが、それを物語っていた。男の子は膝でロバの脇腹をやさしく押すと、アマントルに手を振って、追い抜いていった。それを見て、アマントルは、やっぱりここが国家奉仕プログラムの行き先に指定されたのはよかったと思った。**わたしはここが好きになる。**都会から遠く離れていることも、青々と生い茂るブッシュも、心から気に入っていた。ボツワナの、もっとも自然にあふれる姿を見られるチャンスだ。

国家奉仕プログラムの参加者はＴＳＰ〔国家奉仕ワーカーを意味する Tirelo Sechaba Participants の略〕と呼ばれている。その初日、アマントルは膝まで隠れるスカートをはいていた。ほかのＴＳＰの子といっしょに初めて村に来た日にはいていたのと、同じスカートだ。そして、無事ホストファミリーに選ばれることができた。アマントルは選ばれたＴＳＰの女の子たちと、最初の数週間はどんな服を着たらいいかを話しあった。いろいろな理由で、どこの家族もＴＳＰを引き受けるのに消極的だった。結婚している女性は、ＴＳＰには男子を欲しがることが多い。ＴＳＰというのは夫の Temporal Sexual Partner の略、すなわち**つかの間**の浮気相手だというのは、周知の事実だったのだ。配属されるのは1年間と決まっていたので、高校を出たてで親元から離れ、社会に放り出されたＴＳＰと夫の浮気は、まさにつかの間のものだった。妊娠して親元に戻ることになるＴＳＰも少なくなかった。

一方、ホストファミリーは概して男子のTSPは役立たずで、家族の女性たちにとってはお荷物でしかないと思っていた。初めて親元から離れ、大した金もない、偉そうなだけの18歳の男が、喜んで料理や掃除を手伝うことなどほぼありえない。それに、女子のTSPに比べると、男子のほうがタバコやアルコールやセックスを試したがる傾向にある。つまり、行儀がよくきちんとした女子のTSPなら、一家の男から遠ざけておくことさえできれば、役立つ可能性が高いということだ。いい女子のTSPを引き取るのは、1年間無償で家事をやる人間を確保できるということなのだから。

アマントルはとうの昔に、つかの間だろうとそうじゃなかろうと、TSPの間は性的関係を持たないと決めていた。診療所の上司からぴかぴかの推薦状をもらって職場を去ることだけに集中しようと決めていたのだ。政府の奨学金をもらって医学を勉強し、国内最高峰の医者になることが、彼女の望みだった。

アマントルは22歳にして、自分はすでに3年遅れを取っていると考えていた。14歳から17歳のあいだ、両親が学費を工面できずに学校に行けなかったのだ。3年続いた干ばつのせいで、家畜のほとんどを失ってしまったためだった。その後、南アフリカの金鉱で働いていた兄たちが仕事を失い、一家の経済状況はますます苦しくなった。その困窮の時代に、両親と6人の兄弟たちは切り詰めるだけ切り詰めて金をため、アマントルがもう一度中学1年生から始められるようにしてくれた。

1994年、アマントルが17歳のときのことだ。

7人兄弟の末っ子だったアマントルは、一家で初めて学校へ行った子どもだった。金が足りないせいで家族の夢は潰えかけたが、一家は結束し、2年かけてあらゆる資源を総動員し、ついに成功した。その後も一家は、アマントルの学校時代のことをずっと覚えていて、しょっちゅうそれを話のタネにしたものだ。もちろん、かなり誇張された部分もある。それぞれの記憶の中で、どれだけ自分がアマントルの教育に尽くしたかというところが強調されがちだからだ。姉たちは、妹の制服を洗濯したことを誇らしげに話したし、兄たちは学校の靴や学費のために仕送りしたことを自慢した。母親は、娘の筆記帳に目を通して、チェックの数を何度も数えたことを覚えていたし、父親は、娘に名前の書き方を教えてもらったおかげで、息子たちが南アフリカからお金を送ってきたときに、郵便局で拇印を押さなくてすむようになったことを忘れなかった。

アマントル自身は、初めて学校という場所に足を踏み入れたときのことをまるで昨日の出来事のように鮮明に覚えていた。その日、母親と校長室の前で待っているあいだ、アマントルはじっと座っていることができなかった。というより一瞬たりとも落ちついて座っていられず、座っては立ち上がり、立ち上がってはまた座った。硬い木の椅子の上でもぞもぞ、ごそごそと体を動かし、しまいには、小さな脚をぶらんぶらんさせて、痛みで飛びあがった。粗雑なつくりの椅子のとげがふくらはぎに刺さったのだ。新しい黒と白の制服から、ついてもいないほこりをはたき、プリーツスカートの折り目が崩れてきたような気がして、ぐいぐいと圧した。ベルトを締めては緩め、右の靴に入った砂を払い落とす。不安になって母親にしがみついたが、赤ん坊みたいに思われるかもしれないと思って、また放した。そして、空っぽの布のバッグを肩にかけなおした。

とうとう学校に通えると思うと、うれしくてたまらなかった。やはり校長室の前で待っている少女のことをそっとつついてみる。少女が振り返ると、共犯者めいた笑みを浮かべてみせたが、少女はにこりともしなかった。ずっと母親の手を握りしめている。ここにいるのが嫌でたまらないようだ。アマントルと母親の前には、2組の母娘がいたので、アマントルは早く進んで、列が短くなることを祈った。アマントルたちが座っているところから、大きな机と、そのうしろに座っている大柄な女の人が見えた。

「次！」ついにその大柄な女の人が大きな声で呼び、アマントルはあわてて立ちあがって、母親の前に立って部屋に入ろうとしたが、ちょうど部屋から出てきた男の人と娘に危うくぶつかりかけた。一瞬、この子のお母さんはどうしたんだろうという考えが、頭をよぎった。学校に関わることは母親が担当と信じて育ってきたのだ。

「おはようございます、モディエハ校長先生」小さな部屋に入ると、母親は挨拶をした。

2人の前に、緑の渦が座っていた。モディエハ校長は膨らんだ袖のついた、テントのような緑のワンピースを着て、緑のスカーフを頭に巻き、首には緑のビーズのネックレスを何重にも付けていた。耳には緑のプラスティックの大きなイヤリングまで下げている。「子どもの名前は？」校長は挨拶にも応えず、顔すら上げずに、たずねた。

「アイリーンです」アマントルの母親は答えた。けれども、6人いる兄姉の半分もそうだが、母親も「r」の音が発音できなかったので、実際には「アイジーン」と聞こえた。

アマントルは母親のほうを見て、ちがうと言おうとした。自分はアマントルで、アイリーンでもアイジーンでもない。でも、それから、猛烈に不安になった。学校に通うのは自分じゃないのかもしれない。父さんと母さんは気を変えたのかもしれない。「学校に通いたいのはわたしよ！」アマントルは身をよじらせながら、必死になってささやいた。

校長はいらだったように一瞬、こちらを見た。「子どもの姓は？」

「ボカアです」母親は答えた。

「年齢は？」校長は目の前のリストに目を走らせながらたずねた。

「76年生まれです」

緑の渦がガサガサと音を立て、校長はアマントルを見た。アマントルは値踏みされているような気がした。「エイリーン、立ちなさい」

アマントルはすぐさま従ったが、心の中ではこう叫びたくてしょうがなかった。「わたしの名前はアイリーンでも、アイジーンでも、エイリーンでもない！」でも、やめておいた。子どもは大人に口答えするものではない。たとえ、気に入らない名前で呼ばれたとしても。

「7歳にしては小さいわね」校長はアマントルに向かって言いながら、顔をしかめた。そして、アマントルの母親のほうを向いて、たずねた。「本当に7歳なの？」

アマントルの母親は答えた。「この子はソルガムきびの実がなった年に生まれたんです、モディエハ校長。ええ、1976年です。ィレカントワ連隊がダムをつくった年ですから。まちがいありません。というのも、あの日は3日目の――」

「もういいわ、わかったから」校長は口をはさんだ。「生まれた月日はわかりますか？」

「冬になったばかりのときです」アマントルの母親はきっぱりと答えた。「6月の初めでした――ああ、でも、5月の終わりだったかも。そのあたりです。月が満ちてきてましたから――それはまちがいありません」

「わかりました」校長は答えると、アマントルに向かって言った。「エイリーン、あなたはセメ先生のクラスです。あそこにいる子たちが見える？」校長は、100メートルほど離れたマルーラの木の下に集まっている子どもたちを指さした。「あの子たちのところへ行きなさい。あなたのクラスだから」

1984年1月のその日が、アマントルの初めての登校日だった。そのとき、彼女は7歳半で、すぐに英語の名前にも慣れた。正確には、英語の名前が立て続けに2つ、増えたわけだ。アマントルは最後にもう一度母親を見て、感謝の笑みを浮かべると、新しいクラスの子たちのほうへ跳びはねながら走っていった。

が、近づくにつれ、少しスピードを緩めた。見知っている顔を探す。近所に住んでいる親友のモシの顔が見えて、顔に笑みが広がった。赤ん坊のときから知っていて、しょっちゅういっしょに遊び、同じ皿から食べて育った仲だ。喧嘩もしたが、それと同じくらい、タッグを組んで共通の敵と戦った。おしっこ大会では、どちらのチームがより遠くまで、より長いあいだおしっこをして、より深い穴を作れるかを競い、1人が砂の小屋を作るのに砂を濡らすだけのおしっこが出なくなれば、もう1人が足りないぶんを分けることだってあった。

2人はサカするのが大好きだった。歩くときに肩を組むことだ。そうやって長い間くっつきあったまま、なにか目新しいことはないか、探してまわった。コロニーのアリたちと仲良くなって、こっそり砂糖の粒をやっていたこともある。砂糖は貴重品だったから、見つからないようにこっそり家から持ち出した。アリたちが砂糖の粒を小さな巣まで運んでいくのを見るのが、楽しかった。アリ同士すれちがうたびに、一瞬、挨拶を交わすのだ。ほかにも、笑いながら蝶やバッタを追いかけることもあれば、怒って相手の砂の城や泥のパイを壊すこともあった。秘密を守ることもあれば、告げ口もしあった。どちらかの乳歯が抜けるたびに、いっしょに願い事をした。2人は最高の友だちだったのだ。

「おまえの学校の名前はなに？　英語の名前」アマントルがやってくると、モシはひそひそとたずねた。

「アイリーン――ううん、ちがった、エイリーン。エイリーンだと思う」母親は「アイリーン」のつもりだというのはわかっていたけれど、校長が口にした名前にしておいたほうがいいだろうと思ったのだ。学校の名簿にも、そちらが載っているだろう。学校に通っていた従兄姉たちに、文字で記録されたことは永遠に残るのだと聞いていた。「モシのは？」アマントルはたずねた。「モーゼス――名字はモンツィワ。フルネームはモーゼス・モンツィワさ」モシが新しい名前を誇らしく思っているのは、一目でわかった。

その日まで、子どもたちは名字のことなんて考えたこともなかった。年上の兄姉たちの名前を言えば、事足りたからだ。「わたしはアマントル、マディラの妹で、マディラはモレモへの弟」アマントルはいつも決まってそう自己紹介していた。同じ地区の出身ではない大人が相手の場合には、「ランペディ区のモッエーイとミレーコの子どもです。ミレーコはマチャマ連隊に属していて、ラメロコの息子です。ラメロコは若いときにライオンを殺したラメロコです」と付け加えた。モディエハ校長の記録簿には、そうした情報はなにひとつ記載されていなかった。

アマントルの大きな黒い表情豊かな目がきらめいた。アマントルはモシの手首をつかむと、勢いこんでささやいた。「わたしの名前を失くしたくない。アマントルのままでいたいの……あんたは？　英語の名前を気に入ってるの？」

マイナーニの弟で、今ではモーゼス・モンツィワとなったモシが答える前に、先生が、自己紹介したりおしゃべりしたりしている生徒たちに負けない声で叫んだ。「わたしはセメ先生、みなさんの担任です。これからみなさんの名前を呼びますから、名前を呼ばれたら、わたしの右側に来てください」そしてわざと間を置いてからつづけた。「では、呼びます。メアリー・アハーン、サイラス・ビナーン、アポロ・ボトカ、ボーイボーイ・チャーバ、ダニエル・ディブイ、ドクター・

ディサン、ティーチャー・ココーン……」セメ先生は手に持った筆記帳に書かれた名前を読み進めていった。「エイリーン・ボカア！」セメ先生は大声で言ったが、誰も出てこない。「エイリーン・ボカア！」セメ先生がもう一度呼ぶと、今度はアマントルが慌ててやってきて、先生の右側に立った。アマントルは、新しい名前を忘れないように心に刻んだ。

そして、ふと1か月前の出来事を思い出した。めったに行かない村はずれの放牧場《キャトル・ポスト》〔ボツワナでは各家庭で、家がある場所とは離れたところに放牧場を持っている〕に行って、初めて牛に焼き印を押すのを見たときのことだ。熱い鉄が尻に押しつけられているあいだ、子牛は大声で鳴いていた。兄たちがしっかり焼き印が押されたのを確認して縄をほどくと、子牛はすぐさま、猛烈な勢いで逃げていった。すると、まさにそのとき、父親がやってきて、兄たちの使った焼き印がまちがっていると言ったのだ。子牛は、父親の姉のもので、自分のものではないから、もう一度、正しい焼き印を押し直せと言う。そこで、兄たちは焼き印を押し直すのに、またもや子牛を捕まえて縛らなければならなかった。

「アイリーン・オムフィル！」セメ先生が大きな声で名前を読み上げると、新しい靴を履いた女の子が前に進み出た。アマントルは思わず自分の靴を見下ろし、足を引き寄せると、靴の先っぽと先っぽがくっつくようにぴったりと合わせた。けれども、後ろを見ると、右の靴のほうが突き出ているのがわかる。なので、立ち直して足を離し、右の靴のほうがまるまるワンサイズ大きいという事実を隠そうとした。母親は左の靴をきれいにして磨いてくれたけれど、右は新品で左はかなり古いというのは、ごまかしようがない。そもそも、左右ともアマントルには大きすぎた。少なくとも左は、ワンサイズ分だけだけれど。靴自体は学校指定のものだったから、少なくとも型は同じだった。それぞれ、2人の従兄姉からのおさがりだ。従兄は、左のほうを早くすりへらし、もう1人の従姉は右足が変形していたので、特注しなければならず、いつも右が余って、誰かにあげていた。

「アイリーンなの？　それともエイリーン？」今ではモーゼスとなったモシはたずね、アマントルが答える前に、ささやいた。「ぼくはアイリーンのほうが好きだな」

「どっちもいや！」アマントルはイライラしてささやき返した。「アマントルのままがいいの！どうしてアマントルじゃだめなの？」

「みんな、学校の名前がいるんだよ、英語の名前がさ。洗礼のときにいるんだよ。10歳になったら受けるだろ。オランダ改革派教会の大きな名簿に載るには、英語の名前がなきゃ！」アマントルもモシもほぼ毎週日曜日にオランダ改革派教会のミサに出ていたけれど、うちの近くにあるローマカトリック教会に行くこともあった。

それでも、アマントルはあきらめなかった。「だけど、ネオはネオのままよ。マツェディーソだって！　どうしてわたしはだめなの？　それに名字だっていらない。アイリーン・ボカアなんていや！」

モシはネオの名前に反応した。「ネオのおじいちゃんは、戦争のあいだ山に隠れてたんだ。

あのうちは卑怯者のうちなんだよ！　うちのおばあちゃんがそう言ってたんだ。不名誉な一家なんだ、って。ネオが洗礼を受けたって受けなくたって、誰も気にしないのさ！」モシはいつも、おばあちゃんに聞いた情報を嬉々として教えた。モシのおばあちゃんは、どこの家族が、先祖のどんな行いによって名誉を失ったのかについて、なんでも知っているみたいだった。モシとアマントルにとっては、誰がいつ、誰に呪いをかけたか、という情報の宝庫でもあった。

「うちのおばあちゃんは、イギリス人のために戦わなきゃならなかったなんておかしいって言ってたもん！『あたしたちには関係ないことだったんだからね』って。それに、だったらどうしてアポロはアポロのままでいいわけ？」アマントルの祖母はイギリス人とボーア人に関してはいくら言っても言い足りないらしく、どちらがよりひどかったかについては未だに決めあぐねていた。彼女に言わせると、両方とも戦争が大好きで、両方ともささいなことで人を戦争に駆り出すらしい。「ボーア人は目が合うと蹴飛ばしてくるが、イギリス人はにっこり笑って、見ていないときに後ろから蹴飛ばす」というのが、祖母の口癖だった。

「アポロっていうのは、英語の名前だもん。アメリカの名前なんだ」モシは見るからに、友だちに教えられるのが嬉しそうだった。

「ほんと？」アマントルは疑い深げに言った。アポロというのは、ツワナ語っぽい気がする。

「そこの2人、なにをこそこそ話してるんです？」ついにセメ先生が気づいて叱った。

「なんでもありません！」2人は声を合わせて答え、うやうやしげにお辞儀をした。

「では、いいですか？」先生はまたみんなに向かって言った。「ルールその1。授業中、おしゃべりはしない。わかりましたね」

「はい、先生」生徒たちは声をそろえて言った。

「ルールその2。大きな声を出さない」次の規則だ。

「はい、先生」みんなは答える。

「ルールその3。許可なしに教室を出ないこと」セメ先生は順番通りにリストを読み上げていく。

「はい、先生」みんなも、いっせいに返事をする。

「ルールその4。お手洗いは、お手洗いですること。茂みの中で済ませたりしないこと」トイレは、言うまでもなく学校における大きな問題だった。

「はい、先生」今度も予想通りの答えだ。

「ルールその5。この棒は、2か月近く誰のお尻にも触れていないので、ぴしりとやりたくてたまらなくなっています」これが最後の、おそろしいルールだった。「一列に並んで、走ったり押したりしゃべったりしないこと。みなさんの教室は、左側の建物の真ん中です。さあ、進んで――静かに！」

先生の掛け声を聞いたとたん、今日初めて学校に来た42人の子どもたちはあたりまえのように走りだし、押したりひそひそしゃべったりしながら一列に並んだ。42個の剃りたての頭が、日差しを浴びて輝く。ほとんどの子どもたちがわくわくしていたが、何人か、涙を浮かべている者もいた。お母さんからも慣れた環境からも、離れてきた子どもたちだ。

朝の遊び時間が終わるころには、アマントルはすっかり疲れて、お腹が空いていた。前の晩、学校が楽しみで楽しみであまり眠れなかったのだ。今すぐ家に走って帰ってなにか食べたい。でも、ルールははっきりしていた。まず許可をもらってからでないと、学校の敷地を出ることはできない。そして、許可はこれまで下りたためしがない。それどころか、許可を願い出ただけで、叩かれるかもしれない。セメ先生は、その点ははっきりさせていた。

しかたなく、7歳のアマントルはぐうぐうなるお腹を抱えて座り、そもそもなんで学校なんかに来たかったんだろうと考えた。セメ先生の棒を見る前から、学校では叩かれることだってあると聞いていたのだ。夜に炉を囲んでいるとき、年上の従兄姉たちは、ありありと目に浮かぶように細かいところまで描写してみせた。あれを聞いたら、まともな頭の持ち主なら、学校へ行きたいなんて思わないだろう。にもかかわらず、村は学校に行きたがる子どもたちであふれていて、アマントルは兄姉で初めて学校に通うことになったのだ。通いはじめた今でも、父親が気を変えて、子どもを、それも女の子を学校にやることにしたのが、信じられない。父親は、畑や農場でしっかり働けば将来安心だというのが口癖だったのだ。「怠け者は、同じ年の仲間のクソを食う羽目になる」と、7人の子どもたちにしょっちゅう言って聞かせていた。早起きは得だと固く信じ、牛たち、即ち、「濡れた鼻の神々」が、「いなければ、人は眠れず、いても眠れず」ということわざがお気に入りで、牛こそが財産だと言うのだった。

ところが、ある晩、それまで家族が話しあってもいなかった（少なくとも本気では話していなかった）アマントルの将来の道が切り開かれた。今から半年前だった。母親がこう宣言したのだ。「あの子は学校に行かせるよ」母親のひたいにはしわが寄り、目はまばたきせず、口はきゅっと結ばれていた。母親がこの顔をするのはいつも、父親が反対してくるだろうと思っているときだ。

太陽がちょうど沈み始めたころだったが、6月の半ばだったので、まだ全員、料理がすんだ後のセタアハーナ、つまりやぶにある囲い地で身を寄せ合っていた。アマントルは兄のモラティィワとクーぺで遊んでいたが、手を止めて、母親の話に耳を傾けた。

「おい、どっちの手だ？」モラティィワは遊びのリズムが乱されて、いらだたしげに言った。

「食べるほうの手」アマントルは答えたけれど、勝ち負けはどうでもよくなっていた。「もうこれで終わりにする」

モラティィワは腹立たしげに炭のかけらを火に放りこんだ。「アマントル、ずるいぞ！　おれが勝ってたのに！」

アマントルは兄の怒りを無視した。2歳しかちがわないので、兄というよりは、同じ年のように思っていたのだ。呼ぶときも、ほかの兄たちのことを話すときのように敬称の「アブティ」は付けずに呼んでいた。アマントルは兄を無視して、両手をしげしげと見つめ、いっしょに遊んでいたときについた木炭の汚れを見つけると、それを毛布に擦りつけ、じっと待った。父親はまだ答えていない。じっと母親を見つめている。けれども、その唇には笑みがちらつき、パチパチと燃える炎が躍りあがって、笑顔を照らしている。西の地平線が、燃えるような夕日で真っ赤に染まっていた。アマントルの目の前では、おかゆがぐつぐつ煮えている。「あの子」が自分であってほしくて、今にも心臓の鼓動が止まりそうだ。

「もちろん、学校へ行かせよう。おれもそう思う」とうとう父親が答える。母親の目がぱっと父親の顔に向けられ、探るように見つめる。反対されると思っていたのだ。夫が賛成したことで、言葉を失っている。

アマントルの父親は小声で続ける。まるで自分に向かって言っているように。「これからの未来に備えるべきだ。もっと大きなことのためにな。ああ、あの子は学校に行くべきだと思う。そうだ、あの子が新しい風に立ち向かえるように手助けしてやらなければ」

アマントルは目を見開く。炎の光が今や、父親の顔に浮かんだ満面の笑みをなめるように照らしている。すでに太陽は沈み、なんの痕跡も残していない。ほんの一瞬前までは、ぽっかり円盤が浮かんでいたのに、次の瞬間、もうそこにはなにもない。母親の表情が和らぎ、満足げにうなずいた。「どの子のこと?」アマントルは叫びたい。兄のレサカとモレモへはもうそんな年でないのは、はっきりしている。姉のナニーソとマディラも同じだ。だが、兄のモラティワとは2歳しかちがわない。だから、両親が言っている「あの子」というのが、モラティワの可能性があることに気づいたのだ。「もちろん、アマントルだよ」という答えがほしい。でも、自分は7人兄弟の末っ子で、兄も姉も誰もこれまで学校へは行っていない。つまり、「あの子」はモラティワかもしれない。ああ、どうしても「あの子」はわたしであってほしい！

「アマントル、来年から学校へ行きたい？　もう7歳でしょ——来年から学校に通える年齢よ」

火のまわりに沈黙が下りてきた。歴史がつくられようとしている。モツェーイとミレーコの7番目の末っ子がいまだかつてない旅に出ようとしているのだ。モラティワさえ、さっきまでの怒りは消え、驚きの表情を浮かべている。

「うん、マー！　だけど、どうして来年なの？　来年まで待たなきゃいけないの？　次の学期が始まるときから、わたしも行きたい！」感謝の気持ちはすぐに、望みをすべてかなえたいという思いに取って代わられた。

「もちろん、来年まで待たないと。新しい学年が始まるまで待たないとならないんだよ。途中で入ることはできないんだ」母親は火の向こう側から微笑んだ。さあっと風が吹いて空気の流れが変わり、アマントルは煙でゴホゴホと咳きこんだ。それを言い訳にして、アマントルは火の向こう側へまわって母親のそばへ行った。自分が学校へ行く相談をしているときに、母親の膝に乗りたがる赤ん坊みたいな真似はできなかったから。

それから6か月後、アマントルはついにこうして学校に来て、初めての遊び時間のあいだずっと、腹をすかせて座っていた。どうしてあんなに学校に行きたいと思ったんだろう。今頃、うちにいて、母さんの手伝いをしていることだってできたのに。確かに母親はたまに草ぼうきで子どもたちを叩いたけれど、常に家の中で暴力に怯えているわけではない。別に母親は四六時中ほうきを持って、まちがいを犯した場合どうなるかを見せつけているわけではないし、万が一のときにも、アマントルは走って逃げる自信があった。セメ先生はまだ棒を使っていなかったが、すぐに出番が来るだろうとアマントルは信じて疑わなかった。

遊び時間が終わると、先生は教室の入り口に立って、クラスの生徒たちの名前を一人ひとり呼んで、家に帰ってしまった子がいないかどうか確かめた。「ノーマ・モレフェ！」先生が大声で呼ぶと、ノーマは慌てて先生の前を通り抜け、教室に飛びこんだ。ノーマは太った背の低い男の子で、大きな目をしていた。カーキ色の短パンは大きすぎ、ずり落ちないように手作りのベルトを締めているが、毒キノコみたいなへそのあるお腹がしょっちゅう見えていた。

セメ先生の顔にいぶかしむような表情が浮かんだ。「ノーマというのは女の子の名前よ。ノーマのはずないわ。うちではなんて呼ばれてるの？」

「ツィアーモです、先生」その子は答えた。

「そう、じゃあ、そっちの名前に戻したほうがいいわね。ノーマじゃ、女の子の名前だもの。あなたは今から、ツィアーモ・モレフェね。わかった？」

ノーマが黙ってうなずくと、セメ先生はペンを取って、ノーマの名前の上に線を引いて消し、代わりに「ツィアーモ」と書いた。

アマントルはチャンスと見て取り、すかさずたずねた。「エイリーンは？　男の子の名前じゃないですか？　わたしも、うちの名前でいいです」

「いいえ、エイリーンは女の子の名前よ。だから、そんな心配はしなくていいわ」そして、セメ先生は新しいクラスの生徒たちの名前をまた呼びはじめた。

アマントルは学校ではエイリーンのままになり、ノーマは、母親が校長に告げた英語の名前を失うことになった。本当は、ツィアーチの訳で「ノーマル」と言ったのだ。とうぜん、意地悪な子たちは、ツィアーモのことを「ノーマ女」とか「ノーマ・ガール」などと呼んだ。「ノーマ、やーい、ノーマ、ノーマ女、ノーマ女、やーい！」けれども、そんな歌を歌うのは、数メートル離れているときだけだ、というのも、「ノーマ女」はすぐにかっとなって、殴る蹴るの暴力をふるい、先生が止めに入るまでやめなかった。もしかしたら父親が息子に付けた名前はノーマンだったのかもしれない。父親の働いている地元のトラクター販売会社の横暴な社長の名前はノーマンだった。

1日目が終わるころには、アマントルは数々の「初めて」を経験していた。窓ガラスのひんやりとすべすべした感触を味わい、壁に囲まれた中で用を足した。レディ・サラ・ベンチフォード小学校には、落とし便所が備え付けられていたのだ。しかし、学校に通うようになって、アマントルが初めて出合ったものは、窓と落とし便所以外にもたくさんあった。そのひとつが、鍵だ。

学校のドアにはすべて鍵がついていることを知って、アマントルはうっとりした。1日が終わると、誰かが鍵を使ってドアをロックする。アマントルの家には鍵がなかったし、近所にも、鍵のかけられるうちなどなかった。ちゃんとしたドアすらない家だってあったのだ。それまで、触ったことがあるのは、祖母が片時も離さず首に下げていた茶色の小さな鍵だけだった。

1日目の夕方には、お腹はおかゆと豆のスープで満たされ、アマントルは学校に通えるようになってよかったと思いはじめていた。うちに帰って母親の横にあおむけになると、父親が学校はどうだったかとたずねた。アマントルは、学校で出合った新しいものについてひとつ残らず家族みんなに話して聞かせた。

それを聞いて、父親が言った。「用を足す場所を建てたのはよかったな。そんな大勢の人間を塀で囲った場所に集めてちゃ、茂みが足りんだろう。特に、子どもだしな。金は教室の数を増やすほうに使えと言った連中もいたがな。おまえもそうだったろう、マー・レサカ?」

「いいえ、ラー・レサカ」アマントルの母親は答えた。「用を足す場所をつくることには反対しちゃいませんよ。教室の中につくるのに反対したんです、ウォルタースさんのうちみたいにね。眠ったり、食べ物を置いたりしてる家の中で用を足すなんてね！　正気の沙汰じゃないよ」

父親も、今度は母親側についた。「ああ、その点じゃ、おれも同じ意見だよ。農業についちゃ、ウォルタースさんのところもいろいろいいやり方をしてるがね。だが、ウォルタースさんが新しく建ててるうちのことや、部屋の中にトイレをつくるって聞いたときには、正直、仰天したよ。

今じゃ、家畜の飼育法についても、ウォルタースさんのやり方がどうかと思っている連中がいるくらいだ。うちの中でクソをしてる男なぞ、信用できるかね？　ヨハネスブルクじゃ、新しい流行りだし、ハボローネにも広がってるって噂だよ。おれには想像もできんがね！」

「だけど、ラー・レサカ」ナニーソが応戦する。「でも、そういうトイレはすごく清潔だって聞いたわよ。水を使って便を流すから、においもしないんだって」ナニーソは、次の日のティン〔酸味のあるおかゆ〕をつくるのに、ソルガムきびを混ぜながら意見を言った。

「あぁ、ナニーソ」父親はわざとぞっとしたような声で反論した。「人間が――大人がうちの中でそんなふうに用を足せるなんて、本気で思ってるのか？　白人はまた別さ。彼らが〝うちにいる〟って言うときは、文字通りうちの中にいるんだ。連中は、料理も、食事も、睡眠も、くつろぐのも、ぜんぶ家の中でやる。それでついには、クソをするときすら、うちから出たくないってわけだ！　まったく驚きだよ！」

アマントルはそんな話を聞き流しながら、ずっと空を見ていた。少なくとも3人の王様が、世界のどこかで死んだらしい。3つの流れ星が、こうこうと輝きながら君主の死を知らせていた。残された王家の人々のことを考え、王たちが安らかに眠れるようそっと願う。王たちに、学校に通いはじめたばかりの子どもがいないといいのだけど。そして最後に、月に自分の両親が長生きするように願いをかけたのだった。

数週間のあいだに、アマントルとクラスメイトたちはＡＢＣや１２３を学んだ。アマントルは呑みこみの早い生徒だった。それに、学ぶことになんでも興味を持つ。たったひとつ問題だったのは、新しく学んだことを家族と分かち合えないことだった。どうやら誰もＡＢＣや１２３には興味がないらしい。じきに、アマントルは習った数字と数字を足してもっと大きな数字にすることも学んだし、文字を組み合わせて言葉にすることもできるようになった。そして、文字を組み合わせることによって、自分の家での名前と学校での名前を書けることに気づいて、夢中になった。とはいえ、相変わらず学校での名前は好きではなかった。おかしな呼び名に返事をしなければならないという問題はあったけれど、〈基礎1〉と呼ばれる1年目は、最高にすばらしい1年間だった。

それに、セメ先生もそんなに怖い先生ではないことがわかった。生徒を叩く回数も、アマントルの母親と大して変わらなかったし、叩くとしても棒で軽くコツンとやる程度だった。先生は、優しくてしょっちゅう笑ったし、寒い5月、6月、7月の間は、生徒たちがコート代わりに毛布を持ってくるのも許してくれた。

モディエハ校長はそれを見とがめて、文句を言うこともあった。「セメ先生、子どもたちに学校で臭い毛布なんか着せないでください！　調査官が来て、子どもたちが制服の上にそんなものを羽織っているのを見たら、どうするんです？　いいですか、本当にやめさせてくださいよ」校長の黄色いドレスが風に翻り、長い黄色のイヤリングが怒りに合わせるようにぶらんぶらん揺れた。

しかし、このお決まりのやりとりが繰り返されるたびに、セメ先生は一歩も引かず上司に立ち向かった。モディエハ校長のほうがセメ先生より年上だから、本当なら敬意を払わなければならない上に、相手は校長であり、首長の娘でもあった。けれども、セメ先生は決して譲らず、こう言うのだった。「なるほど、調査官が問題があると思うのでしたら、子どもたちに暖かい服を支給していただきたいですね。もしくは、冬の間は学校を休みにしてくだされば、もっといいですけど。ハボローネでふんぞり返って、自分のやり方が絶対的に正しいと思っている調査官のせいで、どうしてこの村の貧しい子どもたちが苦しまなきゃならないんです？　文句があるなら、ここまで来て、自分たちの手で寒がっている子どもたちから毛布をはぎ取ればいいんです！」

「どうしてそうやってなにもかも政治的な問題にしないと気が済まないんです？」モディエハ校長は言い返した。セメ先生は南アフリカ出身で、夫はなにかのデモ行進のときに銃で撃たれ、なんとか生き延びたものの、後に獄中で亡くなったと、アマントルは聞いていた。

若い教師は、うっすら軽蔑の色を浮かべながら答えた。「すべてのことは政治的なんです、校長先生。もう教室へ戻ってもよろしいでしょうか？」そして、答えを待たずにきびすを返し、教室へ戻っていった。

この最後の言葉で、毛布の件に関する議論は決着がついた。少なくとも、その冬の間は、子どもたちは臭いのする毛布を羽織りつづけたが、モディエハ校長も鼻にしわを寄せるだけだった。

子どもたちの毛布が臭うのは、日中だけでなく夜も使っていたからだ。母親たちはごくたまにしか毛布を洗濯しないし、下の弟や妹たちともいっしょに使わなければならない。幼い弟妹たちはまだ夜トイレに起きられない子もいたし、単に寒い外へ出ていかないで済むよう我慢してマットレスと毛布を濡らしてしまうこともある。それに、標準的なランダバル〔土壁と草ぶき屋根の円筒状住居〕は直径5メートルほどだったが、そこに大体7人くらいの子どもたちが寝ているのだ。冬の夜はいつも、ランダバルはぎゅうぎゅう詰めだった。夏になれば、臭いはずっと良くなる。みな、ラパ〔茅葺の屋根を柱で支えた壁のないタイプの小屋〕で眠るほうを好むからだ。壁がなく床が固いことさえ我慢できれば、問題なかった。

アマントルが小学校へ通っているあいだ、セメ先生とモディエハ校長は、あらゆることで言い争った。アマントルが9歳になった1986年ごろには、アフリカ南部では人々が政治に関心を持つようになり、物事の行われ方についてよりオープンに疑問を口にするようになっていた。

アマントルは熱心に勉強し〔ボツワナでは初等教育が7年、中等教育が3年、高等教育が2年〕、その結果、成績表にはずらりとAが並んだ。21歳になって卒業が間近になったときには、奨学金をもらえるだろうと確信していた。そうすれば、イギリスに渡ってさらに勉強を続けることができる。人口3000人に満たないモロペの村の一少女から医者へ変身を遂げるためには、大学で教育を受けなければならない。1991年に14歳で中学に進学したときから、アマントルは医者になることに決めていた。モロペより大きなカニエの村の学校に進学し（モロペの学校の子どもはみんな、小学校を卒業したら、カニエへ行くことをのぞんでいた)、アマントルの家族もカニエへ引っ越したが、そのとき例の干ばつが起こり、アマントルは3年間休学しなければならなかった。

そして1999年の今、アマントルは22歳になり、国家奉仕プログラムの参加者、つまりTSPとなった。ハファーラ村の診療所に向かって歩きながら、記憶にあるかぎりずっと医者になりたいと思ってきたことについて考えを巡らせていた。村に着いた翌日、仲間のTSPと村人たちのもとへ出向いたとき、彼女のホストファミリーとなった女性が言った言葉を思い出す。「そこの茶色いロングスカートの子にするよ、右から2番目の——そう、その子だ。そう、きちんと髪をまとめてる子だよ。行儀よさそうだからね」

村の集会所コートゥラ〔集会、または集会が行われる場所のこと。裁判所の役割も果たし、村で起こる問題について様々な話しあいを行う〕にずらりと並び、村人たちが引き受けるTSPを選んでいるあいだ、政府はもっと品位のある方法を考えるべきだと、アマントルは思っていた。これでは、まるで競売にかけられているみたいだ。しかも、TSPの選抜を行っているコートゥラの隣では、競売にかけられる家畜たちが待っているのだ! のちに、アマントルはホストファミリーを引き受けた女性には、10歳にもならない子どもが2人いるのを知ることになる。年を取って耳が悪くなってきている上、膝に痛みを抱えていて、満足に働けない。つまり、ホストファミリーの家へ行った最初の晩に、アマントルは家族の面倒を見ることを期待されていると知ったのだった。だが、予想はしていたので、特別動揺することはなかった。アマントルは女であり、幼いころから、ほかの人間の面倒を見るように育てられてきたのだった。

ピラピラしたシャツとダメージジーンズに、耳にずらりと並んだシルバーのピアス、くしゃくしゃのドレッドヘアという、野心に燃えるTSPダニエル・モディーセは、コートゥラではホストファミリーが決まらず、しぶしぶある夫婦が引き受けることになった。19歳のけんかっ早いダニエルは、実家からはるか遠いこんな村に来る気はさらさらなかったから、選ばれようが選ばれまいが、どうでもよかった。どちらにしろ、自宅のあるラモツワナに戻るつもりだったのだ。1年間もこんな、神にも見捨てられたような場所で、テレビからも電話からもガールフレンドからも両親の車をこっそり使う機会からも遠ざかったまま、暮らす気などまったくなかった。

「TSPたちは問題のもとになりかねませんからね、見るからに礼儀のなってない子はごめんですよ。あと、女子にしてください。男子はいりません」村長のバーリーンの妻は、TSP担当の役人にダニエルを引き取るように言われたときに、こう言った。

「お願いです、村長。お宅がだめなら、引き取り手なんていません、彼のような若者には、あなたのお宅がいちばんいいんです」TSPの担当役人は懇願した。

バーリーン村長と妻は、ダニエルを引き取ることに不満たらたらだった。とはいっても、ダニエルをどこかの家に割り当てなければならない。それに、村長は、リーダーとして模範を示すことが必要だ。政府は、ＴＳＰの計画を成功に導くためにも、全員が犠牲を払うよう求めていた。若い人たちが、それぞれ長期的キャリアを築いたり仕事をしたりしていくにあたって、その前に国家に貢献する機会を与えなければならない。というわけで、もちろんバーリーン夫妻も、だらしなくてけんかっ早い、怒れるダニエルを、ドレッドヘアだろうとなんだろうと引き受けるしかなかった。「そのピアスをすぐに取れ。きみは女か？　シャツの裾はズボンに入れろ。まったく行儀ってものがなっとらん！　わたしのうちに住むつもりならば、すぐさまうちのルールを覚えてもらう。乱暴な若者をおとなしくさせる方法なら、いくらでも知っているんだ。嘘だと思ったら、村の人間に聞いてみるがいい」バーリーン村長は最初から、ダニエルを敵視していた。

下手なやり方ね、とＴＳＰ担当は心の中で思った。ＴＳＰを各家庭に振り分ける作業を済ませて、さっさとマウンに戻りたかったのだ。その後は、ＴＳＰの様子を確かめるためにひと月に１回だけ、村にくればいい。

ダニエルは敵意のこもった目で村長をにらみつけたが、言われたとおりにのろのろとピアスを外して口に咥え、シャツの裾をわざと雑にズボンにたくしこんだ。すぐにでも、村から追い出してほしかったのに。そうすれば、今ごろ小躍りしながらうちへ帰っていただろう。彼のホストファミリーが決まったのは、派遣のぎりぎり１週間前だった。

さて、アマントルは晴れた朝に、村の診療所での初仕事に向かっていた。村と呼んでいるのは、実際はごく小さな集落の集まりで、それぞれの集落に村長がいる。ほとんどのうちは泥で作った小屋がいくつか集まったものだが、中には、四方を壁に囲まれブリキの屋根を抱いた建物も数軒あり、その真ん中に政府の建物がでんと建っていた。

診療所と小学校と野生動物保護センターと掘削井戸は、すべての集落で共有していた。ひと月に一度、政府のトラックがやってきて、運転手たちが妊婦と5歳以下の子どもに食料を配る。井戸が崩れたときは、巨大なコンテナで水も運んできた。1、2台のおんぼろトラックをのぞけば、あとは、村に入ってくるのはすべて、BXと呼ばれる政府の車だった。政府の車には必ずナンバープレートにBXとあるのでそう呼ばれている。村人たちは、村を出入りするときはこのBXに乗せてもらっていた。診療所の救急車はトヨタのハイラックスで、少しでも乗り心地をよくするために覆いとマットレスが備えつけてある。だが普段は村人たちの交通手段として使われていた。

アマントルは、派遣された先の小さな集落でただ1人のTSPだった。ダニエルを含めたあと7人は、周辺の集落の家や、学校や、野生動物保護センター、または干ばつ救済プロジェクトを通じて宿舎を割り当てられた。アマントルが彼らに会えるのは、週末だけになりそうだ。ホストファミリーと数日過ごしてみて、マー・ノノに選んでもらったのは幸運だったと確信した。銀行の元事務員で、家は村でも近代的な一角にある。しっかりした造りの小屋が4棟と、快適な汲み取り便所があり、庭には蛇口もついている。それに、マー・ノノは親切だった。アマントルは、仕事に行く前に家族の朝食を用意するくらいなんとも思わなかったし、10歳になる娘のセワホディーモのことをたちまち大好きになってしまった。セワホディーモが「天から落っこちた子」とか「流れ星」という意味の名を付けられたのは、娘を授かったとき、マー・ノノは本当ならとっくに閉経していてもおかしくなかったからだ。セワホディーモは太陽のように明るくて、まさに空から落ちてきたような特別な子だったから、アマントルがすぐに好きになったのも当然だった。

アマントルは診療所の中庭に入り、建物のほうへ向かって歩きはじめたが、診療所はまだ開いていないことに気づいた。時計を見ると、7時25分をさしている。受付開始まであと5分だ。外にはすでに15人くらいの患者が待っていた。ほとんどが妊婦か、子どもを連れている女性だが、男性もちらほらいる。「みなさま、おはようございます」アマントルは丁寧に言った。「診療所はあと5分で開きますので、看護師とお話しできると思います」アマントルは、たとえ初日でも、プロらしくてきぱきと対応すべきだと思っていた。そして、座れるようにつくられたセメントの低い壁に腰を下ろした。

待っている人たちの中に、間に合わせの汚れた包帯を巻いた男性2人（1人は頭、もう1人は足）がいた。話を聞いていると、2人ともけがの原因は酒らしい。1人は酔ってふらふらしながら帰る途中に転んで丸太に頭をぶつけ、もう1人はやはり酔って帰る途中に、ヘビを踏んづけて噛まれたのだ。なぜかヘビに噛まれた男のほうにはみんな同情していたのに、丸太の男には冷ややかだった。ヘビの男も、酔っていなければヘビを踏んづけることはなかったという点ではみんな意見が一致していたので、アマントルには不公平に思えたが、たぶん、アマントルの知らないなんらかの事実に基づいて、そうした判断が下されているのだろう。「このあたりにはヘビがたくさんいるんですか？　診療所の薬は足りていますか？　看護師たちも、村で暮らしているんですよね」アマントルはみんなと親しくなって、仲間に入りたいと思って話しかけた。

待っている患者たちは、アマントルには興味津々だったが、誰も答えようとしなかった。母親たちは子どもをあやしつづけているし、2人の男性はそっぽを向いた。雰囲気を軽くしたくて、アマントルは自己紹介することにした。そこで、自分は別の地域の出身なので、こんなふうに豊かに生い茂った草木は見たことがないと言ってみたが、それでも誰も答えない。患者の痛みを和らげたい一心だったけれど、長々と話しすぎてしまったようだ。

すると、男性の1人がたずねた。「あんたの村には診療所はいくつあるんだ?」

「ああ、どうかしら。ええと、7つくらい？　もしかしたら、10くらいあるかもしれません。あと、病院もあります。ここより、だいぶ大きい村なので。どうしてですか?」アマントルはようやく会話に参加できたうれしさでたずねた。

「この村には、診療所はひとつしかない。看護師は2人だ。それで、このあたりの5つの集落ぜんぶを診てるんだ。ハファーラ、ムルティ、セレッツェン、セルベ、ニパレンぜんぶをな！　おれたちはみんな、このたったひとつの診療所と2人の看護師に頼ってる。なのに、さっきあんたは看護師が7時半には来るって言ったが、実際は来やしねえ。気が向いたときにしか来ないんだよ。ましてや、時間通りに来る気になることなんてめったにないし、今日も来たとしたって、ひでえことを言ってくるのさ」

アマントルもどうせ同類だろう、と暗に言っているのだ。アマントルはなにも言わず、黙って様子を見ることにした。仕事の初日に地雷を踏みたくはない。代わりに、じっとこちらを見ていた小さな少女と目を合わせ、遊びはじめた。ウィンクすると、少女もウィンクをし返した。次は2回ウィンクすると、少女もやっぱり2回ウィンクを返してくる。そんなふうに右目と左目で5回ずつウィンクしたところで、ついに少女は満面の笑みを浮かべた。そして、今度は自分のほうから、やはり声は出さずに新しいゲームを始めた。少女が親指をヒクヒクさせたのを見て、アマントルも右の親指をヒクヒクさせる。すると、少女が鼻の穴を広げたので、アマントルは思わず声をあげて笑ってしまった。そのときにはもうすっかり友だちになっていたから、少女はトコトコとアマントルのほうへやってきた。少女の母親はびっくりした。

「ムフェフォは人見知りなのに。知らない人は苦手なんですよ！　なのに、自分から寄っていくなんて」

「あら、ムフェフォとわたしは、2人だけに通じる言葉でずっとしゃべってたんですよ」アマントルはそう言って、少女のほうを向いた。「そうよね？　わたしはアマントルって言うの。あなたは、ムフェフォって言うのね。マー・フェフォを短くしてムフェフォなのかしら？」そして、にっこり微笑んだ。ムフェフォは小さな両手をアマントルの膝にのせ、うんとうなずいた。母親はそれを、興味深そうに見ていた。

アマントルはさらに言った。「じゃあ、あなたは風の子なのね？　きっと風みたいに速く走るんでしょ？　名前と同じで」

すると、ムフェフォはまたにっこり微笑んだ。

「何歳？」アマントルは両手でムフェフォのこぶしを包みこんだ。

ムフェフォはクスクス笑うと、両手を引っこめて、右手を突き出し、左手を使ってそろそろと右手の親指を折った。それを見て、アマントルはムフェフォが小さいころひどいやけどを負い、右の親指が曲がらなくなっていることに気づいた。

「まあ、4歳なの！　大きいのね！　わたしのお友だちになってくれる？　まだこの村に来たばっかりだから、お友だちがほしいの」

ムフェフォは答える代わりに、壁の上にのぼって、アマントルの膝の上にちょこんと座った。

そのころには7時45分になっていたが、看護師たちはまだ姿を見せる様子はなかった。2人が住んでいる家は、診療所と同じ敷地内にある。待っている患者たちのところから、看護師たちの住んでいる家の青いドアが見えるのだ。だが、どちらのドアも閉まったままだった。

「どうして手間取っているか、見てきましょうか？」アマントルは申し出た。「ムフェフォ、いっしょに来る？」アマントルはそう言いながら立ちあがり、新しい友だちをそっと膝から降ろした。彼女自身しびれを切らしていたし、自分がどうにかしなければと思ったのだ。

「あんたはいい娘さんだね。だけど、やめといたほうがいい。連中に怒られるだろうし、あたしたちはもっと怒られる。このまま待ったほうがいい。あたしたちは慣れてるから」

するとと、大量の汗をかいている赤ん坊を抱えた女が、すぐに看護師が来ないと、息子がゆだっちまう、と言った。

「蛇口のところへ連れていって、冷たい水をかけてやったらどうでしょう。そうしたら、少し体が冷えるから」さっき口を閉じていようと誓ったのにもかかわらず、アマントルはつい言ってしまった。

「あの女たちにあたしが怒鳴られてもいいのかい？　特に背の低い方は、水を無駄にしようもんなら、わめき散らすんだよ」女は答えた。

「なら、わたしがやります。お子さんは高熱が出てる。冷やしてあげないと」アマントルはなおも言うと、女の膝から赤ん坊を抱きあげ、蛇口のほうへ歩いていった。そうなると、女も手伝うほかない。女とアマントルは顔を見合わせた。赤ん坊が架け橋になり、お互い相手の目に浮かんだ表情を気に入った。

8時になると、片方の青いドアが開き、体にタオルを巻いた女がプラスティックの容器を持って出てきた。女は容器の水を捨てると、待っている患者たちのほうを一瞥し、また家に戻って青いドアをバタンと閉めた。それから約15分後、彼女は再び姿を現わした。今回は看護師の制服を着て、片手に容器を、もう片方の手に鍵束を持っている。こちらの方へ歩いてくると、そのまますっと横を通り過ぎて、診療所の正面入り口の鍵を開けた。その間「おはよう」のひと言すら言わなかった。

アマントルは戸惑って立ちあがった。看護師に自己紹介をしたかったが、制服を着た女があまりにも勢いよく歩いてきたために、機会を逸してしまった。待っている人たちに挨拶もしなければ、つんとして取りつく島もない。しかたなく、アマントルはムフェフォにウィンクした。少女はにっこり笑ってウィンクを返し、アマントルは黙って看護師の後から診療所に入っていった。

看護師は、明らかに初めて気づいた様子でアマントルのほうを振り返った。「新しいTSPね。どうして鍵を取りに来ないの？　前のTSPみたいじゃ困るからね。いつも遅刻する上に、なにもしない子でね。よけいな手間ばかりかかってたわよ」看護師は決めつけるように言うと、アマントルの返事も待たずにのしのしと中に入っていった。「外の連中に中に入って、番号札を取るように言ってちょうだい。ちゃんと並ぶように言って。家畜の群れみたいに押しよせてくるのは、ごめんだから」看護師は「連中」というのは患者のことだと示すように、外に向かって頭をグイと傾けた。

アマントルは後に、その看護婦がマララ夫人、もしくはマララ看護師と呼ばれていることを知ったのだが、とにかくそのマララ看護師はオフィスに入ると、朝食を取りはじめた。そして、腹立たしげに茶色の封筒を押しのけた。封筒は開いていたから、内容はすでに知っているのだろう。「役所から手紙が来るたびに、転任じゃないかと期待するのに、毎回、がっかりさせられるのよ。いつになったら、このみじめたらしい場所から出られるの⁉　あの汚らしい連中！　どうしてあたしがここで働かなきゃならないわけ？　ハボローネを出たことがない看護師だっているのに。ただの一度もね！　なのにあたしはもう3年以上ここにいる。その前はベルダだった。本当なら、去年には異動になっているはずなのよ！　あんたはラッキーよ、ただのTSPだからね。12か月以内にはここから出られるんだから。で、なんでそこにつっ立ってんの？」

20分後、ようやくマララ看護師は用意ができたから、最初の患者を診ると言った。マララ看護師の夫はマウンに本部のある野生動物保護センターの運転手で、めったに妻には会いにこないことを、アマントルは後から患者に教えてもらって知った。ようやく来たと思っても、村で別の女と過ごしているらしい。その女の家のドアは何時間も閉まったきりで、その中でマララ氏と女性がなにをしているかは、想像するほかなかった。そして様々な憶測は、大した出来事も起こらない村に欠かせないゴシップネタとなっていた。アマントルの初仕事の日は運悪く、マララ氏が村に来た直後だったのだ。

じきに、アマントルの役割は看護師の診察中の「雑用係」だということが判明した。マララ看護師は、アマントルをあそこへここへとあらゆるところへやった。子どもが吐けば、「隣からモップを取ってきて、これを片付けてちょうだい」と言い、次は「裏でGDAに電話してきて」と言う。アマントルには、GDAというのが、そもそも物だか人だかもわからなかったが、マララ看護師に、診察所の裏で配給の食料を配っている青い制服を着た女性のことだと説明された。正確には、「GDAっていうのは、General Duty Assistant の略で看護助手のことよ。そんなことも知らないの?」という質問の形を取った「説明」だったが。ついでに、「あの人たちに、子どもたちを黙らせるように言ってちょうだい。どうしてあんなに騒がなきゃならないわけ?汚らしい子どもたちをあんなふうに駆け回らせないでもらいたいもんだわ!」とも言われた。

初日が終わるころには、いっぺんにいろいろなことを覚えようとしたせいで、アマントルは疲れ切っていた。なのに、自分の正式な業務はわからないままだ。午後に一度、もう1人のパラキ看護師が、手伝いが必要かどうか様子を見にきた。そして、アマントルに診療所の倉庫を掃除させようと思いついたのだ。「あそこを片付ければ、オフィスにできるでしょ。何年も片付けてないからね。あのTSPに、置いてあるものを調べて、いらないものを捨てさせればいいわ。どうせ古いがらくたしかないでしょうから。そうすれば、TSPにやることもできるし」パラキ看護師はろくにアマントルのほうを見もせずに、マララ看護師に向かって言った。

2人の看護師は勝手にそう決めて、アマントルの意見を聞こうともしなかった。若きTSPは病気や治療法について学ぼうと希望に燃えていたし、薬を処方する手伝いをして、患者に回復したと言われるのを楽しみにしていた。倉庫の掃除なんてしたくない。だが、アマントルに発言権などなかった。倉庫を掃除しろと言われれば、掃除するしかなかったのだ。

第6章

次の朝、2人のうち、先に診療所に来たのはパラキ看護師だったが、そのときにはすでに8時半をまわっていた。待っている患者たちにとって、少なくともパラキ看護師が朝食を済ませていたことは、せめてもの慰めだった。マフラ看護師はさらにその1時間後にやってきた。午後は患者を診ないというのが、2人の方針だった。その時間は、書類を作成するのに使うからだ。けれども、実際にアマントルが目にした「書類」は、ファッション雑誌と恋愛小説誌だけだったし、昼寝をしているのも見かけた。

パラキ看護師が来たころには、アマントルの倉庫の掃除もだいぶ進んでいた。倉庫は埃だらけで、そこいらじゅうに書類が積み重なっていた。パラキ看護師に捨てるものと保存しておくものをたずねるために何度か行ったり来たりしたことをのぞいては、作業自体は退屈だったものの、とても楽だった。昼までには、セメントの床が見えるようになり、埃を吸ったせいで止まらなかったクシャミも、だいぶ落ちついてきた。夕方には、棚にあるのは箱とファイルだけになり、ばらばらだった書類はすべて片付けられた。箱とファイルは、明日整理すればいい。種々雑多な薬や錠剤やカプセルは一つの箱にしまった。自分のせいで、好奇心旺盛な子どもが口にするようなことがあってはならない。

帰る時間になると、アマントルは今日のはかどり具合を眺めて、誇らしく思った。倉庫を掃除するために診療所で働くことにしたわけではないとはいえ、ごみだめに立ち向かっているうちに、いつの間にか使命感に満たされていた。明日から書類をファイルし直し、箱には新しくラベルを貼って、残っているものの一覧表を作ろう。ざっと見たところでは、ぜんぶ終わるのに、10日ほどかかりそうだ。この仕事をそつなくこなせば、看護師たちももっと華やかな仕事をやらせてくれるかもしれない。診療所を7時半に開いて、患者の名前と症状を書いておく役目を任せてほしいと、頼んでみるつもりだった。前回の治療の効果についても、メモを書いておくといいだろう。看護師たちがカルテもろくに読まずに、効き目のない同じ薬を出し続けると、文句を言いながら帰っていく患者が多いことに、アマントルは気づいていた。

結論から言うと、アマントルは華やかな仕事をもらえなかった。そもそも初仕事は終わらなかったのだ。倉庫の掃除に取りかかって4日目、事態は全くちがう方向へと動き出した。倉庫の箱の中に、「ネオ・カカン：CRB45／94」というラベルの貼られたものがあった。それを見てすぐに、アマントルは、初日に会った患者の中にカカンという姓の女性がいたことを思い出した。

看護師たちは、箱は捨てるようにと言った。「あの倉庫は、かれこれ3年以上あのままだったからね。箱の中身がなんであれ、使いものになるはずないよ」マララ看護師の言ったことを要約すると、大体そんなところだった。

「だけど、使えるものがあったら？　せめてご家族に見せて、決めていただいたらどうでしょう？」アマントルは言った。

「わかったよ、TSPの娘、好きにおし。ただのボロボロの箱に、どうしていちいち騒ぐのか、あたしはわからないけどね」そう言うと、マララ看護師はまた、お気に入りのファッション・カタログの最新号をパラパラとめくりはじめた。

アマントルは、マララ看護師が自分を名前で呼ばないことに腹を立てていた。いつも、「TSP」とか「TSPの娘」などと呼んでくる。近ごろでは、「倉庫娘」と呼ぶことすらあった。だが、アマントルは口を閉じていることに決めた。1年間、この無能な2人と過ごさなければならないのだ。余計なことをして、必要以上に嫌な思いをすることはない。

アマントルは患者の1人に、カカン家に名前のついた箱を見つけたというメッセージを伝えるように頼んだ。1時間もしないうちに、初日に診療所に来ていた女性がやってきた。赤ん坊の熱をさげるのに手を貸した女性だ。後でわかったのだが、赤ん坊の祖母だった。

「貴重なものが入っているかどうかはわからないんです。開けていないので。でも、見ていただいたほうがいいと思って。いらないものかもしれませんが、わたしが勝手に捨てるのもどうかと思いますし」アマントルは言っているそばから、どうでもいいものしか入っていない箱のためにわざわざ呼び出してしまったのではないかと心配になってきた。

「ありがとう。あたしはモトラツィ・カカン、あんたが来た最初の日に会ったでしょ？　連絡してくれてありがとうね。中身がたいしたものでなかったとしても、良かれと思ってやってくれたんだから。あんたは礼儀ってものを知ってる子だよ。まったくわかってない輩もいるからね」モトラツィは意味ありげに看護師たちのいる診察室のほうを見やって、片目をつぶった。「長生きして、白髪が生えるように」祝福の言葉を口にして、にっこり微笑む。「ムフェフォがよろしくと言ってたよ。そう、ムフェフォのところはうちのお隣なんだよ。あの子ときたら、しょっちゅうあんたはどうしてるかきいてくるよ」

　アマントルはすっかり心が軽くなり、倉庫に箱を取りに行った。箱はとても軽く、マスキングテープでしっかり閉じられていなければ、空だと思ったかもしれない。「ラベルには、『ネオ・カカン』と書いてあるんです。ご存じの方ですか？　ご家族？　そうじゃないかと思って、だから、見ていただきたかったんです」

　それを聞いたとたん、モトラツィはぱっと顔をあげた。そばで赤ん坊に乳をやっていた女性も、赤ん坊を離して立ちあがる。赤ん坊は不服そうになり声をあげたが、母親はぴしゃりと叩いて黙らせた。赤ん坊はすぐに静かになった。

「今、なんて？」モトラツィはささやくような声できききかえした。

アマントルは、モトラツィの反応を見て不安になった。「わたし、なにかおかしなこと言いました？　だったら、言ってください。なにか変なことを言いましたか？」アマントルは大丈夫と言ってほしくて、モトラツィともう1人の女性をかわるがわる見たが、どちらの顔を見てもむしろ不安は募るばかりだ。

「箱を開けてくれる？」モトラツィは穏やかな声で言ったが、もどかしさがありありと感じられる。肩ががっくりと下がり、目に恐怖が溢れている。

アマントルはマスキングテープをはがすと、ふたを開いた。中をのぞくと、丸めた服が入っている。大きすぎる箱の底に小さくひとまとめにして置いてある。手を突っこんで取り出すと、服にもマスキングテープが巻かれていた。一見したところ、12歳くらいの女の子の服に見える。スカートとシャツ、それからパンティのようだ。

アマントルがいったいどういうことなのか、呑みこもうとしていると、モトラツィがいきなり悲痛な泣き声をあげた。耳をつんざくような、あまりにも切なく、苦しみに満ちた声を。「あぁぁあ《イジョ》！　これはどういうこと？　あたしの娘！　あたしの子ども！　ネオ！　あぁぁあ《イジョ》！　あたしは幻を見てるんだ！　気が狂いそうだよ！　こんなものを見せるなんて。ネオオオオオオオオ！」モトラツィは両手で頭を抱え、脳が飛び出して完全におかしくなるのを防ごうとするかのように押さえつけた。

患者と看護師が診察室から飛び出してきた。外の庭からも、声を聞きつけた者たちがやってくる。

赤ん坊に乳をやっていた女も泣き叫び、赤ん坊も否応なくいっしょに泣きはじめた。患者たちのあいだに「ネオ」というささやきが広がっていく。その名前が、彼らの記憶をよみがえらせたのはまちがいない。アマントルすら、なにかを思い出さなければならないような気持ちに襲われた。だが、もちろんそれがなにかはわからない。わかるのは、自分がこの騒ぎの中心だということだけだ。全員の目が自分と足元に置かれた箱に注がれている。目の前で繰り広げられている騒ぎの原因は、自分なのだ。

「いったいなんなの、アマントル？」マララ看護師がたずねた。あまりのことに、アマントルを小ばかにする余裕すらなく、きちんと名前で呼びかけたほどだ。同時に、その声には非難の調子も含まれていた。

「わかりません。箱に、この服が入っていたんです。これです」アマントルはマララ看護師のほうに服を差し出した。そのとき初めて、服に茶色いものがべったりこびりついて、ごわごわしていることに気づいた。スカートはすみっこのほうからブルーの生地がのぞいていたが、それがなければ、元の色はほとんどわからない。頭の中に「血」という言葉が浮かび、そのまま居座った。ほぼ同時に、「儀礼殺人」という言葉が閃く。

「うそでしょ！」今度叫んだのはパラキ看護師だった。「4、5年前にこの村で行方不明になった子はネオって名前じゃなかった？　どうしてその子の服がこの診療所にあるのよ？」質問ではなく、理解不能なことをなんとか理解しようとして発した言葉だった。

モトラツィ・カカンはアマントルから服をひったくると、胸に抱いて、泣きじゃくった。服はガチガチに固まっていたから、モトラツィの胸に押しつけられて砕ける音が聞こえるような気がした。集まってきた人々は押し殺した声でひそひそと話しはじめ、マララ看護師は救急車の運転手に警察を呼びに行くように命じた。アマントルはすっかり取り乱したモトラツィからかび臭い服をそっと取りあげ、モトラツィを抱きしめた。そして、その場にいた患者に頼んで、カカン家の者を呼びにやった。

カカン家の男が2人と女が1人やってくると、人々のショックは怒りに変わりはじめた。みな口々に、警察が来たらどう対応しようかと話しあっている。「やつらを村に入れるわけにはいかない。5年前に揉み消されたのに、また今度も同じことになる！」うしろのほうにいたがっしりした男が怒鳴った。

「それに、このTSPは、いったいどこでこの箱を手に入れたんだい？　この子が来たら、箱が出てきたっていうのはどういうこと？　答えてもらおうじゃないの」別の誰かが叫ぶ。

アマントルはビクッとして、顔をあげた。どう答えようか決めかねているうちに、1人の男が助け舟を出した。「いや。悪いのはこの娘じゃない。箱を見つけるよう、神が遣わしてくれたんだ。むしろ感謝しなければ」男はラー・ナソといって、この後、アマントルは短かった村での生活で、彼に好感を持つようになった。優しい目をしていて、いつも話しかけるときは、相手にこれ以上ないというほどそっと触れた。常に誰かと触れ合うことを求めているかのような、本当にやさしい手つきで。愛すべき老人で、みんなに必ず親切な言葉をかけ、この間モトラッィ・カカンが孫息子を診察所に連れてきたときも、少なくとも2回は赤ん坊の様子を確かめに寄って、しばらくしゃべっていった。

「あの2人の看護師はどうなんだ?」誰かが言った。「おれたちのことを軽んじやがって。バカにしてるんだ。やつらが隠してたんじゃないのか?」看護師たちは政府に雇われているので、村人たちの標的になるのも仕方なかった。これが、診療所ではなくて学校だったとしたら、標的になったのは教師だったろう。もちろん、看護師たちが村に溶けこもうとしなかったせいでもある。村人たちを見下しており、故郷から遠く離れた場所に配属になったことに腹を立てていたからだ。

「わたしがここに来たのは、たった2年前ですよ。みなさんだって、ご存じでしょう。そう、知っているはず。そうでしょう!?」パラキ看護師は恐怖で叫んだ。自分が正しいことを証明しようと、普段の傲慢な調子とは打って変わり、震え声になっている。これほど深刻な場面でなければ、笑えたかもしれない。診療所に来て2年間、村人たちと話すときにただの一度も敬語なんて使ったことがなかったのだから。

「あたしは3年前に来たけれど、その箱のことはなにも知らなかった。信じてちょうだい。本当になにも知らないのよ」マララ看護師も怯えた様子で言った。

村人たちはじりじりと2人に詰め寄り、にらみつけた。アマントルの脳裏を「血祭りにあげる」という慣用句がかすめた。「あたしたちのことを人間として扱ってなかったくせに! バカにして！ いつも遅刻して、小さな子どもみたいに怒鳴りつけて。そうでしょうが！」そう怒鳴ったのは、前の日に、予約日よりも早く来たと言って追い返された妊婦だった。15キロ離れた自宅から歩いてきたから診てほしいといくら頼んでも、看護師たちは相手にもしなかった。字が読めないので、息子に頼んだら、5日と6日を読みまちがえたのだ、と説明したのに、耳も貸さなかったのだ。それでもなお、お腹の赤ん坊が動いていないと訴えたら、マララ看護師は、予約を次の月まで延ばすと脅した。結局、女性は親戚の家で一晩過ごすことになり、待っていた家族は母親が帰ってこないので心配して、今朝、夫が15キロ歩いて様子を見にきたのだ。そのせいで、まだ6歳にもなっていない子ども2人が誰もいない家で留守番をしている。女性が怒るのも、無理はなかった。

2人の看護師は黙ったまま、出口はないかとひそかにまわりを見回した。

「あんたたちにはここにいてもらうよ。このまま警察へ行って、話をでっちあげられちゃ、困るからね。1994年の二の舞はごめんだ。今度はもう、警察にこの服を持っていかせるもんか。手足をしばって、倉庫に閉じこめておこう」強硬な意見を述べたのは、モトラツィ・カカンの親戚の男だった。

マララ看護師は救いを求めるようにまわりを見回し、休暇で帰ってきているパライ巡査と目が合った。希望が湧き上がったが、一瞬で潰えた。今日、パライは巡査でなく村人のひとりなのだ。彼の心は村人と共にあり、毎月の給料を払っている者たちへの忠誠心はなかった。

第7章

警察の到着を待っている間、あれこれ話すうちに、村人たちの怒りと苦しみはますますふくれあがった。アマントルはようやく話を繋ぎ合わせ、ラジオのニュース速報や新聞記事で読んだ事件のことを思い出した。子どものころから、熱心に新聞を読み、ラジオのニュースに耳を傾けていたおかげだ。

幼いネオ・カカンが行方不明になったのは、アマントルが17歳のときだった。大人にとっては、1994年はつい数年前の出来事かもしれないが、アマントルにははるか昔のことに思えた。当時、アマントルは行方不明の少女にまつわるニュースをどこまで信じたらいいのか、わからなかった。ラジオや新聞でとっぴな話が語られることはしょっちゅうだからだ。「少女が口から蛇を出した」とか「死んだ息子が家畜を追っているのが目撃された」から始まって、「男がニシキヘビに変身して、祖母を絞め殺した」なんていう類のニュースもある。こうした話はかなり頻繁に新聞に登場したし、ラジオのニュースも同じようなものだった。だから、ハファーラの村で、子どもが儀礼殺人で殺されたらしいという疑惑が報じられても、どの程度まで本気にしていいか、わからなかったのだ。そんなニュースはただのお話であってほしかった。アマントル自身、子どものころから繰り返し、ありとあらゆる危険に注意するよう言い含められてきた。特に小学校に通うようになってからは、両親から離れている時間が増えたので、なおさらだった。

小学校時代は、6月から9月を除いた、ほぼ毎週金曜日、モロペ村からラシツィの畑まで10キロの道を歩いていた。母親と姉たちは、10月から6月になるまでの間はほとんどずっと、ラシツィの土地を耕し、穀物を育てていたからだ。父親と兄たちもときおり手伝ったが、たいていはさらに遠いコムクワーナ放牧場で家畜の世話をしていた。母親と姉たちが畑に行っている間、アマントルはモシの家に寝泊まりしていた。モシの姉のミーナは脚が悪く、そのために「学校の子どもたち」の面倒を見る仕事を任されていたのだ。モシとアマントル、それからモシの2人の従兄姉はまとめて、そう呼ばれていた。だいたい1か月に一度、アマントルの母親か姉のひとりが村に来て、庭を掃いたり、ランダバルを掃除したりして、足りないものがないか目を通す。それができないときは、週末にアマントルのほうから畑へ家族に会いに行った。

畑に行くときは、年上の従兄姉や近所の人たちといっしょに歩いた。村から畑へは、みな、数えきれないほど通っている。小学校は午後には終わるので、急いで、待っているみんなのところへ行って、全員で畑へ向かった。たいてい出るのは午後4時くらいになったから、日が暮れる前に着くように早足で歩かなければならない。そうでないと、幽霊に出くわして、道に迷ったり命を落としたりしかねないからだ。「幽霊たちはずるがしこいからね。あらゆる悪さをしかけてくるんだよ」これまで何度となく、そう聞かされてきた。けれども、幽霊の企む悪さというのは、たいてい罪のないものだった。幽霊たちのお気に入りは、なにも疑っていない人が歩いてくる道に横たわって、枕に化けるといういたずらだ。歩いてきた人は、貴重なものが見つかったとばかりに枕を拾いあげ、枕を運ぶには背負うのがいちばんと、背中にくくりつける。ところが、5キロほど行くと、枕がいきなり頭と手足を生やすのだ。幽霊は正体を現わすと、自分を見つけた場所まで戻れと命じる。幽霊を一生背負いつづけるわけにはいかないので、枕を見つけた場所まで戻るしかない。戻るとようやく、幽霊は離れていくというわけだった。このいたずらは誰もがよく知っていたので、アマントルは、今さら夜に道に落ちている枕を拾う人なんているんだろうかと、ふしぎでしょうがなかった。もっと意地の悪い幽霊になると、落とし穴へ誘いだして、死の底へ突き落すらしい。

モロペからラシツィまで10キロの道は、北から来た体の大きな黒人の男たちも使っていた。南アフリカの金鉱へ行くのだ。彼らは、わんわんハエのたかったスーツケースを抱えている。ひとりで歩いている若い女をつかまえて、レイプし、腰のところからまっぷたつに切り離す。そして、下半身をスーツケースに入れて何日か持ち歩き、また別の若い女を見つけるか、死体が腐るまで、何度も利用した。北の男たちは、ひたいが突き出し、鼻の穴が広がっていて、大きな白い歯と黒い歯茎をしている。しゃべる言葉も、アマントルたちとはちがった。

幽霊や北から来た男たちに捕まらなくても、まだ危険はある。「毛のない子羊」を探している男たちに出くわさないようにしなければならない。彼らはツワナ語を話すので、子どもを呼びとめ、いかにも優しそうにふるまったり、道をたずねるふりをしたりする。彼らが好んで捕まえるのは、色の黒い子どもだ。そうした子どもは、すぐれたディフェコ、つまり「力を授ける伝統薬」になるからだ。彼らは子どもをデンツィ、ロベラ、つまり、すみやかに、手際よく、そして、ハエさえ気づかぬほどひそやかに殺す。彼らの狙いは、体の一部、特に少女の胸と肛門、それから脳だ。この男たちは、いくつものおそろしい名で呼ばれているが、その中には、ボーラコ、つまり「脳の男」という呼び名もある。彼らの力は強大で、決して捕まえることはできない。

アマントルは10キロの道を歩きながら左右へ目を走らせ、枕がないか、スーツケースを持った男たちはいないか、親切そうな男が近づいてこないか、絶えず注意していた。北の男たちにたかっているハエたちは、夜になったらどうするんだろう。アマントルの知るかぎりでは、夜はハエも眠る。ということは、スーツケースを離れて、日が昇るまで木にへばりついているのだろうか？　だとしたら、また次の朝、あわてて男たちを追いかけるのか、それとも、別の死骸を探すのか、どっちだろう？　その後、イエバエの寿命は数日だと習い、今度は、北の男たちが、「金の都」であるハウテン州のヨハネスブルクに着くまで長い旅の間、ハエたちは何世代入れ替わるのだろう、と疑問に思うようになった。

そして大きくなると、アマントルはこうした話を疑うようになった。けれども、学校の子どもが行方不明になる事件はときおり起こったから、やはり儀礼殺人は神話の世界だけのものではないのかもしれなかった。

そして今、アマントルは、12歳のネオ・カカンが行方不明になったという新聞やラジオのニュースをだんだんと思い出していた。ロバたちを連れ帰るために、畑へ使いに出された後、いなくなったという。村人たちは、一晩じゅう村やまわりの畑を捜し回った。その後、警官も加わって捜索は5日間つづいたが、ネオの痕跡はまったく見つからなかった。こうしてついに村人たちは、ネオが戻ってくることはないという事実を受け入れたのだった。

警察が支持したのは、野生動物に襲われて、食われたのだろうという説だった。しかし、村人たちは、その見方には同意しなかった。もし野生動物に襲われたのなら、ネオの骨が見つかったはずだ。野生動物は服は食べないし、骨も残す。ハゲワシについていけば、少女の遺体が見つかるはずなのだ。生き物が死ねば、ハゲワシは必ず村じゅうにそれを告げる。もちろん、ワニに川に引きこまれたのだろうと考える者もいた。だとしたら、ハゲワシでも、少女の死を知ることはできない。だが、その可能性は薄かった。ネオは決してひとりで川に近づかなかったし、その日、そんな遠い場所まで行く理由がなかったからだ。ネオが出かける前に、ロバたちが家のすぐそばにいるのを見た者がいた。だから、村の人々は、誰かがネオを誘い出したか、それさえせずにいきなり捕まえて、連れ去ったかだと、信じていた。

それからしばらくして、ショショがモトラッィ・カカンの家にやってきた。そして、母親と親戚に、たった今、乾いた血がべっとりついたスカートとシャツと下着を警察に届けてきたと伝えた。服はネオのものの可能性が高い。ショショが背筋の凍るような発見をしたのは、放牧場へ行く途中だった。警察はショショを車に乗せて、もう一度調べるために服を発見した現場へ戻ったので、ショショは一日じゅう捜査に付き合うことになり、放牧場には行けずじまいだった。ショショは服を見つけた場所を教えたが、警察は首をひねった。最初からそこに服があったなら、捜索しているときに村人か警官が見つけたはずだ。捜索の後に、誰かがそこへ置いたとしか、考えられない。そこで、カカン家の者たちが翌日警察署へ行くことで、話は決まった。

警察署までたっぷり30キロはあったので、カカン家の者たちは朝一番でロバのひく荷車に乗って出発した。着いたころには、すっかり疲れて、腹がすいていた。しかもつらい事件で子どもを亡くしたのだから、当然すぐに対応してもらえると思っていたのに、実際には、不機嫌そうな警察官に怒鳴られた。「列が見えないのか？　そこに並べ。誰だってつらい話のひとつやふたつあるんだ。番が来るまで待ってろ」警官はろくに顔も上げずに、書類をホチキスで留め、大げさな手つきで書類にスタンプを押した。

ショショは、自分が説明すれば、わかってもらえるかもしれないと思った。つい前の日、ここに来たばかりだし、カカン家は本当につらい目にあったのだから。そこで、思い切って切り出した。「おれは昨日、ここに来たんです。この方たちは――」

しかし、最後まで話すことはできなかった。「今、言っただろう？　座って、番が来るのを待て。まったくどういうことだ、耳が聞こえないか、酒でも飲んでるのか？」警官は同意を促すように、まわりの同僚たちを見回した。

レイプされたと訴える女性と、牛が1頭いなくなったという男性と、近所の家畜に畑を荒らされたという男性、それから、免許証を失くした男性と、子どもの出生証明書の記述に過ちがあるという女性の話を聞いた後、ようやく一家の番が回ってきた。ネオの叔父が話しはじめた。「ショショが見つけた服のことで来ました。ネオのものか、確かめさせてください」

「被害届は提出するか？」警官は、これまでの人たちにしたのとまったく同じ質問をした。職場でどういう教育を受けてきたにしろ、市民に被害届を提出させなければならないという点だけは、明確に理解しているらしい。被害届の最後にいつも、完璧なハネやトメの芸術的なサインをしためるのが彼の自慢で、自分の手による傑作を、毎回ほれぼれと眺めるのだった。

ネオの母親のモトラツィ・カカンが割って入った。「なんの被害届です？　どういうこと？　ネオが行方不明になった日の服装については、もう説明したはずです」前回、被害届を書くのには、多くの時間と労力を費やした。一人ひとりがツワナ語で陳述しなければならず、一文しゃべるごとに警官がブツブツと英語に翻訳して繰り返し、用紙に記入する。少なくとも10枚がくしゃくしゃに丸められてゴミ箱行きになった。モトラツィ・カカンは当然、またそれを繰り返す気持ちにはなれなかった。

「ああ、そうか」警官は言った。「例の、子どもが行方不明になった村から来たんだな。どうしてそう言わないんだ？　用件くらい、きちんと言えないのか？　事件の担当者に連絡するから。巡査、ボシロ部長刑事に証人が来たと伝えてくれ」

ボシロ部長刑事はやってくると、すぐにネオの家族だと認め、ショショにたずねた。「昨日来たのはきみだな。服を持ってきたのは。巡査、証拠物件をしまってあるロッカーから服を持ってきてくれ。死亡者の名はネオ・カカンだ。あと、第3オフィスから訴訟記録も頼む」それから、部長刑事は悲しみに沈んだ一家のほうに向きなおった。「今日は、服を見て、ネオが行方不明になった日に着ていたものか、確かめてほしい。あと、先に言っておくが、見たらショックを受けるかもしれない。心の準備を」最後のひと言には、思いやりの響きがあった。

数分後、巡査が訴訟記録を抱えて戻ってきたが、ほかにはなにも持っていなかった。そして、ロッカーには部長刑事が言った名前のついた証拠物件はなかったと言った。ボシロ部長刑事は訴訟記録に目を通し、ノートの情報と照合すると、巡査に番号を伝え、第3オフィスに戻って、証拠品を持ってくるように命じた。そして、不安そうな一家のほうを見て、「こういうできそこないと日々やりあわなきゃならないのさ」とでもいうように肩をすくめてみせた。部長刑事は一家を気の毒に思っていた。遺族側の味方だったのだ。

再び巡査が姿を見せたが、今回もなにも持っていなかった。そこで、部長刑事が自ら探しに行ったが、やはり戻ってきたときは、空手だった。行くときは、意気ごんだ様子だったのに、のろのろと戻ってきたときは、顔には戸惑いの表情が浮かび、怯えに近いものも見て取れた。2人の警官はいったん奥へ引っこみ、再び不安げな一家の前に姿を現わすと、上司の部長刑事のほうが、今は証拠物をお見せできないと言った。「でも、問題はありません」部長刑事は、ない自信をあるように見せようとしながら言った。「すでに、証拠物件についての陳述はもらってますから、今日急いで見てもらう必要はありません。ここにいる方——名前は？　ショショ？——そう、ショショにもう話は聞いているでしょう？」

「でも、自分の目で確かめたいんです。あたしの娘なんです。あたしが見ないと。ただ話を聞くだけなんて、無理です。お願いします」ネオの母親のモトラッツィ・カカンは必死になって訴えた。

「いいですか、服は必ず手に入れて、あなた方の村までお持ちします。それでいいでしょう？」

部長刑事は、いつもの威厳のある調子で言い、なんとか母親をあきらめさせようとした。

「どうして今日、見られないんですか？　はるばる遠くから来たのに」ネオの母親はなおも言いつのった。

「今日、見られないのは、証拠物件用のロッカーに鍵がかかっていて、鍵を持った警官が外出してしまったからです」部長刑事がそう言うと、巡査がぱっとボスを見た。彼が嘘をついているのは、明らかだった。

「なら、待ちます」モトラッツィ・カカンは一歩も引かない覚悟で言った。

「いや——だめです。これは命令です。警察の捜査を妨害すれば、大変なことになりますよ。わかりますか?」きっぱりとした口調だが、怯えた響きは隠せなかった。命令というより、どうか立ち去ってくれと懇願しているように聞こえた。

「警察署の外で待ちます。それなら、捜査の妨害にはならないでしょう」モトラッツィ・カカンは言った。

巡査はコホンと咳払いをして、ボスに合図を送った。「部長、本当のことをお話ししたほうがいいのではありませんか?」そう言いながら、「信用してください」というように部長刑事の目をじっと見つめた。

「本当のこととはなんだ? 巡査、きみは黙っていろ! いつしゃべっていいと言った?」部長刑事はもはや半泣きと言ってもいい声で言った。さっきまでの力強さは消え、恐怖に押しつぶされそうになっている。なにか隠しているのはまちがいない。だが、なにを隠しているのかは、わからなかった。それぞれの頭の中で、さまざまな説が形を取りはじめる。

「部長、本当のことというのは、証拠物件がハボローネの検査室に送られたということです。付着した血液を調べるために」巡査はものともせずに続けた。「たいていは、容疑者を逮捕するまで待ちますが、今回は大量の血液が付着していたので、すみやかに行動を起こすほうがいいだろうと判断したからです。ハボローネの検査室にいる頭のいい人たちなら、捜査の力になってくれるはずですからね。だから、今、服はここにないんです。ハボローネに送られているから」そう言って、巡査はボスのほうを振り返り、じいっと見つめた。2人ともそれが嘘だとわかっていたが、

「ロッカーに鍵がかかっている」というよりはましだろうということで、暗黙の同意がなされた。少なくとも、こちらの方が時間は稼げる。

「どうして最初にそう言わなかったんです？」ネオの母親は巡査に向かって言った。どちらの言うことも、信用していなかった。亡くなった娘が力を与えてくれていたのだ。これまでは、法の側の人間に盾突こうなどと、思ったこともなかったのだから。

「警察の捜査状況を外に漏らすわけにはいかないからです。この件については、村の人にも話さないでください。もし子どもが殺されたのだとすれば、犯人にこちらの捜査の進み具合がわかってしまいますからね。捕まらないように、なにか妨害してくるかもしれません。わかりますね？　慎重にやらなければならないんです」部長刑事の声にわずかな自信が戻ってきた。

　カカン一家は信じていなかったが、これ以上どうすればいいか、わからなかった。いつ服を見られるのか、たずねると、巡査は「1か月後」、部長刑事は「1週間後」と答えた。2人は同時に答えたが、部長刑事は、ちゃんと探すか、同僚たちにたずねるかすれば解決すると思っているらしく、1週間以内に村へ服を持っていくと約束した。

「『もし子どもが殺されたのだとすれば』というのはどういうことです？　老衰で死んだとでも思ってるんですか？　もしっていったいなんなんですか？」モトラッィ・カカンは、ネオが死んだ原因が解明されないままになるのではないかと不安になってきた。ほかの村でも似たような事件が起こっているが、そのほとんどが未解決のままだ。事件が人間の体の一部を「刈る」、すなわち儀礼殺人だと判明したとき最初に村人たちの頭に浮かぶのは、そのことだった。モトラツィは、娘が死ぬ前に味わったであろう痛みや恐怖のことを考えると、苦しみでどうかなりそうだった。使われたナイフのことを思い、形や大きさや色や、その鋭ささえも想像せずにはいられない。ナイフが小さく無防備な娘の体を切り刻むところを、頭から追い出そうとする。娘がいなくなって以来、ろくに眠れないし、食べられない。栄養不足とストレスに苛まれていることは、落ちくぼんだ目と、カサカサの血色の悪い顔を見れば、すぐにわかった。

「どちらにしろ、来週、村長の家畜の件で証言を集めにそちらの村に行きますから。そのときに服もお持ちします」部長刑事は、守れるかわからない約束をした。服の入った箱がどこへ行ったのか、皆目見当がつかない。この手でラベルを貼り、ロッカーにしまったはずなのに。考える時間がほしかった。

苦しみ疲れ切った一家は、帰ろうと立ち上がった。ドアのところで、モトラツィ・カカンは振り返り、深い悲しみに満ちた目で部長刑事の視線をとらえた。そして、静かな声で言った。「お役人さん、仕事にかかるにあたって、忘れないでください。あたしはヤギを失くしたのでもなければ、牛が車に轢かれたわけでもありません。娘が殺されたんです。そして、殺した人間は、あなた方がなにもしないことを望んでいる。彼らが罰を受けずに逃れるのを許すつもりですか？彼らは殺人を犯すたびに、逃れているんですよ」

警察署がしんと静まりかえる中、モトラツィはきびすを返し、頬を涙で濡らしながら、がっくりと肩を落とした親戚の後について出ていった。

カカン一家は村に戻って、警察が来るのを待った。その間も、村人たちはショショが服を見つけて、警察に届けた話を何度も繰り返し話した。そして、警察が服を出して見せられなかったことを。

第8章

モトラツィ・カカンが村に戻って2週間後、警察のバンがうちの前までやってきた。「モトラツィ・カカンさんですか？　死亡したネオ・カカンの母親の？」警官はモトラツィにたずねた。

「そうです」モトラツィは答え、次に自分から質問をした。「持ってくると約束した服は持ってきましたか？　もう2週間になります。もう一度警察署へ行こうとしていたんです」そのころには、モトラツィの体の大きさは元の半分近くになっていた。耐え難い悲しみと不安に苛まれ、なにものどを通らなかったのだ。魂がしおれかけているときに、肉体に栄養を与えることなど、できやしない。

「わたしは今回の事件の捜査官のセナイ部長刑事と言います。ボシロ部長刑事から、あとを引きつぎました。今日は、捜査の状況を説明しにきました」セナイ部長刑事はとても感じの良い声と態度をしていた。

モトラツィは娘に言った。「サロメ、おじさんとおばさんたちを呼んできてちょうだい。急いで。

警察が報告に来たと伝えるんだよ。あと、ラー・ナソにも連絡して。この2週間、ラー・ナソはあたしの杖になってくれたからね。警察の話を聞きたいはずだよ」そして、部長刑事に説明した。「大切な話をひとりで聞くのはよくありませんから。耳は2つよりもたくさんのほうがいいと言いますからね」

セナイ部長刑事は、ほかの人間を呼ぶのはやめさせようとしたが、モトラッィは聞き入れなかった。そしてようやく全員がそろうと、セナイ部長刑事は警察の捜査結果を伝えた。「子どもは野生動物に殺された」と。警察はライオンではないかと考えている、と部長刑事は続けた。「このあたりにライオンがいることは、みなさんご存じでしょう。年取ったライオンは足の速い獲物を捕まえられなくなると、人間を襲うことがあるんです。みなさんも知っているとおりね。というわけで、捜査は終了します。今日は、それをお伝えに来たんです。悲しい知らせだというのはわかっています。ですが、なにも知らないよりは知るほうがいいでしょうから」遺族が警察署に来るのを待つのではなく、こちらから出向いて捜査結果を伝えることで礼を尽くすようにというのが、彼の受けた命令だった。セナイは、イギリスで犯罪捜査について1年間学んだ後すぐに、マウン警察署に配属された。マウンからハファーラに異動になったのは不満だったが、異動は公務員に付き物だということもわかっていた。ネオ・カカンの事件に関心を持っている村の人たちについて、ハファーラ警察署の署長は彼にこう言った。「相手は無知な村人たちだが、われわれは礼儀をもって接しなければならない。村まで行って、口頭で結果を伝えろ。それで、この事件の捜査は終了する」しかし、村人たちの反応を目にして、どうやら思っていたのとはちがう方向に話が進みそうなことに、彼は気づきはじめた。

「でも、それでは前回のお話とちがいます。服はどうなったんです？　服を見せてもらえませんか？　今日は、そのつもりだったんです。服を見せてもらえれば、ネオのかどうか、わかりますから」モトラツィの声は表面上は落ちついていたが、その下に激しい怒りが潜んでいた。おかしな話を聞かされる覚悟はできていたが、野生動物に殺された？　そんな話を信じる人間がいると、警察は本気で思っているのだろうか。

「なんのお話でしょう？」セナイ部長刑事は本気で驚いているように見えた。もしくは、すぐれた役者なのか。「服とは？　服など、見つかっていません。われわれは、ライオンが、遺体をどこかへ引きずっていったと考えています。別の動物かもしれませんが。もしくは、その後ほかの動物が埋めてしまったということも考えられます。しかし、服など回収されていません。みなさんもそれはご存じでしょう！　今回の捜索に関わってらっしゃったんですから。服とはなんのことです？」嘘と真実を同時にしゃべるのは、難しかった。彼自身、ライオンの話は信じていなかったが、服のことに関しては本当だとわかってほしかった。

「サロメ、ショショおじさんを呼んできてちょうだい」モトラツィは娘に向かって言った。それから、もう一度部長刑事のほうに向きなおった。「刑事さん、どうして今日、ほかの警察の方はいらっしゃらないんです？　供述書を取った人たちは？　あたしに——いいえ、あたしたちに服はハボローネに送られていると言った人は？　どうしてあなたがやってきて、ぜんぜんちがう話をするんです？」

「わかって下さい、奥さん、事件は1人の担当者の私有物じゃないんです。いつほかの警察官に引き継がれても、おかしくありません。政府は、誰かひとりのものではありませんから。そういうわけで、今はわたしがこの事件を調べているんです」セナイは、モトラッツィ・カカンが悲しみに打ちひしがれているのはわかっていたが、自分に対して敬意を欠いていることには腹を立てていた。警察官なのだから、もっと敬意を払われてしかるべきだ。

しかし、モトラッツィは、ありのまま話そうと決意していた。「あたしの娘になにがあったか、お話しましょう、刑事さん。あの子は、ムティのために殺されたんです。ディフェコ、あるいは、ディーターリでもいい、つまり、いわゆる伝統薬の材料にされたんです。あなたもわかってるはずです。あたしもわかってますし、みんなわかってます。どんな愚か者でも、それくらいわかります。問題は、『どうして警察が真実から逃げているか？』です。誰をかばってるんです？　あなたはここに来て、ライオンの話をした。そんな話はバカバカしいし、あなただってそれはわかってる。ショショは、問題の服を見ています。どれも破れてもいなかった。パンティ以外は。ライオンが服を脱がせますか？　あたしたちにそれを信じろとおっしゃるんですか？　あたしたちのことをそんなバカだと思ってらっしゃるんですか？」

セナイはモトラッツィに怒鳴り返そうとした。ところが、騒ぎを聞きつけた近所の人たちが何事かと集まりだした。話を聞こうとして門からもぞろぞろと入ってくる。今回の件は、カカン家だけの問題ではない、村全体の問題なのだ。だから、いちいち許可などもらわずに入っていいに決まっている。

従兄のセロが、モトラッィの言いたいことをはっきりと言った。「儀礼殺人を犯すのが、お偉方だというのは、誰だって知っている。影響力のない小物じゃないんだ。そして、警察がそういう殺人を隠してるって話もしょっちゅう耳にしてる。まさかこの村で同じことが起こるとは思ってもいなかったがな。事件の捜査は終了したと言ったな。いいかい、刑事さん、この事件はまだ終わっちゃいないんだ。あんたがたがおれたちに服を渡すまではな。服さえあれば、おれたちはおれたちのやり方で調べ、殺人犯たちに、力のある呪術医を知ってるのは自分たちだけじゃないってことを、知らしめてやる。カラハリ砂漠の奥地まで行って、とびきりの呪術医を見つけてくるつもりだ。だから、あんたがたには必ず服を持ってきてもらう」そして、手を伸ばし、服を受け取るつもりであることをはっきり示した。

セナイ部長刑事は、体から汗が吹き出すのを感じた。立ちあがるのはまずい気がする。村人たちに、挑発だと思われるかもしれない。だが、座ったまま怒っている男に見下ろされ、入ってくる村人たちの数がどんどん増えていくのを見ていると、あまりにも無防備に感じられた。人々はたいてい警察を怖がっているが、ここの村人たちは、立派な車を見ても、彼が連れてきた2人の警官の制服を見ても、気圧された様子はない。車のほうをちらりと見たが、2人の巡査の姿は見えなかった。

「今回の事件の記録にはすべて目を通しました。でも、回収された服などありません。事件に関することはすべて、記録されているんです。服があれば、そのことが記してあるはずです。なにか勘違いなさっているにちがいありません」セナイは、声に威厳を持たせようとしながら言った。そう言いながらも、村に派遣される前になんの説明もされなかったことに、はらわたが煮えくり返る思いだった。

集まった親戚はじっとセナイを見つめた。こいつは嘘をついているのか？　それとも、本当になにも聞いていないのか？　そこへショショが来て、服を見つけたことや、それがどんな様子で、どこへ持っていったのかを説明しはじめた。

セナイ部長刑事はすっかり面食らっていたが、なんとかそれを隠そうとした。このショショという男は、嘘はついていない。母親も従兄も同じだ。いったいどういうことなんだ？「現時点では、さっきお話しした以上のことはわからないんです。これ以上、お話しできることはありません」そう言って、セナイは立ち上がって帰ろうとしたが、目の前に誰かが立ちふさがった。

モトラツィはきっぱりと言った。「服を渡すまでは、帰らせない。あなたたちはなにかを隠してる。誰かをかばってるのよ。サロメ、近所の人たちを呼んできて」

だが、近所の人を呼びに行く必要はなかった。カカン家の敷地はすでに近所の人たちで溢れかえり、中には棒を持った者もいた。空気に怒りが満ちみちていく。２人の巡査も、ボスのところまで連れてこられた。車の中に隠れていたのだ。

セナイは必死になって言った。「どうか聞いてください。もしかしたら、訴訟記録を読みちがえていたのかもしれません。帰してくだされば、もう一度読んでみますから」みるみる増幅されていく敵意からなんとか逃れなければならない。

すると、男にがっしとつかまれた。「訴訟記録なら、ここに持っているはずだ。今すぐここで読んで、なにか新しいことが書いてあったら、説明しろ。本気でおれたちのことをバカだと思ってるんだな。字が読めないから、バカだと思ってるのか？　どっちがバカか、教えてやろうじゃないか」そして、セナイを木の幹に押しつけた。頭がぶつかり、ドスッと音を立てた。

それで、ついにセナイの虚勢は崩れ、声をはりあげて泣きついた。「どうか信じてください。この訴訟記録はもらったときのままなんです。服のことはなにも書いてありません。今、われわれに暴力をふるえば、みなさんも困ったことになります。服をお望みなんですよね。ここにいる男性が警察署に届けたというなら、警察署にあるはずです。きっと訴訟記録に書くのを忘れたんでしょう。帰らせていただければ、明日必ず服を持ってきますから。担当の警官は、別の村に異動になったんです。捜査結果は、彼の書いたものをもとに出したんです。ですから、あともう1日だけください。ご期待に添えるようにしますから」

それでようやく村人たちは3人の警官を解放した。3人を拘束しようとしたのは、いらだちからだ。ネオがいなくなってからすでに3週間経っている。家族や村人の目から見て、警察の態度はどう考えてもおかしかった。

警察署への帰り道、セナイ部長刑事は2人の巡査に服のことをなにか知っているか、たずねた。

モルティ巡査は、精一杯答えようとした。「わたしが知っているのは、ボシロ部長刑事が異動になるまで怯え切っていたということです。思うに、あのショショという男が服を持ってきたのは、本当でしょう。わたしは勤務時間ではありませんでしたが、警察署でみなが話していたことからも、まちがいありません。ボシロ部長刑事がそれを箱に入れて、ラベルを貼り、証拠物件用のロッカーにしまうように言ったんです。もしかしたら、ボシロ部長刑事が自分の手でしまったのかもしれません。そこははっきり思い出せません。しかし、翌日、ボシロ部長刑事が箱を出すように命じたところ、なかったんです。消えてたんです。最初、ボシロ部長刑事はどこかへ置きまちがえたかなにかだと思っていたようですが、そうではなくて、本当になくなっていたんです。跡形もなく！　証拠物件を記載したノートには、箱の番号もなにもかもすべて記してありました。つまり、手続きはちゃんと行われていたんです」

それを聞いて、セナイ部長刑事は腹を立てた。部下たちの前で、田舎の村人たちに恥をかかされたのだ。簡単に忘れられるようなことじゃない。「どうしてわたしに話さなかったんだ？　なぜ訴訟記録にはなにも書かれていない？　捜査日誌も見たが、服のことも箱のこともなにも書いてなかったぞ」

モナーナ巡査が割って入った。「ボシロ部長刑事が記録を改ざんしたのではないでしょうか。上司についてこんなふうに言うことをお許しください。しかし、ボシロ部長刑事は新たに日誌を書き直したのだと思います。わたしは心配なんです。あの村人たちは服のことを知っています。実際に見た者もいますし、その件についてボシロ部長刑事と話した者もいるんです。その際、部長刑事は服の存在を認めてしまいました。ですから、ショショが酔っ払っていたなどと言っても、村人たちは信じないでしょう」

セナイは、砂だらけの道路をいつになく速いスピードで飛ばしていた。刻一刻といらだちが増してくる。「なんの話だ？　誰がショショが酔っていたなどと言った？」

モナーナ巡査の返事は泣き声に近かった。懸命に涙をこらえていたのだ。「わたしは最初の捜査のとき、関わっていたんです。ボシロ部長刑事に、ショショは服など持ってこなかったと言えと命令されました。万が一きかれたら、ショショは酔っ払っていて、服のことを口にしただけだと言えと言われたんです。セナイ部長もわたしの陳述はお読みになったでしょう。でも本当は、ショショは服を持ってきたんです。この目で見ました。血がべったりついたスカートとブラウスとパンティとを。どれも破れていませんでした。パンティ以外は。なのに、見ていないなんて、言えますか？　わたしも異動を願い出ましたが、セナイ部長の下について、事態が鎮静化するのを確認するようにと言われました。セナイ部長、わたしも怖いんです。儀礼殺人の事件には、関わりたくありません。なぜボシロ部長刑事は異動になったのに、わたしはここに残らなければならないんですか？　不公平です。ボシロ部長刑事は上官です。残らなければならないのは、ボシロ部長刑事のはずです」

セナイはたずねた。「署長はすべて知っているのか？　署長には直接会って、ぜんぶ話したのか？」

そのころには、モナーナは恐怖を隠せなくなっていた。「捜査チームとしては、話していません。ただ、ボシロ部長刑事が異動になった後、署長に呼ばれて、ボシロ部長刑事の指示通りにするようにとだけ命じられました。それで、供述書を作成して、署長に渡したんです。それだけです。こう申してはなんですが、署長も怯えているように見えました。この事件に関してはあまりにもたくさんの供述書を作成したので、もう今では自分がなんて書いたのかもよくわからないんです！」

セナイの怒りは頂点に達した。「つまり、おまえたち2人は、大切な証拠物件を失くし、それを隠蔽する話をでっちあげ、わたしがのこのことあの家に入っていってバカげたたわごとを並べるのを止めもしなかったというのか？　わたしに知らせるべきだとは思わなかったと、そういうわけなんだな⁉」こみあげる怒りはすでにそのまま、運転する車のスピードに反映されていたが、セナイはさらにアクセルを踏みこんだ。

2人の巡査は、座席にしがみついた。道路は砂だらけで狭く、車1台が通るのがやっとだ。そして今、車は放牧場を走りぬけようとしていた。せっかく村人たちから逃れたのだから、無事に署までたどりつきたいと、2人は切に願った。セナイの質問に答えるまでかなりの間があったが、ついにモルティ巡査が口を開いた。低いしわがれ声には、半分やけくそな調子がありありと聞きとれた。「ですが、どうするおつもりです？　このまま村に戻らなければ、もしかしたら村人たちもいずれ忘れるかもしれません」

セナイは自分を抑えきれなかった。「あの女性が、ネオという娘のことを忘れると思うのか？　自分の子どもが行方不明になった日のことを忘れるとでも？　警察がたったひとつの証拠品を失くした上に、でかでかとポリスと描かれた真新しいトヨタのハイラックスでやってきて、子どもを殺したのは、服を脱がせることのできるライオンです、と言ったのを忘れるわけないだろうが！　本気でそう思ってるのか？」セナイがそう怒鳴ってブレーキを思い切り踏みこんだので、車はひっくり返りそうになった。「まったく、愚か者め！　おまえらみんな、大バカだ！　デブ野郎の署長も大バカだ！」そして、車から飛び出すと、木にもたれかかった。

2人の巡査は言うこともやることも思いつかなかった。上司が車を止めたのはカーブのすぐ手前だった。もし今、別の車が来れば、大事故になる。迷ったすえ、正面衝突よりは、まだボスの怒りのほうがましだろうという結論に達し、2人は車から降りた。

セナイは怒鳴るというよりは吠えるように、当然次にすべき質問をした。「どうして服はなくなったんだ？　おれは、退職前の2年を静かに快適に過ごしたいだけなんだ。服がどうなったのか、言え！」

モナーナ巡査が弱々しい声で答えようとした。「おそらくボシロ部長刑事がおっしゃった――」

「おれはおまえの考えを聞いてるんだ。大バカ者の言ったことなど、どうでもいい。おまえはどう思ってるんだ？　おまえの考えだ！　おまえの！　おまえのだ！　一度でいいから、その頭を使ってみろ！　クソ！」もはや完全に我慢の限界を超えていた。

「犯人たちが服を持っていったのだと思います」モナーナは思い切って言った。

「どうやって？」セナイの怒りがほんのわずかだけ、好奇心に取って代わられた。

「彼らが力を持っていることは、ご存じでしょう。わたしに、ロッカーへ入れたと思わせたのかもしれません。もしくは、彼らの力を使ってロッカーを開けたのかもしれない。夜中の、誰も見ていないときに。とにかく彼らが取っていったにちがいありません。煙のように消えたんですから」モナーナは恐怖のあまりすすり泣いていた。服の入った箱がなくなって以来、ずっと悪夢にうなされていたのだ。あのネオという子どもが、夜な夜な枕元にやってきて、なにも言わずにじっとたたずんでいる。卵形の顔には鼻も口もなく、ただ大きな丸い目だけが怯えたような表情を浮かべている。腋の下と胸と陰部からだらだら血を流しながら、ただじっと彼を見つめるのだ。すでにいつも行っている呪術医のところへは3度も行っていたが、悪夢は去らなかった。少女の殺人に加わったわけじゃない。なのに、なぜ少女が自分のところに来るのか、彼はわからなかった。助けを求めているのだろうか？　それとも、服を犯人に渡してしまったことを責めているのか？　呪術医は、服が犯人の手に渡ってしまったことは、彼にも責任の一端があると言った。このような事件に関わる前に自分の力を強くしておくのを怠ったからだと。

　モナーナがそんなことを考えていると、部長刑事がまた別の質問をして、彼を現在に引き戻した。「犯人たちは服を手許に置いておきたかったのなら、そもそもなぜ捨てたんだ？　わざわざ取り戻すのなら、なぜ捨てたんだろう？」

「部長、車をわきへ動かしませんか？　申し訳ありません、ですが、このままだとじきに他の車に突っこまれます。すみません、こんなことを申し上げて――本当にすみません」モナーナは車の停車位置のことは言わずにいるつもりだったが、無理だった。このあたりのブッシュを歩いて帰るのはごめんだ。儀礼殺人の犯人やらライオンやらがうろうろしているというのに。

セナイは答える代わりに車まで歩いていって、乗りこむと、バタンとドアを閉めた。それを見て、2人の巡査も助手席側から車に転がりこんだ。ブッシュに置いていかれたらたまらない。

「まだ質問に答えてないぞ」3人そろって車に乗りこんだ後も、セナイの怒りを含んだ口調はたいして変わらなかった。セナイはアクセルを思い切り踏みこみ、2人の巡査はまたもや座席にしがみついて、祈りを捧げた。

モナーナは、次なる捨て鉢な意見を口にした。「服の件は、われわれを混乱させるためにやったのかもしれません。実際、そうなったでしょう？　ボシロ部長刑事はすっかり混乱し、捜査は打ち切られた。子どもはライオンに食べられたということになったんです。部長もそうお考えになって、捜査を打ち切るわけにはいきませんか？」

セナイは部下の懇願を無視し、今度はモルティのほうに向きなおった。「モルティ巡査、きみはさっきからずっと黙っているが――きみはどう考えているんだ？」

「部長」モナーナの同僚は答えた。「別の署に異動したいです。彼らは強い力を持っています。命を落としたり頭がおかしくなったりするのは、ごめんです。ずっと夜は眠れないし、食べ物ものどを通りません。この村から出してください！」

「なるほど」という短い返事だけが返ってきた。

警察署に着くと、セナイはすぐさま署長を探した。署長は軽い調子でたずねた。「どうだった？」

セナイはためらいながら切り出した。「署長、正直に申し上げて、服がなくなった件に関して前もって話していただきたかったです。今回の件が儀礼殺人であり、証拠不十分で捜査を打ち切りたいというのは、わかっていましたが、今回の出張で、お聞きしていた以上のことがあるのを知りました。村人たちは怒っています。てっきりボシロ部長刑事は治療目的で南部へ異動になったのかと思っていました」かなり心許ない挑戦だった。相手は上司なのだ。

署長はしばらくの間、なにも言わずにセナイのことを見つめていた。そしてようやく口を開いたが、その有無を言わせぬ調子は、実権を握っている者のそれだった。彼の言うことに異を唱えるのは許されない。2人とも長いあいだ警察官をやっていたから、上官に逆らったらどうなるかはよく知っていた。命令するのは、署長のほうなのだ。「セナイ部長刑事、いいか、よく聞け。一度しか言わない。子どもは野生動物に殺された。以上！　服が見つかったというのは、酔っ払いのたわごとで、信用するに足らない。以上！　きみの今日の任務は、カカン家にそれを伝えることだけだ。調べてほしいことがあるときは、そう言う。それで、セナイ部長刑事、任務は遂行したのか？」

「はい、署長。ですが、彼らは信じませんでした。わたしは服のことは知らなかったので、調べて、明日報告すると返答しました」

「いつから警察は無知な村の人間に捜査について報告するようになったんだ？　きみはわが署が達した結論を彼らに伝えれば、それでいい。二度と村には行くな。わかったな？　これは命令だ、部長刑事。わかったか？」

「はい、署長」そう答えるのが、精一杯だった。

「背筋を伸ばし、敬礼しろ。本物の警官らしく！」署の長である署長は、地位をかさにきて押し通した。

「はい、署長どの！」セナイは言われたとおりにした。だが、上司は、部下の顔に浮かんだ軽蔑の表情に気づかずにはいられなかった。

署長はふんとうなり、セナイはうやうやしい態度で部屋を出た。が、ひとたび外へ出ると、小声で署長をののしり、署長の母親と、その母親と、そのまた母親までを呪った。今や怒りは頂点に達していた。彼の一族かかりつけの呪術医は、３００キロメートル以上離れたところにいたが、こんなふうになった以上、ぜったいに話を聞いてもらわねばならない。今回、任務に就くにあたり、セナイは呪術医にこれからの見通しについて相談した。呪術医は、先行きには大きな障害は見当たらないと言い、骨を使った占いでも、よくある些細な妬みが二三、見受けられただけだった。自分も呪術医も形ばかりに占うだけになって、隠された障害を見落としてしまったのかもしれない。しかし今となっては、あのとき、呪術医の目と鼻の先に、今回の問題山積の状況がぶら下がっていたはずなのだ。そろそろ呪術医を替えたほうがいいかもしれない、とセナイは思った。最近じゃ、呪術医には慎重になるに越したことはない。昔とはちがうからな。昔は、呪術医のような仕事に簡単に手を出そうなどというやつはいなかった。それに比べて、最近では、ありとあらゆるイカサマ師がそうした領域まで引っかきまわしている。セナイの呪術医がイカサマ師だというわけじゃない。呪術医はじいさんから力を受け継ぎ、じいさんの力はそのまた父親から受け継いだものだった……。とはいえ、だったらなぜ呪術医は、セナイがこの村に異動になれば、ネオ・カカンを殺した犯人たちと戦うはめになることがわからなかったんだ?

セナイ部長刑事が村に来た2日後、ケチな窃盗事件の目撃証言を集めにやってきた警察の車に、村人たちの何人かが石を投げて、火をつけた。しかし、2人の巡査には手は出さず、服を持ってこないと、事態は悪くなるというメッセージをセナイに伝えるように言った。次の日、村人たちは別の政府の車に火をつけ、運転手に同じメッセージを託した。3台目に火をつけたとき、政府はそれに武力行使という形で応じた。

準憲兵隊の若い兵たちは戦車のような車に乗って、暴動を鎮圧するための武器を携え、村に乗りこんできたが、村人たちは知らんふりし、なにも起こっていないかのように普段の仕事を続けた。戦いたくてうずうずしている兵隊たちはいらだってなじってきたが、それでも村人たちは平静を保った。血の海の結末を招きかねないことに、誘いこまれる気はさらさらなかったのだ。けんかっ早い若者の中には、応戦したがる者もいたが、年上の者たちは決して立ち向かったり、どんな形であれ警察に村を攻撃する理由を与えたりするようなことはするなと厳しく諫めた。そして、まるで警察などいないかのように、村人たちは畑に戻り、診療所へ行ったり、買い物へ出かけたりした。

けれども、その合間にも、警察の鼻先で、村人たちは極秘の会議を繰り返していた。カカン家に集まって、次の手について話しあっていたのだ。最終的には、村長がコートゥラを招集することで、みんなの意見がまとまった。そうなればその前に、署長が、地元選出の国会議員の前で村人たちに公式な報告をするように言われるはずだ。

しかし、結局コートゥラは行われず、村人たちは政府の兵士たちの数週間に渡る威嚇と、それに伴ういらだちに耐えたが、最初一触即発だったにらみ合いは徐々に尻すぼみとなった。村人たちは元の生活に戻り、政府の側もまた、元の生沽に戻っていった。次の年も、ときおり村人と兵士たちのあいだにささいな小競り合いがあったものの、最終的には政府側が望んでいたとおり、村人たちの怒りはすぼんでいった。

だが今、再び怒りは燃えあがった。アマントルが倉庫を片付けたことで、片付いていない問題が日の目にさらされたのだ。

第9章

ネオの母親のモトラツィは、いつか癒えることを願ってきた傷が、こんな奇怪な形で再び開く羽目になったのが、信じられなかった。TSPの娘がネオの血まみれの服の入った箱を見つけたなんて、あまりにも奇妙で、どう説明をつけたらいいのかわからない。近所の人や友人たちがやってきて、あらゆる説を披露したものの、ひとつとして納得のいくものはなかった。一家の先祖が、事件から数年を経てようやく真実を明るみに出すことにしたのだろうか？　それとも、古傷をえぐろうという悪魔の仕業か。もしくは、モトラツィの正義を求める祈りに神が応えてくださったのか？

ネオが死んで5年のあいだに、モトラツィは徐々に悲しみに耐えるリズムを作りあげていった。長女のテボゴにマエーモという子が生まれ、モトラツィはこの孫息子を育てることに没頭した。新しく生まれた赤ん坊の世話をしているときは、子宮の痛みが軽くなるような気がした。また、隣人のラー・ナソとの間にも友情が生まれた。この5年間、ラー・ナソはモトラツィにひたすら親切にしてくれた。常に眉間にしわが寄り、手が震えているが、物腰のおだやかな老人が、力と慰めを与えてくれたのだ。彼のネオの事件への悲しみは深く、亡くなったのは彼の子どものようにさえ感じられるほどだった。実際、彼は妻を亡くしており、だからこそ、モトラツィの悲しみを誰よりも理解できたのかもしれない。「マー・テボゴ、テボゴの母よ、心を平和にしなきゃいけないよ。上の子たちのためにも強くならないと」ラー・ナソはそう言いながら、友の目をじっとのぞきこむ。けれど、その奥にいつまでも生々しく宿る痛みを見ると、またすぐに目をそらすのだった。

「わかってる」モトラツィは言う。「そうしようとしてるんだよ。だけど、あの子は本当に小さかった。強くて、でもいつも素直で、大人が頼んだことを進んでやってくれた。だけど、年齢の割に体が小さかったからね。クラスでもいちばん小さかった。同じ年の友だちの中でも、誰よりも小さかったんだよ。だけど、誰よりも強かった」モトラツィは言葉をとぎらせ、娘のことを思い浮かべる――あの子はスプリングボックの仔みたいに、いつも走りまわって遊んでいたっけ。「どうしてあんな小さな子にひどいことができるんだろう？　小さな女の子を殺すなんて、人間じゃないよ！」

ラー・ナソはいつもなにも言わずに、優しく耳を傾けた。この質問なら、何十回となく耳にしていた。

マー・ネオは半ば独り言のように、小さな声でこう続ける。「でも、あの子はきっと、生まれたときからこういった運命を背負っていたんだね」

「『こういった運命』ってどういうことだい?」ラー・ナソは穏やかにたしなめる。「あんな恐ろしい目にあったのは、あの子のせいじゃない。もちろん、先祖のせいでもない。悪いのは、あの子を殺した犯人たちだ。誰だろうと、まわりには立派な人間で通っていようと、関係ない。あんな残虐なことは許されるべきじゃない、決してな!」そういう老人の声には、激しい怒りがこもっていた。そして、激しい苦しみが。そうやって感情を爆発させた後、老人はいつも無意識のうちに指の古傷をもんだ。それが、2人の心に刻まれた傷よりはるかに小さいことに、慰めを見出すかのように。

そうすると、マー・ネオはお腹にネオができたときの状況を思い返す。「あの子ができたときのことは、誰にも話してないんだ。口に出すのは、あまりにもつらかったから。恥ずべきことが関係してるのは、みんな知ってる。だけど、今じゃこう思うんだよ。きっとあの子はそういう運命だったんだ。生まれたときから、あたしのもとを去る運命だったんだ、って。そもそもあの子は、本当はあたしの娘じゃなかったのかもしれない。あたしはあの子を産んだだけで、本当は別の人のものだったんじゃないかって。だからきっと、ねじれた形で神のご意思がなされただけなんだって」そして、マー・ネオは遠くを見つめるのだった。

「どうしてあんたがマハラーペを出て、ここに来たのかは知らない。だが、その理由がなんにしろ、ネオが殺されたのは、残虐な男たちが力を手に入れようとしたからだ。じゃなきゃ、やつらが臆病だったせいかもしれない。動機がなんであれ、悪いのはその男たちだ。やつらは、あんたが日曜のランチの鶏を選ぶみたいにあの子を選んで、ヤギを殺すみたいにあの子を殺した。いいか、マー・テボゴ、それが神のご意思のはずがない。神は決してそんなことをお望みにならない」ネオが死んで以来、ラー・ナソはモトラツィのことを決してネオの母という意味のマー・ネオとは呼ばなかった。彼にとってモトラツィは常に長女のテボゴの母、つまり、マー・テボゴだった。モトラツィは彼の思いやりに心から感謝していた。ネオの名を口にされることは、癒えることのない傷をつねられるに等しかった。ラー・ナソの頬を涙が伝い、マー・テボゴもいっしょに泣いた。歳を取る前に老いてしまった2人は、悲しみと絶望で結びついていた。そして今、埃だらけの箱が開かれたことで、癒えつつあった2人の傷がまた開いたのだ。「ああ、もう別の話をしよう。このことばかり考えていたら、わしら2人とも頭がおかしくなっちまう。もうおかしくなってなければだがな」

けれども、マー・テボゴ——モトラツィはこの5年間一度も、あの運命の日を忘れられたことはなかった。あの日、彼女は人生を変えたいと願って、出かけていった。そして、帰ってきたときには、彼女の人生は永遠に変わっていた。そう、確かに変わったが、いいほうに変わったと言えるのかは、わからなかった。だが、その変化こそがネオをもたらしたのだ。だとすれば、ある意味ではいいほうに変わったと言えるのかもしれない。子どもは、どこから来たとしても、いいものにはちがいないのだから。

あの日モトラッィが訪れたのは、サメスという男のところだった。マハラーペ村のすぐそばにある小さな村に住んでいて、「女の問題」を専門にしているという話だった。性病を治療したり、子どもが生まれない女が子どもを授かるよう手を貸してくれるという。結婚したい女に夫を見つけたり、仕事で昇進したい女の手助けをしたりもする。中でも、子宮に関わる問題を解決するのが得意だといううわさだった。子宮が傾いていたり、痛みがあったり、子を宿さなかったり、または、出血したり、魅力がなかったり、なんでも言えば、解決してくれるというのだ。そのため、遠方からも、うわさに高い男の知識を求めて女たちがやってくるのだった。

モトラッィの「女の問題」は、8年間いっしょにいる男との子を8回宿し、5人を生んだにもかかわらず、相手に結婚する気がないというものだった。男は、今の取り決めに満足してしまっていた。つまり、モトラッィの両親の家で眠り、食事をするが、家のことを手伝う義務はない、というものだ。それどころか、別の女の家に泊まることもある。最初は、そのくらいは大した問題ではないとモトラッィは思っていた。モトラッィのことはそれなりに気遣ってくれていたし、そもそも1人の女とずっといっしょにいられるタイプではなかったからだ。しかし、次第にそうも言っていられなくなった。男の態度はだんだんとあからさまになり、それに伴って、モトラッィに対し性的な興味を示さなくなった。それでついに、モトラッィはサメスのところへいこうと決意したのだ。サメスが事態を前に進め、モトラッィが婚姻登記所の役人の前で「誓います」と言えるようにしてくれることを、期待していた。

そこで、モトラツィはひそかにバスに乗り、ちょうど日が落ちはじめたころに着くようサメスの村へ向かった。サメスのような手合いの人間に、真昼間に治療してもらいに行く者はいない。ある商才にたけた男が、切羽詰まった女たちが「サンセット・バス」を必要としていることに気づいたのだ。文句を言わずに法外な値段さえ払えば、後はなにもきかずに必要なところまで乗せてやるというわけだ。サメスの家に着くと、すでに7人の女の患者が待っていた。全員、黙ってじっと待っていたから、モトラツィのほうも、なにを患っているか無遠慮にたずねるようなことはしなかった。

列は比較的早く進み、すぐにモトラツィの番が来た。小屋の中に入ると、目の前にいたのは、裸の男だった。ぼんやりとした光の中で、真っ黒に近い体が光っている。油を塗っているらしく、なめらかで魔術的だ。呪術医が裸だとは思ってもいなかったが、男がなにもおかしなことなどないというようにただすっくと立っているので、占いのときはいつもこうなのだろうと、モトラツィは考えた。呪術医や祭司の中には、裸体で務めを果たす者もいると聞いたことがある。ただ、実際に会ったのは初めてだった。

「こちらへ、ご婦人、中へ。遠くから来たのだろう。くたびれた様子だな。座りなさい」男の声には音楽的な響きがあった。落ちついた口調には、心地よさと同時に怖さもある。しりごみする動物をなだめるときに使うような声だ。近づいてきたら、袋をかぶせようとしているような。

モトラツィはためらった。

「入れ。おまえの男に近くへ来てほしいなら、今、帰るわけにはいかぬだろう」今度もまた、おもねるような優しい声だった。

男は、モトラツィが座るより前に、彼女の問題を言い当てたのだ。モトラツィは陥落してしまった。裸の美しい男のほうへ歩み寄っていく。そう、彼は美しかった。

「座れ、ここに座りなさい」呪術医は床に敷いてあるマットを指さした。そして、自分も横に腰をおろした。

モトラツィの目の前に、男の裸体が大きく迫ってきた。モトラツィは男の顔だけを見ようとしたが、目がどうしても脚のあいだに惹きつけられてしまう。

「自然に至るためには、自然の状態にならねばならない。服を脱ぎなさい」そのころには、サメスは占いに使う道具を用意しはじめていたから、モトラツィは言うとおりにするしかないと思った。診療所や病院では、医者や看護師の前で何度も裸になったことがある。今夜だって、それと変わらない、とモトラツィは自分に言い聞かせた。超一流の医者のもとに来たのだから。

すべて服を脱ぐと、呪術医はまた、緊張を解くような優しい口調で話しはじめた。「女性性に関する問題を抱えているのだね？」

「はい、そうです」モトラツィは脚を閉じていようとしたが、呪術医はなにかの軟膏を足首に塗りはじめた。そして、徐々に脚の上へと移動し、秘所のほうへ近づいてきた。

そして、そのままゆっくりとやさしいリズムで、そっとモトラツィの脚を開いて言った。

「おまえの男のことだね。そうだろう？　ほら、脚を開いて。抵抗しないでほしい。薬は全身にくまなく塗らねばならない。そうでないと、診断を誤ることになる」

「はい」モトラツィは、もはや自分が男の質問に答えたのか、脚を開けという求めに対して答えたのかも、わからなかった。そして、脚を開き、両方の質問に答えるために、もう一度「はい」と返事をした。正しい診断がほしかったし、正しい治療をしてほしかった。5人の子どもがいるのだ。父親に戻ってきて、育てるのを手伝ってもらわなくてはならない。慎み深くしていたら、望みの結果を手に入れられないかもしれない。

「詳しく話してみなさい。その前に、これを飲んで」

モトラツィは、差し出されたコップの中身を飲んだ。自分がどう感じているのか、よくわからない。罠にかけられているような気もするし、心が落ちついてきたような気もする。雛鳥のような気分だ。なすすべもないが、恐れはない。ひたすら幸福な無力感が押しよせてくる。「子どもが5人いるんです。なのに、彼は結婚しようとしないんです」

「それだけじゃないだろう？　言ってごらん」そのあいだも、男は軟膏をすりこんでいく。そして、モトラツィの腹に円を描くように手を動かし、そっとマットの上に押し倒す。

「別の女もいるんです」モトラツィは頭をぼんやりさせまいとする。なにかが起こりつつある。次第に抑えが効かなくなっていく。

「男はみな、女をつくるものだ。それは、問題ではないだろう？　さあ、これを飲みなさい」男は再びコップを差し出す。そして、モトラツィの上半身を起こし、コップが空になるとまたマットの上に寝かせようとするが、モトラツィはかすかに抵抗する。男はまた、モトラツィの脚の内側をさすりはじめている。「本当の問題はなんだね？」男は優しくあやすような調子でたずねる。

煙が部屋に満ちはじめる。呪術医がなにかに火をつけたのを、見た覚えはない。「彼は――彼は――彼はもうあたしと眠ろうとしないんです」思わず口走る。

「おまえの母親も、おまえともういっしょには眠らないだろう。だから、それは問題ではない。わたしに助けてほしければ、なにが問題か言わなければならない」男の手の動きは止まるが、それはモトラツィのさらけ出されたヴァギナの上にかざされる。モトラツィは、自分の体が弓ぞりになり、彼の手のほうへ引き寄せられているのに気づく。だが、彼は手を遠ざける。そして、またたっぷりと軟膏をとり、自分の腿の内側に塗りはじめる。性交の準備をしていることは、疑いようもない。

「彼はあたしとセックスしようとしないんです。前のようにしょっちゅうは。もうあたしのことを求めてないんじゃないかと、不安なんです」モトラツィは穏やかな声のほうへ吸い寄せられるように、体を起こす。

「おまえの女性性が力を失っているのだ。そういうことは、往々にしてある。これから、内側に薬を塗る。横になって、力を抜きなさい」そう言って、男はそっとモトラツィを寝かせる。そして、脚を開かせ、すべすべして温かいローションのようなクリームを彼女の中に入れはじめる。

「さあ、今からこれを奥まで押しこむ。横になったまま、体が息を吹き返すのを感じるのだ。そうだ、横になっていればいい。そのまま。奥へ押しこんであげよう。そうすれば、効き目が現れる」

そのときにはもう、彼は彼女の上に覆いかぶさって、彼女も彼に応えはじめている。彼女の女性性は、彼が言ったとおり、息を吹き返す。なにが起こっているかよくわからないうちに、自分が最高のセックスをしていることに気づく。もしかしたら、これまでの人生で最高のセックスを。すると、眠気が襲ってくる。サメスがまだ軟膏を塗りこみながら、何度もセックスしているのをうっすらと感じるが、意識は遠のいてもはや彼女はそれに応えていない。やめてと言いたいが、その言葉が頭に浮かぶだけで、口から出ていかない。唇が従おうとしない。全身が、従おうとしない。

起き上がれるようになったのは、それから数時間たってからだった。まわりを見回すと、サメスが服を着て、せっせと薬を小さな包みに分けていた。たった今、2人のあいだにただならぬことなど起きていないように。

「起きなさい。これを。こちらは飲み薬で――」

「どうしてあんなことを?」モトラツィは問いただした。

「あんなこととは?」

モトラツィは答えられなかった。頭が混乱して、言いたいことをはっきり言葉にできない。それに、自分を恥じてもいた。

呪術医はしばらくじっと彼女を見ていたが、また薬を包みはじめた。そして、モトラツィが叱る価値もない恩知らずの子どもであるかのように、首を振り振り言った。「治したいのなら、わたしの言うことを聞きなさい。治療は始まったばかりだが、このまま完了するまで続けるかどうかは、おまえ次第だ。今日得たものを投げ捨ててしまう前に、よくよく考えるように」そして、薬を使った治療について説明しはじめた。この後数か月は、今日のような性交が必要となる、と男は言った。もちろん、「性交」という言葉は使わなかった。「施術」と彼は言った。そして、料金は250プラだと言った。モトラツィは黙って支払った。

バス停まで歩きながら、モトラツィは泣いた。黙ったまま、涙だけがほろほろと流れ落ちる。サメスにレイプさせてしまった自分の愚かさが許せなかった。けれど、今日のことを誰にも話せないのも、わかっていた。妊娠することだってあり得る。それどころか、性病に感染するかもしれない。HIVの感染が広がりつつあったから、自分の死刑執行令状にサインした可能性すらあった。自分がレイプされたことははっきりわかっていたが、ほかの人がそう思うとは思えなかった。結局のところ、彼女は抵抗しなかったのだ。それに、本当のところ、彼女も楽しんだのだ。少なくとも、最初は。だとしても、レイプされたことには変わりない。35歳の、学問のある教師であり、地元の犯罪防止委員会の長である彼女が、自分から小屋に入っていって、裸の見知らぬ男の前で服を脱ぎ、性交をしたのだ。誰もそれをレイプとは言わないだろう。

それでも、あれはレイプだと、モトラツィはわかっていた。同時に、決して誰にも話すことのないレイプだということも、わかっていた。

9か月後、モトラツィは女の赤ん坊を生んだ。モトラツィは娘にネオと名付けた。「贈り物」という意味だ。そのころには、それまで8回彼女を妊娠させ、5人の子どもの父親である男は、別の女のもとへ去っていた。恥と屈辱にまみれ、モトラツィは恥ずべき過去から逃れるためにハファーラの村へ引っ越した。前の男がなんの援助もしないことはわかっていたから、6人の子どもも連れていった。サメスのところへ行って、ネオの養育費をもらうことなど、頭をかすめもしなかった。たまに、そう、本当にごくたまに、家族に会いに村へ戻ることもあったが、妹たちは彼女と目を合わせようとしなかった。村の人たちが自分とネオのことをなんて言っているのか、知りようもなかったけれど、なんにしろ、そのせいで妹たちは恥ずかしい思いをしているのだった。

しかし、逃げようと決意して、モトラツィが選んだのは、遠く離れているとはいえ、何人かの親戚が暮らしている村だった。血のつながった親戚がまったくいないところでは、人は生きられないと、モトラツィは信じていた。先祖に助けを求めたときに、どこにいるか、見つけてもらえないのでは困る。しかし、以前は、人々は結婚しないと言って子どもたちの父親を非難したのに、今では、彼を裏切ったと言ってモトラツィのことを非難した。そして、ネオが殺された。呪術医の術によって身ごもった子が、呪術医の力を使う男たちの手によって殺されたのだ。そうやって殺されるのが、ネオの運命だったのだろうか？　ネオはそうやって殺されるためだけに、存在していたのだろうか？　あんなふうに刈り取られるために、生まれたのか？　ネオを殺した男たちには、本当にほかに選択肢はなかったのか？　もしかしたら最初からネオはモトラツィのものではなかったのかもしれない。母親は単なる養育者だったのだ。だけど、あれほどあの子のことを愛していたのに！

ラー・ナソのひどく苦しげな咳の音を聞いて、マー・ネオははっとわれに返った。「はい、もう1杯お湯を飲んで。少しは胸が楽になるから」マー・ネオは心配そうに友人の顔を見た。「ありがとう、マー・テボゴ、すまんな」老人は差し出されたコップの湯を静かにすすった。

第10章

5年の年月がゆっくりと流れていき、1999年になっていた。マウン警察署の部長刑事は、救急車の運転手の書いた報告書に返事を書かねばならなかった。ハファーラの村人たちが、昔の殺人事件の証拠の入った箱を倉庫で見つけたというのだ。部長刑事は、調査するために要領の悪い巡査を2人、ハファーラの村に送りこんだ。2人の巡査は、発見されたものの意味をじゅうぶん理解しないまま村にいき、怒り狂った群衆に迎えられた。村人たちは、アマントルから預かった証拠の入った箱を渡すのを拒否した。

最終的に、村人たちは巡査たちにTSPのアマントルを差し出した。自らリーダーを名乗る男が前へ出て、きっぱりと告げた。「彼女は政府の雇った公務員だ。彼女を連れていけばいい。だが、ほかは誰ひとり、なにひとつ、渡さないからな。われわれは回答を要求する」

群衆のうしろのほうから声が上がった。「そうだよ――箱を見つけたのはその娘だ！　娘を送りこんで、箱を見つけたふりをさせたんじゃないのかい！　お上のことなんて、信用してないからね！」

1時間後、アマントルはマウン警察署の出張所にいた。人々が、絶えずジージーと鳴りつづける無線の音に負けじと、机に座っている巡査に向かって声を張り上げている。そうでもしないと、高くて奥行きのある、よそよそしいカウンター越しに声が届かないからだ。アマントルは、2人の巡査にハファーラに行くように命じた部長刑事を待っているところだった。

ふと低いところにある窓に目をやると、外で2匹のヤギが喧嘩していたが、どちらもやる気がなさそうだった。その向こうに落とし便所があり、うしろに川が流れている。川の水は飲料用を含めあらゆる用途に使われているのに、そのすぐ近くに落とし便所を設置するのは問題ではないか。そう思ったとき、便所から青いものが飛び出してきた。腕を振り回し、足を踏み鳴らしている。ヤギたちはすぐさま喧嘩をやめ、逃げていった。手足の動きが止まると、ヤギのいたところに女が立っているのが見えた。下着しか着けていない。まわりに何人か、人が集まってきたが、なにが起こったのかは、腫れあがった手を見てすぐにわかった。トイレットペーパー代わりの新聞紙を取ろうとして、サソリに刺されたのだ。助けに来た男が、便所の横に落ちた青い服を拾いあげたが、サソリのことを聞いたとたん、またほうり投げた。女は、見栄えがいいとは言えない下着だけの姿で立ち尽くしていた。

出張所の中に視線を戻すと、掃除婦らしい女が手に持ったモップをアマントルに向けてたずねた。

「アマントルってあんたかい？　第2会議室に来いってさ。廊下の先だよ。あっちだ」モップを持った女はそのまま行ってしまった。どちらが「あっち」かも説明しなかったので、アマントルは女が出てきた方向だろうと見当を付け、サソリ騒動の続きを見るのはあきらめて立ちあがった。第2会議室は、そこから2つ部屋をすぎたところにあった。

ドアをノックして部屋に入ると、傷だらけの茶色い机のむこうに、やはり茶色のボロボロの回転椅子に座った男がいた。30代くらいで、ピンストライプのスーツを着ている。出張所の巡査はみな、青いシャツと青いズボンの制服を着ている。シャツといっても、シャツと上着の中間くらいのもので、ベルトで締めるデザインになっていて、太っている場合、突き出した腹の上にベルトがのっかる形になって見栄えが良くなかった。かといって、ベルトを忘れると、マタニティ服みたいだし、体の引き締まった細身の若い巡査がベルトを締めて着ると、今度は、ミニスカートのワンピースみたいになってしまうという代物だった。

だが、第2会議室に座っている男は、シャツだか上着だかワンピースだか服自身もわかっていないものを着て面目を失う羽目には陥っていなかった。犯罪捜査部の刑事には、制服着用の義務はないのだ。「座ってくれ。アマントル・ボカアだね？　診療所でTSPをしている？」刑事は、用紙とゴム印とスタンプ台を用意しながらたずねた。しゃべると、口にくわえたペンが上下した。

「はい、そうです」

「知っていることを話してくれ」男はもったいをつけた口調で言った。

「なにについてでしょうか?」アマントルはたずねた。

「しらを切るな。なぜここにいるかは、わかってるだろう」男は声と態度に疲労感を滲ませて言った。実権は自分にあると知っている男が醸す、見せかけの疲労感だった。

「いいえ、本当のことを申しますと、自分がなぜここにいるのかもわからないんです。警察の車に乗るように言われただけです。ここに来れば、理由はわかると言われました」アマントルは正直に言った。

「いいか、きみがいなければ、看護師2人が村人に監禁されることもなかったのだぞ。なにも知らないふりをしても無駄だ。きみの陳述を待っているんだ。さっさと話せ」刑事はペンを手に持ち、書く姿勢を取った。

「昔むかし、カエルが1匹と——」

「なんの真似だ? 警察への協力を拒むのか?」刑事は、脅せば言うことを聞くとでも思っているかのようにアマントルをにらみつけた。

「まず、なぜ犯罪者のようにここに呼ばれたのか、説明してください。わたしを逮捕するんですか?」アマントルは問いただした。

「いいや、逮捕はしない。だが、われわれの捜査を邪魔すれば、逮捕されるかもしれんぞ」刑事はカッカしながら言った。

「そういうことでしたら、捜査の邪魔にならないよう、すぐにここを出ていきます。捜査というのはなんの捜査なんです？」アマントルは毅然として言い返した。

「いいか、わたしは忙しいんだ。さっさと話せ」刑事は半ば脅すように言った。

「そちらがなにに関心をもってらっしゃるのか、説明していただけます？　必要ならば、これまでのわたしの人生についてだってお話しできますが、それがそちらのお望みなのか、わたしにはわかりませんから」確かにそれは的を射ていた。

「わかった。あの村で暴動に近いことが起こっている。だから、なぜそういうことになったのか、そして、誰が今、先導しているのかを知りたい」導入にしてはずいぶん漠然としている。

「なぜ村で暴動に近いことが起こったんですか？」アマントルは刑事をにらみ返した。

「きみが倉庫で見つけたという服の入った箱のせいだろう！　あの箱は、5年前にこの警察署からなくなったものなんだ！　さあ、なぜいきなりあの倉庫から見つかったか、説明してもらおう。本当に例の服なのか――どうしてあそこにあったんだ？　これがどういうことか、きみはわかってるのか？」恐怖と絶望で声がうわずり、見せかけの威厳は消え失せた。

「5年前になくなったのはどうしてですか？　経緯について記録には残っているんですか？」当然の質問だった。

「誰が質問しろと言った？　きみは質問に答えるためにここにいるのであって、するためではない」刑事はなんとか権威を取り戻そうとした。

「なら、わたしにお答えできるのは、すでにご存じのことだけです。わたしは倉庫でその箱を見つけました。それはすでにご存じですよね、たった今、そうおっしゃったんですから。それに、箱がこの警察署からなくなったことも、ご存じなんですよね。村人たちに伝えたら、興味を持つでしょうね。彼らの話してくれた5年前の話とは、まったくちがいますから。きっと自分たちが正しかったとわかって、喜ぶでしょう。もちろん、ずっと自分たちが正しいと信じてきたわけですけど。では、ありがとうございました。村まで送っていただけますか？　服はここにあったけれどなくなったことを、あなたが認めたと、村の人たちに伝えますから。あと、なくなったのはいつだと、伝えればいいですか？」アマントルは容赦なく続けた。

刑事はすっかり動揺していた。しゃべりすぎてしまったのだ。彼には、一度与えた情報をどうやって取り戻せばいいのか、わからなかった。

刑事のいらだちをさらに募らせるかのように、アマントルはにっこり笑って言った。「指は引っこめられるけど、言葉は引っこめられませんよ。紙をください。供述書を書きますから」

「口で言え。わたしが書く」刑事は命令した。

「お断りします。紙をください。わたしが自分で書きますから。後から、わたしが言ったとか言わなかったとかで揉めたくありません。用紙をください、刑事さん。わたしは字が書けますから」そう言って、アマントルは刑事をひたとにらんだ。

「おまえは何歳だ？　TSPじゃないのか？」刑事には、彼女のような歳の娘がなぜ警察に反論するだけの度胸があるのか、わからなかった。年齢にかかわらずおとなしく言うことを聞く村人にすっかり慣れきっていたのだ。

「年齢が、なんの関係があるんです？　用紙に書きますから。供述書がほしいんですか、ほしくないんですか？」アマントルは一歩も引かずに言った。

刑事はしぶしぶ用紙を手渡した。そして、アマントルが書きおわると、目を通し、気に入らないと言った。アマントルは用紙を取り返して、さっと目を走らせた。「モナーナ部長刑事は、わたしの話した内容を気に入らなかったと付け加えておきましょうか？　モナーナというのが刑事さんのお名前ですよね？　ここでは、自己紹介は重要視されていないんですね。次から次へといろいろな方のところへ行かされましたが、誰ひとり、名前を名乗ってくださいませんでしたから。ずいぶんと失礼ですよね。なんなら追加しましょうか？　モナーナ部長刑事は、わたしの知っていることではなくて、自分が書いてほしいことをわたしに書かせようとしたと？　そういうことですよね？」アマントルは、わざと刑事を怒らせてさらに口を滑らせるよう、仕向けようとした。

元巡査のモナーナはこれ以上、目の前の反抗的な若い女に苦しめられるのはごめんだった。供述書が手に入ればいい。

しかし、アマントルは帰る前に供述書のコピーを要求した。「コピー機はどこですか？　自分でコピーを取りますから」

「コピーを取るというのは、どういうことだ？　証人に供述書のコピーなど、渡していない。それに、証人が警察の持ち物に触れることは禁止だ！」モナーナ部長刑事は怒鳴った。

「わたしはなんの証人ってことになってるんですか？　コピーをいただくまでは、この供述書は渡しません。ですから、そうしたいなら、わたしを逮捕してください」アマントルは喜んで逮捕されると言わんばかりの口調で言った。だが、内心、この無能な刑事がやけになって本当に逮捕するかもしれないとびくついてもいた。

部長刑事は途方に暮れて、署長のところにやっかいな娘の要求を伝えに行った。そして、数分後に戻ってくると、署長が会いたがっていると言い、すぐさま奥にあるボスの部屋へアマントルを連れていった。

署長の部屋は広かったが、あらゆる家具や壊れた機器類で埋め尽くされていた。隅には、壊れた扇風機が少なくとも3つある。強迫性貯蔵症の一種だ、とアマントルは思った。おまけに、センスがまるでない。壁は吐き気を催すようなグリーンだし、元は白い天井は、雨漏りのせいで大きな丸いしみが茶色く浮き出ている。床はごく普通のコンクリートだが、上から青いペンキが塗られ、見るも無残な状態になっていた。ネクタイについている黄色いしみからすると、昼食に卵かカスタードが入っていたらしい。カスタードは結婚式やクリスマスに食べるのが普通だから、おそらく卵だろう、とアマントルは思った。

「そこに座って、なぜ警察の捜査を邪魔するのか、説明してくれ」署長はよく響く声をしていた。だが、優しさのかけらもない、命令するのに慣れた声だ。

「ただ供述書のコピーをくださいとお願いしているだけです」アマントルは簡潔に答えた。

「なぜだ？」署長は吠えるように言った。

「ここにいる部長刑事さんが、この警察署では物がなくなるとおっしゃったんです。なくなったものの中に、殺人事件の被害者の服も入っているとも、おっしゃいました。あ、すみません、ライオンに殺された被害者のまちがいです。ですから、自分の供述書がなくなるのが嫌だっただけです。シロアリは紙を食べますし、ここには紙がたくさんあります。なくなれば、もう一度作らなければなりませんし、もう一度作れば、往々にして本当でないことも混ざるのは、ご存じでしょう？」アマントルは署長を見つめ返した。こちらから目をそらすつもりはなかった。

「この警察署から服がなくなったといううわさを信じているんじゃあるまいな」署長はわざと戸惑ったような表情を作ってたずねた。

「部長刑事さんも信じてらっしゃいます。というか、そのことをわたしに教えてくれたのは、部長刑事さんです。きいてみてください」口元にうっすら笑みを浮かべながら、アマントルは言い返した。

　モナーナ部長刑事はがっくりと頭を垂れた。署長はうなり声をあげ、部長刑事を怒鳴りつけた。

「おしゃべりの大バカ野郎め！　この娘にそう言ったのか？　おまえはバカか!?　どうしておまえのようなマヌケが部長になれたんだ！」目玉が怒りのあまり今にも飛び出しそうだ。署長は怒りを物理的に押さえこもうとするかのように、両手で頭のわきを押さえつけた。

　アマントルは、傷口にさらに塩をすりこんでやろうと決めた。「マヌケだから昇進したんだと思っている人もいるみたいですよ、署長さん。マヌケじゃなきゃ、服が煙のように消えたことを隠そうとしてあんな下手な真似はしませんから。ですよね、署長さん。それにしても、署長さん、服はどうされたんです？　部長刑事さんは話してくれなかったので」アマントルは署長をイライラさせるためにわざと「署長さん」を繰り返した。

「警察官のことをマヌケ呼ばわりするな！　おまえをぶちこむこともできるんだぞ」署長は肩を怒らせ、それといっしょに白目をむいた。

しかし、アマントルはひるまなかった。「そうでしょうか。それなら、先にご自分を逮捕しなければ。わたしより前に、部長刑事さんのことをマヌケと言ったのは署長さんですから。わたしは、署長さんに同意しただけです。わたしは――そちらの言葉でなんていうんでしたっけ？　被告人その2？　被告人その1は署長さんですもの。それとも、司法取引するおつもりですか？　それはずいぶんと卑怯ですよね」

「黙れ！」署長は怒鳴った。

「容疑はなんですか？」まるで署長がなにも言っていないかのように、アマントルは続けた。「『容疑者アマントル・ボカアは1999年6月2日、儀礼殺人事件の重要証拠を失くすか、隠すか、正体不明の人物に引き渡した優秀な部長刑事を――』」

「黙れと言ったんだ、小娘が！　これ以上続けたら、刑務所行きだぞ！　ただのゲームだと思っているのか？　儀礼殺人だなどと触れまわったら、ひどい目にあうぞ。覚えておけ！」署長は汗をほとばしらせ、怒りをぶちまけた。

「いいえ、わたしを刑務所に入れることはできません。そちらは今、困った立場にある。わたしを刑務所に入れれば、ますます深みにはまるだけです。どうかコピー機まで案内してください。わたしはへとへとで、日が沈む前にハファーラの村まで帰りたいんです。あと、署長さん、儀礼殺人だなどと言って申し訳ありません、もちろん、今回の件はライオンによるものです。それとも、ハイエナでしたっけ、かわいそうな子どもを殺したのは？　すぐ忘れてしまうんです。もう一度、どの動物だったか、教えていただけますか、署長さん？」アマントルは改めて自分の要求をはっきりさせるために言った。

「娘をコピー機まで連れていってやれ。それから、さっさと追い出せ。もう二度と顔も見たくない。昔の礼儀をわきまえた女はどこへいっちまったんだ？　こいつはただのTSPじゃないのか？」署長が低い声でうなったのを聞いて、モナーナ部長刑事は「出ていけ」という意味だと解釈してすぐさま従い、アマントルをガラクタで飾り立てられた署長室から連れ出した。

アマントルは供述書のコピーを2枚取ると、原本をモナーナ部長刑事に渡した。そして、若い巡査の運転する警察のバンに乗ってハファーラへ向かった。帰り道、彼からもなんとか情報を引き出そうとしたが、無駄だった。巡査は、アマントルと会話しないで済むよう、ずっと歌い続けていた。

アマントルと刑事部長が出ていくとすぐに、署長はとなりのオフィスにいる秘書のンノーノ巡査に電話をした。アマントルが署長室に入っていくのを見て、聞き耳を立てていたンノーノ巡査は、電話を取ると、用件を聞く前に、最優先事項と思われることをボスに告げた。「署長、今、そちらにいたアマントル・ボカアですが。あの娘は2年前のナショナル・スタジアムの騒動を引き起こした張本人ではないでしょうか。つまり、学生たちが軍に対するデモを行ったときのことですが」しかし、ひどくおどおどした調子で言うものだから、なにを言っているのか、さっぱり伝わらなかった。ンノーノ巡査は上司のことを心底恐れていたので、部屋の中に座って、どこかの娘みたいにタイプを打ったり、署長の電話をさばいたりするより、町に出て犯罪と戦うほうがよほどましだと思っていた。なぜ警察は、ほかの役所のように専門の秘書を雇わないのだろう。ミニスカートをはいたかわいい女の子がいればやる気も出るのに、というのが、彼の見解だった。

「なにをごちゃごちゃ言っとるんだ？」署長は怒鳴った。「モラポ所長に電話をつなげ。すぐだ！どなたです、だと？わたしにきいたのか、このわたしに⁉そんなこともわからんで、なにが秘書だ！『モラポ所長とはどなたですか？』とはな！わたしは受付係か⁉それとも、巡査か？いいか、こんな基本的な情報すら覚えられないで、捜査ができるとでも思ってるのか？ヤハウェの神よ！なぜこのような試練を！モラポ所長は、国家奉仕プログラム事務所の所長だ！わかったか？さあ、さっさと電話をつなげ！今すぐだ！」

ンノーノ巡査は、まちがいなく貴重な情報にボスが耳を傾けてくれなかったことにがっかりした。あのＴＳＰの娘は、見かけよりはるかに面倒なのだ。後になって、その情報を伝えなかったことで責められるのも怖かった。

しかし、署長はうなったり怒鳴ったりするだけで、誰の言うことにも耳を貸す状態ではなかった。

「所長とお電話がつながりました」ンノーノ巡査は相手が出たことを確認したが、切らずにそのまま盗み聞きすることにした。ボスのことは怖かったが、盗聴は仕事の一部だとも思っていた。誰が重要人物で、誰がそうでないか、知る手立てのひとつだ。今の任務を果たすのにそういったことを知る必要があった。今も盗み聞きしていると、署長があのＴＳＰの娘を別の地域へ異動させようとしていることがわかって、巡査はほっと息をついた。彼自身、あの娘を至急転任させることに大いに賛成だ。しかし、話が終わるまで盗み聞きをつづけることにした。

「モラポさん、マウン警察署の署長です。ちょっとお願いがありまして。ハファーラ診療所にアマントル・ボカアという若い娘がいるんですが、彼女が危険にさらされていると信じるに足る理由があるんです。今の時点では多くを申し上げられませんが、すぐに通達を出し、別の村へ異動させたほうがよろしいかと。別の行政区のほうが望ましいでしょうね。早急に！」文民は警察特有の言い回しに気圧されるはずだ、と彼は思った。

「どういった危険です？」モラポ所長はたずねた。彼女の頭にまず浮かんだのは、また若い女が権力者の男に便宜を図ってもらおうとしているだった。自分の部署では、そうした腐敗した慣行を許す気はない。彼女は、配属や転属、期限前契約解除などで、一切えこひいきは行わないという評判を確立しており、1本の電話ごときでそれをふいにするつもりはなかった。

署長はもう一度試みた。「今も言ったとおり、現時点では詳しくお話しすることはできないのです。公にしにくい捜査上のことでして」署長は断固とした口調で言った。文民を相手にするときは、断固とした態度を取ることが大事だと信じていたのだ。

「ならば、そちらの緊急の要望を文書にしてくださいませんか?」モラポ所長も同じく断固とした態度で言った。今期のTSPが始まってまだ2か月も経っていないが、すでに30近くの異動願いが出ており、理由は様々だった。ほとんどのTSPが健康上の理由を挙げているが、若者が辺鄙な地域に行くのを嫌がっているというのが本当のところだ。中でも、ハボローネ出身のTSPたちがいちばんひどい。そんなわけで警察が世界を仕切っていると思っているどこぞの署長に丸めこまれて、異動を決める気などさらさらなかった。

それに今朝、車で仕事に行く途中に、所長に言わせれば「無意味な」警察の通行規制のせいで渋滞に巻きこまれたことも、大いに影響していた。町中が工事中のような状態なのに、さらに警察が数えきれないほどの検問所を設け、ますます事態を悪化させている。飲酒運転者が相も変わらずなんの罪もない歩行者を無差別に殺すせいで、警察はうっとうしい検問所を設置し、車の流れをますます悪くしているが、交通事故の増加を食い止めることはできずにいる。それに、モラポ所長は警察官が運転手に話しかけるときの横柄な態度が大嫌いだった。

「急を要するのです、モラポさん」署長は忠告した。「今すぐ行動を起こさないと。異動命令をファックスしてくだされば、数時間以内に診療所の救急車をやって、娘を連れだしますから」

「そんなに緊急なら、数日の間、彼女を安全な場所に移すだけでいいでしょう。危険が去るまで、そうしたらどうです？　本人だって、危険な目には遭いたくないでしょうから。なぜわたしが辞令を出さなければならないんです？　ほかの政府の役人たちもその村から避難しているのですか？　近くの村のほかのＴＳＰたちはどうなんです？　彼らも異動させるおつもりなんですか？今、目の前にリストがありますから、チェックしますが――周辺の村にはほかに５人のＴＳＰがいますね。なぜ彼女だけが危険なんです？」モラポ所長は真剣な口調でたずねた。

「モラポさん、あなたはこの件の深刻さをわかってらっしゃらないようだ。あの娘が危険な目に遭っても、わたしがなにも言わなかったとは言わないで下さいよ。罪のない女性が、本人の知らない問題に巻きこまれる前に助けていただくつもりだったんですがね。では、失礼」

「待ってください、署――」

しかし、電話は切れていた。

ンノーノ巡査はカチリと電話の切れる音を聞くと、また不安になりはじめた。ボスのところへ行って、あのアマントルという娘のことを話そう。そう決意したものの、彼はしばらくそのままぐずぐずしていた。ドアのところまで行って、誰かが開けようとしたらわかるように寄りかかる。鍵をかけるのはまずいからだ。そして、タバコに火をつけると、むさぼるように大急ぎで吸った。短くなったタバコをもみ消し、窓まで行って投げ捨てる。そして、ガムを２つ取り出して、猛烈な勢いで噛んだ。何度もつばを飲みこみ、タバコ臭さを消そうとする。さらに口腔内を清潔にする手段として、机のいちばん下の引き出しを開けると、マヨネーズの瓶を取り出して、ふたを開けた。そして、スプーンですくい取って口の中に入れ、ぐるっと回してから、飲みこむ。マヨネーズがタバコ臭を消すと固く信じていたのだ。これで、ボスのところへ行く準備が整った。

ボスの部屋の前で、巡査はシャツのしわを伸ばし、ベルトがちゃんとしまっていることを確認した。両手を口に当て、息をハアッと吐き、においを深々と吸いこむ。そして、大丈夫だと確信すると、ためらいがちにノックした。ドアの向こうから、低いうなり声が聞こえた。「入れ」という意味だと考え、巡査はドアを開けた。ボスのうなり声は、「入れ」、「出ていけ」、「ここにいろ」、「座れ」、「黙れ」、「立て」など色々な意味があった。部下はうなり声の意味を解釈しなければならず、解釈しまちがえることも珍しくなかった。まちがえた場合はどうなるかというと、敷地内をブリキ男のように行進させられることから残業まで、さまざまだ。ある巡査がうなり声を解釈しまちがえたために、留置所に一晩入れられたという話も、ほかの警官たちから聞いたことがあった。

ンノーノ巡査が入っていくと、署長はピシャッとひきだしを閉めた。あの引き出しには秘密が隠されているんだ、と巡査は思った。いつか、突き止めよう。「下品な」雑誌か、もしかしたら、呪術医の薬かもしれない。署長は抜け目がないから、誰かが引き出しに触れれば、すぐにわかってしまうだろう。巡査は、自分が入っていくたびに署長がさっと閉める引き出しになにが入っているか突き止める勇気を持てずにいた。ボスは不安になればなるほど、引き出しの中のものに頼っているようだ。しかし、中身が呪術医の薬かもしれないと思うと、興味もそがれた。たかが好奇心のせいで、目が見えなくなったり、体が不自由になったりするのはごめんだ。とはいえ、はだかの女がのっている雑誌だとしたら、たまにこっそり見られれば最高だ……。

「なんの用だ、巡査?」ボスは吠えるように言った。「背筋を伸ばして立て! おまえは警官じゃないのか? 小汚いガキのよだれみたいにだらだら立つな!」

「はい、すみません、署長。署長、あのアマントル・ボカアという娘のことをお話ししたかったんです。あの娘は、2年前のナショナル・スタジアムでの騒動を起こした張本人です。国軍記念日の日にデモを行った学生たちのリーダーです、〈平和の子ども〉と名乗っている学生グループの。暴動になって、将校が1人クビになった例の事件です」巡査はいったん言葉をとぎらせた。署長もクビになるかもしれないと言っていると誤解されたくなかったのだ。巡査は、唇の内側をぐっと噛んで、署長の反応を待った。

「続けろ」署長はひと言、そう言った。

「それ以上のことは、知りません。ただ、本部には娘に関する報告書があるはずです。当時、調査委員会が開かれたので。娘が不当に逮捕されたと、訴えたからです。将校が1人クビになり、確か警察官も2人、停職処分になったはずです。何週間もの間、娘の写真が新聞に載っていましたので。ですから、署長にお知らせしたほうがいいと思ったのです」巡査は、ボスの表情を読もうとした。うなり声が返ってくるのはわかっていたから、それを正しく解釈したかったのだ。ところが、今回はうなり声だけでなく、明確に発音された要求2件もいっしょだった。調査委員会に関する書類をすべてそろえろ、と、本部のマラドゥ部長刑事に電話しろ、だ。

その後、ボスとマラドゥとの電話の会話を盗み聞きした結果、マラドゥは調査委員会に任命された6人の委員のうちの1人だとわかった。盗み聞きの結果は芳しいものではなかった。ンノーノ巡査は再びタバコに火をつけた。ボスが電話をしているかぎり、ドアのそばで吸う必要はない。しかし、1本吸い終わった後、またガムを噛んで、マヨネーズをなめることにした。喫煙による癌で死ぬころには、ガムに含まれる砂糖のせいで歯がボロボロになり、マヨネーズの食べ過ぎで尻が椅子からはみ出ているかもしれないと、不安になる。本物の警官らしい仕事にさえつければ、歩いたり体を動かしたりできるから、タバコの本数も減るのに。ンノーノ巡査はすでに、彼よりはるかに高額の給与小切手を持って帰っている男にふさわしい腹をしていた。同僚たちには、姿かたちだけは署長並みだなとからかわれている。腹がどんどん出て、歯がやにだらけになり、朝の空咳がひどくなっているのはすべてボスのせいだと、巡査はひそかに毒づいた。

第11章

モラポ所長の好奇心はかきたてられた。マウンからの電話には、なにか引っかかるところがあった。そこで、ハファーラ診療所にいるアマントルに電話をかけた。「ハファーラ診療所ですか？　アマントル・ボカアはいます？」

電話を取ったのは、アマントルだった。「アマントルです。どちらさまですか？」

「モラポです、ハボローネの国家奉仕プログラム事務所の」

「モラポ所長。どんなご用件でしょう？」アマントルはたずねた。

「なにか問題が起こっているの？」モラポ所長はたずねた。

アマントルは慎重にしようと心に決めた。「なぜでしょうか？」

「たった今、あなたの地域の警察署の署長からおかしな電話をもらったの。あなたが危険な状況にあるから、すぐさま別の村に異動させろって。それも、ただ別の村へというだけではなくて、今の地区とは別のところにしてほしいそうよ。いったいどういうこと？」モラポ所長は問いただした。

アマントルは素早く頭を働かせた。すぐさま真実味のある話を考えなければならない。「ああ、署長さんは大げさにおっしゃってるんです。もちろん、良かれと思ってそう言ってくださったのだと思いますが。古い倉庫を掃除してくれと頼まれたんですけど、TSPにそういった仕事をさせるのはまちがっていると思う人たちがいて。わたし自身はぜんぜん気にしていないのですが。文句も言ってません。けれど、わたしのためを思って、わたしに相談せずに苦情を言ってくださってしまったんです。ええ、問題になったのは、倉庫の掃除の件のせいだと思います」まったくのうそよりも少し真実が含まれていたほうがいい。アマントルは心の中で思った。

「その文句を言ったというのは、どういう人？　どうして署長が関わってきたわけ？」モラポ所長はなおもたずねた。どうもにおう。最初は、娘が、店やら便利なものに近い場所へ異動になるチャンスに飛びついたのかと思っていた。だが、娘は異動を望んですらいないようだ。

アマントルは再び素早く頭を回転させた。「警察官じゃないかと思います。わたしのためになると思ってくれたのかもしれません。倉庫なんか掃除しなくていいと言い続けていましたから。いい環境のいい村で暮らすべきだって。ですが、モラポ所長、わたしはここでなんの不満もありません。異動させないでください。大丈夫ですから――本当に！　ホストファミリーもいい方たちですし」アマントルは、いかにも元気いっぱいで楽しくてしょうがないというふうに言った。

しかし、モラポ所長は話のほころびを見つけ出した。「なぜその警官はあなたの仕事に関心を持っているの?」

「わかりません。彼自身も別の地域に転勤になるので、わたしが1人残されるのを気の毒に思ってくれたのかもしれません。その人のことは、良く知らないんです。彼が言うには、自分は署長のお気に入りだから、よくしてもらえるということでした。まさかわたしの異動を願い出ようとしているなんて思いませんでしたので。このようなことで煩わせてしまって申し訳ありません。本当にそんな必要はありませんから」**相手が疑っていることをほんの少しだけ、肯定してあげればいい。**

「ならよかったわ。じゃ、これで一件落着ね。あなたがその村でうまくやっているようで安心しましたよ。やっぱりそういうことね」最後の言葉はどちらかと言えば独り言に近かった。

「そういうことというのは?」アマントルはわかっていながら敢えてしゃあしゃあとたずねた。

「なんでもないわ」モラポ所長はこのあたりで会話を打ち切ることにした。「じゃあ」そして電話を切ったが、まだなにか引っかかっているような気が……そして、はっと気づいた。ボカアという のは、2年前に新聞に出ていた娘だ。確か、暴動とか不当逮捕に関係していたはず。モラポ所長は、署長が自分の縄張りを荒らされるのを警戒したのかもしれないと思った。「そういうことなら、せいぜいがんばって、署長さん。娘はそのままそこにいさせるから!」モラポ所長は独りごちると、警察にちょっとした厄介事をプレゼントできたことにほくそ笑んだ。警官なら、誰だっていい。いけ好かない連中なのだから。

アマントルは電話の内容についてあれこれ考えながら、モラポ所長が警察との対決姿勢を崩さないことを祈った。そんなふうに自分の置かれた状況について考えているうちに、自分はこうした驚くようなことが起こる星の下に生まれたのだと、つくづく思った（そう思うのは、これが最初ではなかった）。というより、そうしたことが起こったとき、たいていの人は逃げ出すが、アマントルはそうしないせいだろう。むしろ、興味を持って、自分から関わっていくのだ。

たとえば、12歳のとき、アマントルは友だちに校長が呼んでいるといい、いっしょに校長室へ行った。そして、みんなが、親たちには言い含められているのにまだ川で泳いでいることを校長に話したのだ。川が危険だというのは、周知の事実だった。ビルハルツ住血吸虫がうようよいたし、かなりの深さがある場所もいくつかあって、流れが速く、そうは見えないのにあっという間に泳ぎ手を引きこんでしまう。アマントルが校長にしゃべったせいで、友だちはみな、自殺行為に近い遊びに夢中になった罰でムチ打たれ、その後、アマントルは告げ口した罰でムチ打たれた。友だちはアマントルを仲間外れにして、アマントルのことを「おしゃべり」だとか「校長のお気に入り」だと言いふらしたが、川で泳ぐのはやめた。その1か月後、同じ学校の女子が2人、その川で泳いでいるときに溺れて亡くなった。友だちはアマントルのことを許し、ほかの子たちにも、もう仲間外れはやめるように言ってくれた。

ほかにも、夜にぐっすり眠っているときにふと目を覚まし（いい夢を見ていたはずだけれど、内容は思い出せない）、従姉に赤ん坊が生まれるのを手伝ったこともあった。アマントルと従姉はそのとき畑の小屋にいて、いちばん近くにある家でも2キロは離れていた。そのときアマントルは13歳で、従姉のお腹の中で育っている赤ん坊がどうやってこの世に生まれ出るのか、真剣に考えたことなどなかった。従姉はすでに3人子どもを産んでいたから、すぐさまアマントルに、血を吸収するための砂のベッドを作り、ナイフを研いで熱湯消毒するよう指示をし、赤ん坊が生まれると、胎盤の処理の仕方も教えた。アマントルはすべての作業を、月の光だけを頼りにやり遂げた。赤ん坊は、予定より2週間早く、母親以外は手を貸してくれる大人のいない夜に生まれてきたのだった。

色々なことがいっぺんに起こり、気が付くとアマントルはその渦中にいた。ハファーラの村でしばらく静かに過ごすつもりだったが、望みは果たされそうもないことに、アマントルはだんだんと気づきはじめていた。

また政府と戦うことになるのだろうか、とアマントルは思った。新聞が〈平和デモ〉と名付けた１９９７年の学生デモでは、学生たちは軍に対し果敢にデモ行進を行った。アマントルはそのとき、２年間の高等科課程の１年目に入ったところだった。自分がデモのリーダーと目されていることは知っていたが、彼女自身はそうは考えていなかった。最初にみんなを集め、デモをしようと呼びかけたのは、サイモン・モトロトレという学生だったし、学校の美術室に侵入し、ペンキを盗んで横断幕を作ったのは、リタ・レセロだった。

アマントルがデモに参加しようと決めたのは、ぜったいに暴力は使わないという確約を得てからだった。従兄姉の１人が、生徒たちの暴動騒ぎで放校になっていたからだ。そのときは、学校が焼け落ち、

2人の教師がけがをして、15人の生徒が逮捕されたと聞いている。アマントルは退学になる気はなかったが、なにかしらの行動を起こすことは必要だと信じていた。そこで、ほかの生徒たちにデモに参加するように呼び掛けて回ったのだ。デモの当日、アマントルは横断幕を持って列の先頭に立った。しかし、人目を引く場所につくことになったとはいえ、アマントル自身は、政府やジャーナリストが書きたてたように、リーダーのつもりはなかった。だが、一度レッテルが貼られてしまうと、それを正そうにも、もっとほかに急を要することが山積みで、結局、そのままになってしまったのだ。

こうなった以上、アマントルは腹を決め、友だちの1人に電話をかけた。弁護士をしているブイツメロ・クカマだ。「クカマ・バディーサ事務所ですか？　アマントル・ボカアといいます。ミズ・クカマとお話しできますか？」

「アマントル？　ブイツメロよ。あたしたちのことを忘れちゃったのかと思いはじめてたところよ。去る者、日々に疎しってやつ？　あなたがここにいたときは、楽しかったからね。お客に、あなたがどうしてるかよくきかれるわよ。元気？」

「それより聞いて！」アマントルは待ちきれずに話しはじめた。「村には、この診療所の電話ひとつきりしかなくて、今まで電話ができなかったの。でも、今はわたしが診療所を任されてるから。看護師たちが、言ってみれば『体調不良のため休ませていただきます』ってやつなの。ひどくおかしなことになっていてね。今は詳しく説明できないから、時間があるときにまた連絡する。まずは、近いうちに、この村で5年前に12歳の女の子が行方不明になった事件について、興味深い話が聞けるって伝えておきたかったの。女の子の名前は、ネオ・カカン。事件についてわかることを調べておいてくれる？ わかることはぜんぶ！ 古い新聞の記事を探してみて。法務省の友だちに電話して、情報を引き出しといてよ。警察には友だちはいる？ いたら、連絡して、情報を集めて。急いで。向こうが怖じ気づく前に。今ならまだ、とっくに忘れられた古い事件だと思ってるから、話してくれるはずよ。明日じゃ、もう遅い。誰も話してくれなくなる。近いうちに秘密が公になって、大変な騒ぎになるから。今から言う名前を覚えてて。セナイ部長刑事、ボシロ部長刑事、モルティ巡査、あと、モナーナ巡査。ほかにもわかったら、知らせるから。あと、今言った階級は5年前のだから。今、話してるのは1、9、9、4年4月の話よ。それから、あともうひとつ。もう切らないとならないの。もし来てほしいって言ったら、来られる？ 近いうちに弁護士が必要になる。すでに逮捕するって脅されたし。たぶんただの脅しだけど。いろいろ質問したいだろうけど、とりあえずこっちに来ることについて考えておいて。今すぐ返事をしなくていいから」

「アマントル、いったいなにに関わってるの？」ブイツメロはたずねた。「TSPはそんな大ごとが起こるような職務じゃないはずよ。しかも、なにもない辺鄙な村なんでしょ？ そんなところでなにがあるって言うのよ？」ブイツメロの声は不安そうなのと同時に興奮してもいた。今は賃貸契約の案件に関わっていたが、退屈でうんざりしていたのだ。それに比べて、アマントルの話は相当面白くなりそうだ。

「ひと言で言えば、『儀礼殺人』よ！　今の時点では、これ以上は言えないけど。でも、また今夜、電話する。あと、もうひとつ。うちの親のところへ行って、ラジオでなにか聞いたとしても、わたしは大丈夫だからって伝えておいてくれる？　うちのお父さんのことは知ってるでしょ？なんでもないことに大騒ぎするんだから。よろしくね」そして、必ずまた電話すると約束して、電話を切った。

ブイツメロとは、今年の初めに5か月間クカマ・バディーサ法律事務所で手伝いをしたときに、親しくなった。アマントルは事務所で多くのことを学び、法律関係の仕事を楽しんだ。卒業後にこうした仕事ができたのは、アマントルにとって大いにプラスだった。高校卒業までの2年間は、なにかとハードだったのだ。もちろん、高校1年目に、学生たちの（小規模ではあるが）軍に対する抗議活動を手伝ったせいだった。

政府は、抗議活動に関わったメンバーや状況を捜査する調査委員会を設置した。結果、陸軍将校の解雇と、警官2人の停職処分が決まった。アマントルは不当逮捕で警察を告訴したが、そのときの弁護士がブイツメロ・クカマだったのだ。しかし、手続きは簡単には進まず、2年近くたっても、関係者はみな、事件を過去のことにできずにいた。委員会がアマントルやメンバーたちの証言を取りはじめたのは1998年だったが、そのころにはみな、最終学年の試験の準備で忙しかったせいもある。

　誰がメンバーの味方なのか、はっきりわからないことも、何度かあった。証言してくれると思っていた学生の中には、いざとなると怖じ気づく者もいたし、親たちは校長に、子どもたちは証言をするより勉学に集中すべきだと文句を言った。そんな中、メンバーをひとつにまとめ、さらに、学生たちに知っている情報を委員相手に証言してもらうのは、簡単ではなかったし、メンバーは各方面から脅しも受けた。クカマと友人のジャーナリストは、アマントルの強力な味方となって、苦しい時期に彼女の相談に乗り、支えてくれたのだ。

　最終的には学生側が勝ったが、アマントルにはいろいろな点で限定的な勝利に思えた。ひとつには、委員会が大統領府に提出した最終報告が一般公開されなかったからだ。アマントルは、公的な取り調べがあったからといって必ずしも（というより、めったに）公的な報告はなされないという現実を、いち早く学ぶことになった。報告書の内容については、アマントルが創意工夫を凝らし、ブイツメロが粘り強く交渉して少しずつ集めたものの、結局ごくわずかしか知ることができなかった。報告書では、委員たちがそれぞれ様々な結論や提案をしていたが、なんの対処もされないままになっているものも多い。ブイツメロは今もまだ、報告書の提案に応じるよう、各方面に要求し続けていた。

　アマントルから電話を受けた後、ブイツメロはためらいながらも友人や知り合いに電話をして、ハファーラ村で5年前に起こった儀礼殺人についてなにか知っているか、きいて回った。質問しても、わけがわからないといった反応しか返ってこず、なにかを隠している様子の者はいなかった。だが、よく考えてみれば、質問した相手はみな、5年前はまだ弁護士や警官ではなかったのだ。そこで、ナンシー・マディソンにいわゆる「情報を得るための調べもの」を続けてもらうことにした。ナンシーは、イギリス人の法学部の学生だ。事件についての新聞記事を読んで、わかったことについて報告を書き、記事に出てきた名前をすべてリストアップしてもらった。

数時間後には、ブイツメロは相当数の報告に目を通し、ネオ・カカンの事件もまた、呪術薬「ディフェコ」のための儀礼殺人のケースだと確信するに至った。ネオの行方不明を取り巻く状況や、実りのなかった捜査、村の人たちの怒りや、公式見解のありようなど、おなじみのものだ。つい2年前も、ブイツメロはモルレのソーシャルワーカーから連絡をもらい、13歳の少女を助けてやってほしいと頼まれた。少女は、父親が自分を儀礼殺人者に売ったと確信していた。同じ3人の男たちから2度にわたり逃げた後、第三者に助けを求めるしかないと決意したのだ。ブイツメロは少女と会って話し、父親が共謀者だという少女の疑いは妥当だと判断した。

ソーシャルワーカーと親身になってくれた役人の助けもあり、少女は生まれた村からはるか遠く離れた寄宿学校に転校することになった。内々に即転校が決まった理由は、公文書には一切記されなかった。その後もブイツメロはずっと少女と連絡を取って、学校をやめないよう励まし続けた。そうした援助ができたのは、ひとえに、2、3年もすれば、少女がいいディフェコと見なされる年齢を超えるとわかっていたからだ。一方で、依頼人の少女の代わりに、どこかのなにも知らないあわれな少女が犠牲になったのではないか。そのことを、ブイツメロは幾度となく考えずにはいられなかった。1人がだめになったからといって、男たちが儀式をあきらめるとは思えない。彼らには、勝ち取りたい地位や、広げたいビジネスや、手にしたい昇進があるのだ。なにがなんでも別の少女を見つけようとしたはずだ。極力気づかれないようにするために、別の村で犠牲者を探したかもしれない。その事件以来、ワニに襲われたり、列車にひかれたり、火事で死んだ子どもの記事を読むたびに、ブイツメロは権力者たちがはるかに邪悪な死の原因を隠しているのではないかと疑わずにはいられなかった。

いったいアマントルはなにを見つけたというのだろう？　なんにしろ、それによって、ネオ・カカンの事件が再び白日の下にさらされることになったのだ。ブイツメロがそう考えていたとき、電話が鳴り、秘書が、受付の果てしなく続く列に並んでいるクライアントが順番を待っていることを告げた。

第13章

「署長さんとお話しできますか？　ハファーラ診療所のアマントル・ボカアですが」アマントルは深く息を吸いこんで、心を落ちつけようとした。このまま進んで自分がどこに行きつくことになるのか、漠然とした考えしかなかった。この調子じゃ、刑務所に行きつくことになるかもとアマントルは思った。誘拐教唆および幇助は重罪だ。

署長が電話に出た。

「もしもし、ボカアです。T、S、P、でも小、娘でもお、嬢さん、でもありません。わかっていただけますね？」誘拐犯として刑務所で朽ち果てることになるなら、警察署長に失礼な態度を取るくらいいいだろう。警察署長に無礼な態度を取ったからと言って、裁判官が刑罰を重くすることはないだろうから。

「わたしにそんな口の利き方をするとは、いったい何様だと思ってるんだ？」案の定、受話器の向こうから怒鳴り声が響いた。

「わたしの言ったことをお聞きになりました？　聞いてらっしゃったら、そんな質問はなさらないでしょうから。わたしのことはミズ・ボカアと呼んでください。そうすれば、わたしもおじいさんとか警察署長とか、バカバカしい呼び方はしませんから。ちゃんとミスター・バディディとお呼びします。それでよろしいですか？　よかったです。それで、お話というのは、現在、伝言係はわたしだけということです。村の人たちですが、SSGには二度と来てほしくないということをそちらにしっかり理解していただきたいそうです。念のため申し上げておきますが、看護師のお2人はまだこちらにいて、例の服も村の人たちが持っています。そちらがご興味をお持ちなのは、その2点でしょう？　看護師2人は人質だなんて、悪意のある噂は流さないでくださいね。村の人たちは、人質など取っていないということを、そちらにちゃんとわかっていただきたいと言っていますから」

　アマントルがSSGの名を出すと、バディディ氏は唾がのどにつかえそうになった。SSG、つまり特別支援隊というのは、政府が暴動を鎮圧するために召集する準憲兵隊のことだ。さらにアマントルが口にした「人質」という言葉は、署長の傷口に塩を塗りこんだ。「お嬢さ――」

　アマントルは電話を切った。電話はまたすぐに鳴りだした。アマントルとまわりにいた村人たちはそれを無視した。**しばらくイライラさせておけばいい。**そして、数分後、アマントルはもう一度バディディ氏に電話をかけた。「どうしてもわたしを侮辱したいというなら、仲介者の役は下りさせてもらいます。わたしはそちらのためにやっているんですよ。別にわたしがやらなければならないわけではないんですから」そう言いながら、自分の言っていることを一言だって信じていなかった。アマントルは怯えていたし、事態がどこへ向かうのか、想像もついていなかった。

「わかった、ミズ・ボカア」神妙な返事が返ってきた。

「よかったです。だいぶ態度も変えてくださったようですね。では、本題ですが、そちらは、SSGを村に送りこむことも、全員を逮捕することも、もしくは、村の人たちの希望に耳を傾けることもできます。どうするかは、そちら次第です。ですが、それぞれの手段を取った場合の結果についてよく考えていただきたいと、村の人たちは考えています。1番目の選択肢を選べば、看護師も服も手に入れることはできません。第2の選択肢ですが、村人全員を収容できる刑務所もないでしょう？　子どもたちもいますし。もちろん、子どもたちも逮捕することになるでしょうね。第3の村人たちの話を聞くという選択肢の場合は、辛抱強くしていただかなければなりません。彼らはまだ、相談中ですから。さあ、どうなさいますか、ミスター・バディディ？」

「今回の件に関わっている村人たちの名前を教えてもらえるかね？」バディディ氏は、権限を本来あるべき場所に取り戻そうとしてたずねた。

「それを知りたいなら、身分証明発行課か、国籍課、もしくは国勢調査局に問い合わせてください。関わっているのは、村人全員ですから」アマントルは楽しみながらそのセリフを口にした。

「今、きみといっしょに診療所のオフィスにいる人たちについては、どうだね？」バディディ氏はなおも言ってみた。

「どうだね、というのは？」アマントルはわざとわからないふりをしてきき返した。

「名前を教えてもらえるかね？」遠回しな質問は受け付けてもらえないということだ。

「待ってください、名前をきいてみますから」アマントルはそう言って、一呼吸おいてから答えた。「すみません。教えてもらえませんでした」

「そんなことを信じるほど、バカだと思ってるのか⁉」もはや、押しよせる怒りを1秒たりとも抑えられず、署長は怒気を含んだ声で言った。

「そちらがどのくらいバカかという問題には、今の時点ではあまり関心はないんです。それより、目の前にある問題について話しあいましょう」

「ただぼんやり座って、きみにことを任せるわけにはいかない。本部に報告しなければならないのだ。SSGを派遣するかどうか決めるのは、本部だ。大臣にも伝えねばならん」バディディ氏は強気な姿勢を醸そうとしているようだが、受話器からいらだちが滲み出てくる。

アマントルは主導権を握りつづけた。「まだ電話はしないでください。村の人たちに3時間ください」

「3時間だと！」バディディ氏は怒鳴った。「3時間など、長すぎる！　どこかの成り上がりの巡査が仲間に電話して、その仲間がまた仲間に電話してなんてことになれば、どういうことになるかわからん」バディディ氏は立ち上がった。

「わかりました。なら、2時間で」アマントルは落ちつき払って答えた。

「だいたいなんのために時間が必要なんだ？」それだけは知っておきたかった。
「嘆願書を作成して、全員のサインを集めたいそうです。それには、時間がかかりますからね。それが終わったら、村にお招きしますから。そうしたら服もお渡しできますし、看護師も仕事に戻れます。村の人たちも、そちらと同じくらい看護師たちに通常業務に戻ってもらいたいと思っているんです。すでに、2人に食事を与えておまるをきれいにするのには、飽き飽きしていますから」**多少のユーモアは脱線のうちに入らないわよね。**

「看護師と話せるかね？　そうでないと、無事かどうか、わからないだろう？」バディディ氏は試しに言ってみた。

「お待ちください」アマントルはバディディ氏にそう指示して、しばらく間をあけた後、言った。
「もしもし？　どうぞ、パラキ看護師とお話しください」

アマントルは、パラキ看護師を電話口に出し、しゃべらせた。「そっちはちゃんと――」が、これで十分だと、アマントルは途中で遮った。「これで納得いただけましたか。30分ごとにこちらから電話します。あと、村の人たちは、ヘリコプターのへの字でも見えようものなら、そこで交渉は終わりだと言っています。その場合、ブッシュに身を隠します。服も看護師もいっしょに。そうなったら、誰でも好きに逮捕するなり殺すなりしてください。ササウェ村の署長がSSGを送りこんだ後どうなったか、忘れてらっしゃらないですよね？　世の中の非難の矢面に立たされるのはお嫌でしょう？」最悪のシナリオを説明するのに、疑問文で締めくくるのは効果的だ。

しかし、バディディ氏のほうも食い下がった。「ミズ・ボカア、これが問題解決にふさわしい方法とは思えない。別の方法を考えてみないか？　たとえば――」

話を遮ったのは、またアマントルだった。「30分以内に、またかけます」そして、電話を切ったが、彼女自身、これがふさわしい方法なのか確信を持てずにいた。

第14章

「ミズ・クカマはいらっしゃいますか？……ああ、ブイツメロ、アマントルよ。聞いて。問題が一気にややこしくなってるの。とにかく聞いて。ここに来てほしいの。ここか、ここに近いところに。最後にキャンプしたのはいつ？　キャンプに行くつもりでトラックに荷物を積んで。そう、テントとかそういうのを。予備のタイヤも。それと、携帯電話を2台と充電器もお願い。そう、1台はビスタ社でもう1台はマスコム社のがいいと思う。ここの電波状況はあてにならないから。電話帳も持ってきて。あと、事務所のカメラも。普通のカメラとビデオと両方ね。ええ、まさに一切合切よ。水とガソリンも。携帯は絶対忘れないでね。行き先は誰にも知らせないで。ミリーもいっしょに連れてきて。ミリーは今回のスクープを手にする権利があるから。あと、フランシスタウン最高裁にファックスを送って、判事を頼んでおいて。緊急事件対応の当番の判事がいいわね。それがぜんぶ済んだら、ハンツィに向かって。ううん、フランシスタウンには行かないで。フランシスタウンは、目くらまし。ブイツメロがネオ・カカンの事件について聞きまわっていたのを思い出す人がいるかもしれないから。ハンツィにはいつ来られる？　たぶん7時間はかかると思う。さらに、ハンツィからここまで3時間。あと、できたら、サーベイ&ランズ社のこの地域の地図を買っておくといいと思う。ううん、そのことは忘れて。そんな時間はないから。1時間ごとに電話して、進行状態を報告する。もう切らなきゃ。署長に電話しなきゃいけないの。それから、あともうひとつ。ノートパソコンを持ってきて。あと、もちろん紙も。ブッシュの中で法律文書を作成するのに必要だと思われるものはぜんぶ、用意してきて」

長い説明の間、ブイツメロは何度もそんな計画は実行できないと言おうとしたが、アマントルは一方的に話を進めた。そして最後に、今は時間がないが必ず今日中に電話すると約束し、そのときにブイツメロの忠告もちゃんと聞くからと言った。これからの数時間ですべてが決まるかもしれないのだと、アマントルは力をこめて言った。

「いったいなんだったの？　ずいぶんと動揺してるみたいだけど。例の友だち？」そう言ったのは、ナンシー・マディソンだ。アマントルが電話してきたとき、ナンシーはブイツメロの事務所にいた。ボツワナに来てまだ日が浅いが、まさにぴったりのところにたどりついたと確信していた。アマントルの最初の電話があった後、ネオ・カカンが行方不明になった謎の事件を報じる記事に目を通し、さらに自分でも、似たような事件の記事を探して、読んでみた。その結果、限られた時間でわかったのは、誰かが姿を消すと必ず市民による騒乱が起き、政府が準憲兵隊を送って鎮圧する、ということだった。だが、準憲兵隊による逮捕が実際に有罪判決につながったことを示す証拠は、ほとんどない。とはいえ、今までのところ、詳しく調べるほどの時間は取れていなかった。それに、ナンシーのいる村にある小さな図書館には、そうした結論を導き出すのに必要なだけの情報がなかったのだ。

「そう。アマントルから。なにかすごいことをしようとしてるみたいなのよ、話からすると。ミリーとあたしに、自分のところまで繰り出してくれないかって」

「どこへ？　わたしも行っていい？」ナンシーはたずねた。

ブイツメロは答えた。「デルタの端っこにある村よ。とてもきれいなところらしい。あたしは行ったことないんだけど」

「ほんと？　オカバンゴ・デルタのこと？　地球に残された最後の大自然のひとつでしょう？　ああいう広告を信じていいならだけど。わたしもいっしょに行きたい。もし問題がなければ」

「問題なんてないわよ。だけど、かなりかかることになるのは覚悟して。それに、道路は舗装されてないからね。調べてなにかわかったこと、あった？」

そして、2人はあれこれ話しあって、情報をつなぎ合わせた。話しているうちに、カラハリ砂漠を横断する旅への期待が高まっていった。ナンシーは、イギリスを出る前、ボツワナに関する本や資料を山のように読んでいたから、半年の滞在期間中に有名な動物保護区への旅をなんとか押しこむつもりだった。とはいえ、仕事と楽しみをいっしょにするのは無理だと思っていたから、こんな機会が転がりこんでくるなんて、まさに渡りに船だったのだ。「いつ出発するの?」

「明日の朝一番よ。長時間の車の旅になるからね。計画通りにいけば、明日の夕方あたりにはハファーラに着けると思う。ハンツィ経由のルートで行くから。距離的には短いんだけど、舗装されてないのよ。つまり、最後の4分の1はかなりスピードも落とすことになる。それでも、行く?」

ナンシーは喜びを抑えきれなかった。「行くかって? もちろんよ! わたしにしてほしいことはある?」

ブイツメロはいわくありげな口調になって言った。「声を小さくして——これがまずひとつ目。アマントルは、あたしたちが行くことを誰にも知られないでほしいって言ってるの。ここには法務省で働いてる人もいるからね。あたしたちがハファーラへ向かったって噂が回ったら、アマントルはいくつかの可能性を失う羽目になるかもしれない。今の時点では、あたしたちに情報を話すかどうか迷ってるけど、話すことになると思う。想像はつくだろうけど、あたしに話していいかどうか、すごく悩んでるのよ。だから、あたしたちがどこへ行くか、ぜったいに言わないようにしないと。もちろん、行く理由も。ミリーが来たら、ざっと説明しておいて。あたしはハボローネに行って、ナレディに会ってくるから。友だちなんだけど、もしかしたらなにか話してくれるかもしれない。話してくれないかもしれないけど」

「何時ごろ、帰ってくる? 明日の朝、出発するなら、今夜荷造りしないとまずいわよね?

正確には明日の何時に出発する？　わたしはなにを持っていけばいい？　あと、何日くらい向こうにいることになりそう？」ナンシーはしっかり計画を立てるタイプで、リストや時間や寸法をほしがった。

「イギリス方式を押しつけないでよね」ブイツメロはそう言ってニヤッと笑った。この件に関しては、ナンシーが「蛇口テスト」に落ちる前から、さんざん話していた。ちなみに、ブイツメロのところに来たアメリカ人とイギリス人のインターンは全員、このテストに落ちている。ナンシーが来ることになったとき、ブイツメロは、うちはお湯が出ると言った。村でお湯が出る家はほとんどないから、新しく家に来たお客にわざわざ伝えるだけの価値のあることなのだ。次の朝、朝食のとき、ナンシーが、お湯が出なかったから、冷たいシャワーを浴びたと言うと、ブイツメロは言った。「あたしのときはお湯が出たわよ。あなたのときも使えたはず。お湯のほうの蛇口をひねればいいの」

「そうしたのよ。そしたら、冷たい水が出てきたの」ナンシーは答えたが、それから急いで付け加えた。「文句を言ってるんじゃないの。本当よ。そうじゃないの。そこまで冷たくはなかったし」

トーストにバターを塗りながら、ブイツメロは答えた。「蛇口テストは不合格みたいね」そして、ジャムの瓶に手を伸ばしながら、イギリス人はバターを塗るときはきちょうめんに「butter（バターを塗る）」という単語を使うのに、どうしてジャムを塗るっていう単語はないんだろう、と思った。イギリス人ってあてにならないわよね、少なくとも言葉に関しては。今度こそわかったと思ってもすぐに、またわからないことがでてくるんだから。

「なんのこと?」ナンシーは戸惑ってたずねた。

ブイツメロは説明した。「蛇口は2つあったでしょ。赤い点がついている蛇口をひねると、お湯が出ると思ったんでしょ? でも、出なかったから、お湯は出ないんだと考えた。もう片方を試してみようとは、思わないのよね。青い点のついてるほうのことよ! これが『蛇口テスト』。で、あなたは不合格だったというわけ」そしてにっこりして、ナンシーを見た。「昔、アフリカをほっつき歩いたイギリスの荒くれ男たちの開拓精神は、とうに滅びたってことね」

「わたし、話についていけてない? 今の話には、なにか教訓があるということよね?」ナンシーはすっかり途方に暮れていた。どうしてこの家主は失礼なことを言うんだろう?

「そのとおり。正確には、教訓はひとつじゃなくて、いくつかある。あなたの先祖の探検家たちのことは忘れて。今回の教訓とは関係ないから——あたし、ときどき関係ないことを考えちゃうの。それで、これから半年の間、このことを覚えておくと、役に立つと思う。つまり、ここでは、正確な寸法とか時間には重きを置かないの。クライアントが、10時に来ると言ったとしたら、それはランチタイムの前くらいまでには来るという意味だから——」

「ランチタイムは何時?」ナンシーは口を挟んだ。

「状況次第ね」ブイツメロは説明した。「ランチタイムはだいたい1時くらいかな。ここで大切なのは、まちがっても、用事をなにも入れないで10時にクライアントを待ったりしないこと。クライアントが来ることも来ないことも、予定しなきゃいけないの。クライアントが遅れてきても、ぜんぜん来なくても、その日が台無しにならないように計画を立てなきゃならない。常に代わりの予定を作っておくこと。いざというときの備えの計画ってことね」

「だけど、そんなはっきりしない状態でどうやって仕事をするの？　つまり、クライアントがそんなにあてにならないのに、どうやって事務所が経営できているの？　ってこと」ナンシーは言った。

ブイツメロは答える代わりに、質問した。「あてにならないなんて、誰が言った？　バスルームの赤い点の蛇口は、あてになるわよ。ひねれば、毎回冷たい水が出る。まあ、毎回とは言えないかもしれないけど。ときたま、建築業者が水道管を掘り起こしちゃうことがあるからね。水道管の位置を誰も把握していないせいよ。だけど、今はそういう話じゃないから。蛇口と同じで、あたしのクライアントもあてにならないわけじゃない。来るって言った時間に、必ずしも来るわけじゃない、という意味でね。だからあたしは、はっきり決まってないってことをあてにして、計画を立てるわけ。クライアントが遅れたからって、取り乱したりしない。そうなったときの計画もしてるから」

ナンシーは顔をしかめた。「なんだか釈然としない気がする」

「それから、『ここから村までどのくらいありますか？』ってきいたら、クライアントは『そんなに遠くない』とか『とても遠い』って答え方をする。もし本当にどのくらいかかるかききたいなら、別の方法で調べないとだめ。ここの人間は、そういった情報は頭に入れていないの。あたしのクライアントに年齢をきいたら、生まれた年を答える。毎年自分の年齢を計算し直すなんて無駄だと思ってるから。生まれ年だけ覚えていれば、ひとつで済むわけじゃない？　それが、この人間のやり方。あなたたちとちがうのは、たぶん、優先順位がちがうから。つまり、なにが言いたいかって言うと、なにかが釈然としないと思っても、自分の気の持ちようがおかしいって思わなくていいってこと。ここはマンチェスターじゃない。イギリスじゃないの。馴染みのないことに対して、心構えをしておいて」ブイツメロは蛇口テストの説明をすることでうまくカルチャーギャップを埋めてみせたのだ。

「なるほど、ありがとう。これからいろいろ学ばなきゃね。そんなふうに思ったこと、なかったから。でも、どうしても気にかかるんだけど、わざと蛇口を取り換えておいたの？」

「いいえ。そうじゃない。もちろん、前もって注意しておくこともできたわけだけどね。これからも、ああなってる蛇口は、たくさん見かけると思う。両方とも赤い点とか、両方とも青い点になってるのも、あるかも。この国には、他人をからかって喜ぶ配管工が野放しになってるのかもね。でも、だとしたらそれも、この国のモットーを身をもって示してることになるかも。『ボツワナでは急ぐな』。どっちの蛇口がお湯か、知っていれば、全国民で毎朝数千秒の節約になるでしょうね。でもたぶん、それで1秒無駄になっても、いろんなことで1分とか、1時間とか、ときには丸1日無駄になったとしたって、あたしたちは別に構わないって思ってるわけ」

ナンシーはまだ納得しきれなかった。「それで、なんの問題もないの？　そんな状態でいろんなことをちゃんと成し遂げられるもの？」

ブイツメロは仕事に行くのに書類カバンに荷物を入れはじめた。「あたしたちボツワナ人のことを怠けているとか非生産的だという人もいる。まあ、そうなのかもしれない。もちろん、まったくのまちがいとは言えない。だけど、そんなふうに言っているのを、誰かに聞かれないようにね。今日、見てみればわかる。これから事務所へ行ったら、まだ出勤していない従業員が、少なくとも1人はいる。親戚が病気だとか死んだとか死にかけてるっていうメモがあるかもしれない。まあ、あればましな方よ。ほとんどの親戚は、月曜に病気になったり死んだり死にかけたりする。特に給料日の後の月曜なんか、多いわね。給料日の次の月曜日に従業員の親戚が健康被害に見舞われる確率の高さについて、誰か研究すべきね。きっととびきり不健康な日なのよ。なにしろ、従業員自身が病気になることだってあるくらいだから！」

ナンシーはにっこりした。「実は、あなたも赤い点のついた蛇口から冷たい水が出るのは、そんなにいいと思ってないんでしょ」

ブイツメロは微笑み返した。「ほら、事務所に行くわよ。きっと仕事も気に入るわよ。無秩序で、一寸先は闇だなんて、わくわくするでしょ」

蛇口テストの議論をしたのは、1か月前だった。そのことを思い出して、ナンシーはニヤッとして、降参というように両手を挙げてみせた。「わかった、わかったって！　時間を計るな。なにも計るな、でしょ！」

「まじめな話をすると、これが持っていくもののリスト。あたしのうちの中のものは好きに見ていいから。物置にしまってるものもある。みんなには、ナンシーもミリーも今日はうちで仕事するって言って。緊急の申請があるからって。あと、忘れずに、あたしの秘書に判事の件でフランシスタウンに電話させて。そうすれば、緊急の申請の件も信ぴょう性が増すしね。夜の6時前には帰るから。なにかあったら、電話して」それから、ブイツメロは付け加えた。「さっきのは冗談よ。今回の件ではイギリス方式にして。ひとつだって忘れ物があったら困る。舗装されてない道路で、ガソリンスタンドも修理工も食品店も電話もないようなところで、必要になりそうなものをリストアップしておいて。今回は、もうひとつの蛇口なんてないから。自分たちで用意していかないとね！　じゃ、お願い。後でね！」

第15章

アマントルはブイツメロとの電話を切るとすぐに、まわりを囲んでいる村人たちに言った。「どうしたいか、ひとつにまとめるところから始めましょう。みなさんの意見を」今や明らかにアマントルがリーダーだった。箱を見つけたことによって、今回の件の中心人物になってしまったのだ。しかも、警察に立ち向かったことで、村人たちからも一目置かれるようになっていた。今では、診療所はすべての出来事の司令塔になりつつあった。

マー・ネオが真っ先に言った。「あたしは、警察から真実を聞きたい。誰が娘を殺したか、知りたい。なぜ警察が犯人をかばっているか、なぜあたしにうそをついたのか、なぜ村のみんなにうそをついたのか。娘の遺体がほしい。きちんと埋葬してやれるように。たとえ骨だけだとしても」

頬が落ちくぼんだ老人が声をはりあげた。「服はおれたちのところに置いておきたい。真実を知るために呪術医のところへ持っていって占ってほしい。犯人を見つけるために」老人の歯はとうの昔に口の中を引きはらっていた。目は白内障で白く濁り、髪はうすく、ごわごわしている。もうずいぶん櫛をあてていないのだろう。

次に発言した女性は、特に強調したいことを言うときに手を叩く癖があった。やせぎすな体型としょっちゅう手と肩を動かすせいで、カマキリそっくりに見えた。「そうだよ、占いは大切だよ。服を倉庫に置いたのは誰で、なぜかを突き止めないとね。骨の占いで、犯人を突き止めるんだ」

ラー・ナソが次だった。ラー・ナソは真剣そのものの口調で言った。「だが、ここは慎重にやらないとならない。子どもは5年前に残酷な方法で殺された。わたしも同じ気持ちだよ、マー・テボゴ、だが、2人の看護師はどうするね？　流れた血の復讐で血を流してはならない」そして眉を寄せ、ぎゅっと目をつぶった。苦しみをこらえるかのように。そして、昔のけがで変形した小指をもんだ。

「看護師たちは、攻撃を受けないための保険だからね。逃がすわけにはいかないよ」カマキリが断固とした口調で言った。

ラー・ナソは言い直した。「看護師たちを解放しろと言ってるんじゃない。だが、今ここで、看護師たちには手を出さないことを確認しないか？　わたしはくたびれた老人にすぎん。わたしの心臓はもう、これ以上血が流れることに耐えられないんだ」老人は訴えるような目で言った。と、咳の発作が起こり、やせこけた体が激しく痙攣した。看護師でなくても、慢性の肺の感染症を思っていることは見て取れた。

するとと、また別の声があがった。「あいつらはあたしたちにひどい態度を取ったじゃないか。汚いってバカにしてさ。この村に送られたことに腹を立てて、毎日のようにそれを見せつけやがった。自分たちはこぎれいな家に住んで、あたしたちなんて自分たちのほうから出向いてやる価値もないと思ってた。なのにどうして、あいつらのことを気にかけてやらなきゃいけないんだい？」

ラー・ナソはしゃべろうとして咳きこみ、何人かに唾を飛ばしてしまった。「それは、血が流れることになれば、良心が決して忘れさせてくれないからだ。看護師たちを殺してはならない――あの2人のためだけじゃなく、自分たちのためにもな」ラー・ナソの目のすがりつくような表情を無視することはできなかった。村人たちは、礼儀から唾のことは黙っていた。

話す番が回ってきた中年の女が言った。「あたしたちはみんな、わかってるよ、ラー・ナソ、あんたがネオの死にショックを受けていたことはね。マー・ネオも感謝してると思うよ、あんたがしょっちゅううちに来て、慰めてくれたことにさ。あんたの息子がマー・ネオに息子みたいに尽くしてきたことも知ってる。薪を運んだり、ヤギやロバを連れ帰ったりね。だけど、悲しい思いをしてきたからって、弱腰になっちゃだめだよ」

ラー・ナソは言われたことをよくよく考えた上で、答えた。「お願いだから聞いてくれ。わたしはもう長くない。結核でもうすぐ死ぬだろう、その前に心臓が止まらなきゃな。だから、聞いてくれ。お願いだ。血を流すな。一度流した血は、決して洗い流せない。血を流さないと約束してくれ。ぜったいに。じゃないと、わたしはこのドアから出ていって、ユダになる。おまえたちを警察に売る。もちろん、その前にわたしの血も流れることになるかもしれんがな。どっちにしろ、もう長くはないんだ。わたしを殺したところで、なんてことはない」

沈黙が訪れた。ラー・ナソが本気で言っていることは、明らかだった。

ついに沈黙を破ったのは、マー・ネオだった。「あたしもラー・ナソに賛成だよ。血で血を洗い流すことはできない。看護師たちに、手を出しちゃだめだ。だけど、それをわざわざ警察に教えてやる必要もないだろう？」

最後、結論を出したのは、年配の男だった。「母親が声をあげた。看護師には手を出してはならない」村人たちは全員一致でそれを認め、みな、ほっとしたようにため息をついた。ラー・ナソはハアッと息を吐いたひょうしに、またひどい咳の発作に襲われた。

村の人々は、ラー・ナソがどれだけネオの死にショックを受けたかをそれぞれにささやいた。「ネオは生きていたら、ラー・ナソの娘と同じ歳だった。17歳だったんだ」「清い心の持ち主だよ、ラー・ナソはね。事件のせいですっかり老けちまって」「本当に優しい人だよ、愛情深い人さ。マー・ネオがつらいときに支えてやったんだ。善良な人さ」

みんなに誉めそやされ、同情の目で見つめられて、ラー・ナソは手を伸ばし、マー・ネオの手をしっかりと握った。それから、目を閉じて眉間にしわをよせた。まるで痛みを感じているかのように。

村の人々の思いやるような眼差しや誉め言葉を恥ずかしく思っているようだった。「思いやらなきゃならないのは、マー・テボゴだよ。わたしじゃない。わたしはよぼよぼの年寄りにすぎない。気にしないでくれ」

アマントルは、もう一度マウン警察署長に電話を入れて、会議を邪魔してやることにした。「ボカアです。ミスター・バディディ？　ご自分で電話を取ってらっしゃるみたいですね、よかったです。仲介者はいりませんよね、時間の無駄ですから」

バディディ氏は皮肉に付き合う気分ではなかった。「そういう大げさな言い回しもいらん。これは遊びじゃないんだ」

アマントルのほうも、遠回しな言い方をする気分ではなかった。「なにが遊びじゃないんですか、ミスター・バディディ？　村の人たちにうそをついたこと？　それとも、うそをついた理由のほう？　子どもは儀礼殺人の対象となった。そうですよね？」

バディディ氏は弱々しく答えた。「今の時点では、まだその質問には答えられない」

「なるほど」アマントルはあてこするように言った。「少なくともライオン説は取り下げたわけですね。進歩ね。村の人たちからメッセージがあります。名前はきかないでくださいね。わたしも教えてもらってませんから。まず、政府の車両は1台たりとも村に入れないこと」

バディディ氏はいきなり出鼻をくじかれた。「それは、わたしにどうこうできることじゃない」

アマントルは譲らなかった。「方法はそちらで考えてください。こちらでなにもかも考えるなんて無理です。わたしはただのTSPですよ、覚えてます？　だいたい、誰が来るんです？　役所のお年寄り連中？　なら、こう伝えたらどうです？　道路は通行できませんって。というより、ガソリンを隠せばいいんじゃないですか。隠すのは、そちらのお得意でしょ。あの服も隠していたみたいですし。政府の車両は、そちらのスタンドでガソリンの補給をしないとならないんでしょう？　ガソリンポンプのキーを隠して、箱に入れて、ラベルを貼って、証拠物件用のロッカーに入れておいたらいいじゃありませんか。そうすれば、5年後にここで見つかりますから」

「わかった、わかった」バディディ氏は負けを認めた。「言いたいことはよくわかったよ。それで、どうする？　今回の件に永遠に蓋をしておくことはできんぞ」

そろそろ次の質問をぶつけるころだろう。「そちらの心配のもとはなんなんです？」

「看護師たちだ、もちろん」

「看護師たちなら無事です」アマントルは請け合った。「彼女たちはここに残ることにしたようです。今はもう、自由にどこへでも行けますが、自分たちから残ると。それは、わたしも同じです。ですから、もうTSPの事務所に電話して、わたしを配置換えさせようとしたりしないでくださいね」

「看護師たちと話させてくれ」バディディ氏は頼んだ。

「今は無理です。診察中ですから」

「うそをつくな」バディディは無遠慮に言った。

アマントルは次のせりふも用意していた。「村の人たちも、ネオはライオンに殺されたと言われたとき、うそをつくなと言っていましたよ」

「その当時、わたしはまだここに赴任していなかったんだ」それは本当だった。

「ええ」アマントルはうなずいた。「なぜあなたの前任者が少ない退職金で早期退職をしたか、忘れないようにしてください。誰か別の人間のことをかばったからです。もしくは、犯人と共謀していたのかもしれませんけど。犯人っていうのは、幻のライオンのことじゃありませんよ」

バディディ氏は、アマントルの言いたいことを理解した。「きみの望みは？」

「そちらと村の人たちのメッセンジャーを続けることだけです」戻ってきたのは、そっけない返事だった。

そこで、バディディ氏のほうも、人称代名詞を2人称から3人称に変えた。「彼らの望みはなんだね、という意味だ」

「彼らの望みは以下のことです」アマントルは説明を始めた。「よく聞いてくださいね。第1に、労働自治大臣か、もしくは児童問題を管轄している省の大臣が問題に携わることを望んでいます。そうした大臣はいますか？　とにかく調べてください。いなければ、誰か決めてください。いないんじゃ、困りますから。第2に、警察の責任者を――本物のトップの人間を求めています。国家安全保障大臣ということになりますね。それから、もちろん警視総監もです。それから、次にあげる方々もお願いします。モルティ巡査、モナーナ部長刑事、セナイ部長刑事、ボシロ部長刑事。あなたの前任者です。あと、事件の際、血液鑑定をしたハボローネの鑑識の責任者。法医学研究所ですか？　名前を調べてください。以上です。つまり、次にやっていただきたいのは、今挙げた人たちのことを調べ、居場所を見つけることです。あなたの前任者はおそらくどこかの放牧場でお尻をポリポリ掻いていることでしょう。場所を調べてください。村人たちは、今挙げた人たち全員に宛てた嘆願書を作っているところです。でも、提出するためにハボローネへ行く予定はありません。ハボローネのほうから来ていただかないと。嘆願書ができたら、お知らせします。村の人たちは自由に読み書きできるわけではないので、大変な作業なんです。文章を書いて、サインや拇印を集めないとなりませんからね。うんざりするほど時間がかかるんです」

バディディ氏は、また最初のほうの質問に戻った。「看護師と話せるかね？」

「いいえ」アマントルはきっぱりと言った。「無理です。今、看護師たちは忙しいんです、さっき申しあげたとおりです。また30分以内にお電話しますから」

バディディ氏は、個人レベルで訴えてみることにした。「なにか手を打たないと、プレッシャーがあるんだよ。みな、わたしの次の動きに目を光らせているんだ」

アマントルはその答えもすでに用意していた。「その人たちには、ハボローネと話していると言ってください。時間を稼ぐんです。頭を使って。30分以内に電話します。そのときには、準備もできていると思いますから。車を用意しておいてくださいね。これからパーティーが始まるんですから。

忘れないでください、あなたにとって今は待つことが得策です。理由はひとつ。先走って行動を起こせば、暴動が起きるかもしれません。暴動が起きれば、責任を問われるのはあなたです。まちがいなくね。わざわざわたしの口から言う必要もないでしょうけど」

バディディ氏がなにか言う前に、電話は切れた。

第16章

ナレディ・ビナーンは、25歳という実際の年齢よりもずっと若く見えた。実際、18歳と言っても通るくらいだ。そのため、友人や同僚から褒められることに慣れていた。一方で、小娘として相手にされないことにも、慣れていた。人々は、彼女が専門家だということをしょっちゅう忘れた。

今日、ナレディはぴんと背を伸ばして座り、大人びて見えるように祈っていた。だが、すぐ前に座っている大柄な同僚のせいで、いつにも増して難しい。彼の広い肩のせいで、パコ氏がほとんど見えない。ナレディと同僚たちは法律家になってまだ48時間も経っていないうちに、伝説的な存在を目の当たりにするという幸せを享受しているところだった。そのパコ氏はこう言っていた。「法律家にはいい法律家と悪い法律家がいる。いい法律家よりも悪い法律家のほうが多い。どちらになるかを決めるのは、きみたち自身だ。きみたちの中に愚か者はいない。愚か者なら、ここにはいないだろう。だが、いい法律家というのは、愚かでないというだけではない。情熱の問題なのだ。全力を傾けるかどうかということなのだ。仕事へのプライドだ。質問はあるかね？」

今年、パコ氏は法務省の副法務長官、そして検察局長として、ロースクールを卒業したばかりの10名に検察局に配属後最初の指導をしていた。パコ氏の短気はもはや伝説で、あるときなどは、自分のオフィスを出て、前の広々とした芝生を突っ切り、商店街をすぎて、大学を通り抜け、治安判事裁判所まで、法服を着たまま歩いていったという。しかも、うだるような暑さの日に！その後ろには、やはり法服を着こんだ新米の法律家が従っていたが、彼は資格を得てまだ48時間も経っていないというのに、ふてぶてしくもパコ氏になにか意見を言ったと言われている。うわさでは、パコ氏は意見を述べた新米にこう言ったらしい。

「きみ、きみはついこの間の土曜日に卒業したばかりだったな？」

「はい、そうです」新米は答えた。

「法服を着てこい。これから、きみとわたしで法廷に行く！」パコ氏は怒鳴るように言った。

若者は戸惑った。目の前の男は頭がおかしいのだろうか、それとも冗談なのか？　後者であることを切に願ったにちがいない。

すると、パコ氏はまた声を張りあげた。「さっさと法服に着替えてこいと言ったんだ！　あとの者は、すぐにその場に座れ。一歩も動くな！」

話では、正装のおかしな2人組が歩いていくのを見て大勢のやじ馬が集まってきたらしい。なにしろ、片や、汗をだらだら流している太った男、片や、きまり悪そうな小男が、1人は確固たる足取りで堂々と歩き、もう1人はその後を恥ずかしそうにひょこひょこと追いかけているのだ。そして、治安判事裁判所に着くと、パコ氏は裁判中なのにずかずか入っていって、あとはこの国始まって以来の優秀な法律家が引き継ぐと宣言した。そして、ドカッと腰を下ろし、新米に裁判を引き継ぐよう命じたという。

しかし、そこにいた治安判事はパコ氏に反論を試みることにした。「副法務長官殿、僭越ながら、今、裁判が進行中です。いきなりやってきて、勝手に引き継ぐことはできません、それに、なぜ法服を着てらっしゃるのです？ ここは治安判事裁判所であって、最高裁判所ではありません」

治安判事は反論しながらも恐怖におののいていたという。パコ氏が怒りを爆発させる相手は、新米の法律家だけとは限らないからだ。パコ氏といっしょに来た若い法律家と同じで、治安判事もその地位について日が浅く、パコ氏よりもずっと若かった。

すると、パコ氏は判事を大声で罵った。「わたしは、ボツワナ共和国法務省検察局の長だ。この国で行われる起訴手続きすべての責任者だ。いつでも好きなように、どこへでも入る権利があるし、そうするつもりだ！」

たぶん一部は作り話だろう。もしかしたら、ただの脅しだったかもしれない。おかしな2人組が行ったのは商店街までだったかもしれないし、歩いていったのではなくて車だったかもしれない。しかし、パコ氏が、ほんのわずかでもイライラさせられるようなことがあれば爆発することについては、誰も疑っていなかった。パコ氏がヴェスヴィオ火山（もしくは、縮めてV火山）と呼ばれているのは、山のようにそびえる体型のせいだけではない。しょっちゅう火山のように爆発するからだ。

そんなわけで、ナレディと新米の法律家たちはパコ氏の言うことに黙ってうなずき、自分を賢く見せようとしていた。彼らはついにここまでこられて、浮かれていた。省庁に配属され、育成される検察官は、1年に約20名だけだ。つまり、ナレディとここにいる同僚たちは今年選ばれた少数の中に入ったのだ。とはいうものの、今日はV火山を前にしてカチコチになっている。ナレディはパコ氏の姿を拝もうと首を伸ばしたが、パコ氏がこちらを見ようとした瞬間にさっと引っこめた。

本当は、法務省の中でも検察局希望ではなかった。法制局か、もっと運が良ければ、国土局がよかったのだ。検察局で働くということは、窃盗犯や凶悪犯などの好ましくない者たちと関わることになる。彼女の「好ましくない人物」のリストの中には、検察官も含まれていた。刑法を専門にする法律家が、彼らが相手にする容疑者に悪影響を受けないことなど不可能だと考えていたのだ。ナレディにとっては、検察官の仕事はいかがわしさが付き物であり、自分がその一部になるのは、気が進まない。法制局で働いている弁護士を2人知っていたが、2人とも上品で教養があった。いい車に乗り、環境のいい住宅地に住んでいる。検察官はひとりしか知らなかったが、彼は常に友だちの車に乗せてもらうか、おんぼろのバンをなだめすかしてなんとか出勤するか、どちらかだった。ひどい音と煙を垂れ流し、ガタガタ揺れながら走っているバンを見るたびに、バンだってこんな苦労はしたくないだろうなと思ってしまう。同僚の男性の検察官たちが、3部門の中で検察局がいちばん華やかだと思っているのはわかっていたけれど、犯罪者と極めて近いところで働くことをなぜ華やかだと思えるのか、さっぱりわからなかった。自分で配属先を選べたなら、ナレディが今日、この椅子に座って、首を伸ばしたり、V火山が鋭い目線を走らせるたびに引っこめたりしていることはなかっただろう。

ナレディは、政府機関内においては、選択することは推奨されないことに、とうの昔に気づいていた。職員はあまりやりたくない仕事に就くことが多かったし、それと同じで、あまりやる気を見せると、たいていその仕事には就けなかった。権力を持った人間が力のない者たちの望みを阻もうとする文化は、なにも司法の現場だけには限らない。交通課の仕事が好きだと言った警官は、デスクワークに回され、コンピューターサイエンスに興味があると公言した学生は、看護学科にいかされる。ナレディは国土局で働きたいと匂わせたが、そんなふうに裏方で働かせるために雇ったわけではないと言われて、希望の理由すら聞かれずに、検察局に配属すると告げられた。口を閉じていたら、国土局に配属になったかもしれない。

すると、V火山が噴火した。「では、全員、自分のオフィスに戻って、刑法と刑事訴訟法を読み始めろ。わかったな？　きみたち全員、今月中には法廷に出ることになる。わかったな？」

V火山は、声まで噴火のようにとどろいた。燃えるような目が卒業生の一人ひとりを睨みつけ、二重あごがおそろしげにブルッとふるえた。

　卒業生の控室に戻ると、ナレディはまたもや検察局から逃げ出す方法を考えはじめた。検察局は別名ポンペイと呼ばれていた。紀元79年のヴェスヴィオ火山の噴火で埋もれた古代ローマの都の名だ。ここは正真正銘の圧力釜なのだ。職員たちは、いつ火山が噴火するかわからない状況下で働いていた。「なんとかしてポンペイから逃げ出す方法を見つけなきゃ——あなたはどうするつもり?」ナレディは同僚のリンキー・モトラトゥーディにきいた。リンキーと同じ部署で働くのも、ナレディの選択ではなかった。

「もうその話はやめろよ。V火山が許すわけないさ。きみの成績じゃ、火山が手放すわけないよ。おれだったら、大丈夫だろうけど。厄介払いするためにね。すでに態度が気に入らないって言われたよ。こっちだって、同じさ！　だけど、きみはさ。無理だよ。埋められるのを楽しむしかないね」リンキーはニッと笑った。昔からイラつくほどお気楽なのだ。なにをやるにもぎりぎりで、必要以上の努力をすることを無駄だと思っている。ロースクールでも、いつもぎりぎりで合格し、課題を出すのもいつもぎりぎりだった。

「あの人、怖くてたまらない。どこかぜったいおかしいわよ」ナレディは刑法のページをめくりながら言った。「ただこれを読ませようなんて、正気じゃないでしょ。新人の検察官が初仕事の日にすることじゃないわよ。テストかなにか、するつもりだと思う?」

「テストかなにかだって!?」リンキーは言った。「V火山がなにをするつもりかなんて、正確に予測できるやつはいないよ。だから、おれが言ったとおり、くよくよ考えるのはやめて、溶岩を楽しむしかないさ。死にはしないよ。さすがのV火山だって、人を殺したことはないしね——今のところは」リンキーはトランプを切りながら言った。ナレディが知っているかぎり、彼はいつもトランプを持っていた。

「面白がってるでしょ？　あんたも同じぐらい頭がやられてるわ」ナレディは首を振った。リンキーとは5年間同じクラスだったが、いまだに彼の能天気な、無責任といってもいい性格には慣れなかった。

「いや、面白がってはいないよ。でも、まあ、本当のこと言って、どうでもいいんだ。頭のおかしいデブに、いちいちイラつくつもりはない。ここは、政府の機関だ。おれたちが雇われるよりはるか前から仕事はあるし、おれたちが死んだ後だって、なくなるわけじゃない。だから、おれはおれのペースで働くつもりだし、誰かに合わせるつもりもない。政府機関の職員は事実上、クビにできないって知ってるか？　しかも、2年ごとに必ず昇進する。仕事をしてようがしてまいがな。それって、すごいことだろ！」そう言って、リンキーはいっしょにカジノのゲームをしないか誘った。ナレディが断ると、ひとりでソリティアを始めた。

けれど、ナレディは黙ってはいられなかった。「それって、正しい態度とは言えないと思う。就業時間中にトランプをするのだって、おかしいと思うし」けれども、内心リンキーの態度がV火山の怒りを買い、結果として人間火山の注意が少しそちらへそれるといいのにと思わずにはいられなかった。ふと、となりのオフィスに配属になったメアリーのことが浮かんだ。ネイルとメイク直しに取りつかれている子だ。どうやって、このポンペイで生きのびるんだろう？　V火山は女性をあまり高く評価していないという噂だ。検察官に必要だと、彼が信じているスタミナに欠けると思っているらしい。すでにメアリーは、鏡は検察官の仕事道具じゃないと怒鳴られていた。でも、ナレディに言わせれば、パコ氏こそ鏡が必要だった。のばしっぱなしのひげと、ぼうぼうの鼻毛と耳毛は、至急どうにかする必要がある。パコ氏の顔は、干からびた草木が頑固にしがみついている砂漠を思わせた。とはいえ、もちろんパコ氏にメアリーの鏡を使ったらなどと提案するつもりはなかった。ナレディのV火山対策は、なにひとつ提案しない、ということだったのだ。

（水ではなく）火山による洗礼を受けてから6か月後も、ナレディは相変わらず刑法を面白く読める方法を考えようとしていた。20人の職員は、暗記するように繰り返し命じられていた。そんなある日、電話が鳴り、ナレディはV火山ことパコ氏のオフィスに呼ばれた。それまで職員に与えられた仕事は、単純な訴訟記録要旨を読んだり、犯罪事件簿の下書きを作ったり、検死記録を処理したり、先輩の検察官について法廷へ行ったりするくらいだった。オフィス（V火山は法務室と呼べと言っていたが）の外では、検察官たちはみな博識ぶっていたが、中では、V火山に訴訟記録要旨を渡されて、有罪判決をもぎとってこいと言われる日を恐れていたのだ。80パーセント以下の有罪判決率など容認できないと、V火山は考えていた。結局のところ、警察は無実の人間を逮捕して回ってるわけじゃないからな、というわけだ。裁判の当日、V火山がいきなり年配の検察官を追いやって、代わりに、なにも用意していない若い検察官が呆然としたまま引き継がされたという話なら、山ほどあった。そんなわけで、秘書でなくV火山本人が電話をかけてくると、受話器を押さえて、小声で「埋葬準備!」というのが、お決まりのジョークになっていたのだ。溶岩に埋もれる日も近いというわけだ。

そして、今日はナレディがささやく番だった。「埋葬準備!」

「溶岩の熱を楽しんできて」リンキーはニヤッとした。

「すぐに行きます」ナレディは電話に向かって言った。

上司の部屋に入ると、2つの値踏みするような目に迎えられた。ナレディを呼んだのを早くも考え直そうかと思っているみたいだ。

長いあいだじっと見つめられ、ナレディがひどく居心地が悪くなってきたとき、V火山は1冊のファイルをぐいと押しやった。「ミズ・ビナーン、これを読んで、どう思うか聞かせてほしい。意見は文章にしてくれ」

「いつまでに必要ですか?」ナレディは言った。法律家がどうやって「意見」をまとめるべきか、わからなかったのだ。

「今日中だ」パコ氏は即座に答えた。「タイプして、サインするように、4時半までに」

ナレディは思わず言った。「そのファイルは――」

始めのひと言を聞いただけで、V火山は部下のまちがいを正さずにはいられなかった。「法務室には、ファイルなど存在しない。ここは、ほかの政府機関とはちがうんだ！　ここにあるのは、訴訟記録要旨だ。わかったな？　訴訟記録要旨。覚えられるか？」

「はい」ナレディはすぐさま答えた。「覚えられます、訴訟記録要旨です。もちろん」最後のひと言には、かすかな反抗心がこめられていた。

V火山はじろりと部下を見たが、今回は見逃してやることにしたようだ。今日の火山は冷静だった。噴火の気配は見られない。とはいえ、彼の伝説的な噴火は必ずしも、地響きならぬうなり声などの予兆があるわけではない。「質問はなんだったんだ？」

「なんでもありません」なんであれ、部署の先輩の検察官にきくことにしようと思い直したのだ。きけば、答えてくれそうな先輩が少なくとも2人はいる。

「それから、今回の件については誰にも相談しないように。これは、極秘事項なのだ。事件については一切他人に話さないように。わかったら、さっさと取りかかれ」そう言いつつも、こちらを見る目にはまだ、ナレディに頼んだのが本当に正しかったのか、決めかねるような表情が浮かんでいた。

ナレディはオフィスに戻ると、中身を読む前に訴訟記録要旨の表紙を眺めた。表には、「ネオ・カカン：CRB45／94」とある。記録は5年前のもので、様々な人物の証言から成っていた。中には警官の証言もある。内容は、行方不明のまま見つからなかった子どもに関するもので、記録自体そんなに厚いものではなかったが、午後だけで読んで、意見をまとめるのは、自分には荷が重いように思えた。後になってから謝るよりも、今、この場ではっきりさせようと思い、ナレディはV火山に電話して、与えられた仕事を終わらせるには午後だけでは足りないと言った。

その「最終弁論」を聞いた人間火山は、若い女のふてぶてしさが信じられず、食べていたスコーンをのどに詰まらせた。「ミズ・ビナーン、わたしは、頼んだ仕事にどのくらいかかるかについて意見を求めた覚えはない。はっきりと、中身についての意見を求めたはずだ。やり方ではない。ちがいがわかるか？ わかったら、さっさと取りかかれ」そう言うと、これでこの件は終わりとばかりにV火山は電話を切った。

しかし、ナレディは譲らず、もう一度電話をした。その結果、V火山は期限を翌日の午後4時半まで延長した。ナレディは、自分の考えを通したことを誇らしく思った。ナレディは知らなかったが、V火山も部下に気概のある若手がいることに驚いていた。彼女とちょっとした火花を散らせるのが、これからの楽しみになりそうだ。

リンキーは検死記録をパラパラとめくりながら、電話のやり取りを聞いていた。「もう、噴火を避けては通れなくなったみたいだな？」

「うるさいわね」ナレディは言い返した。

「おれは、避ける方法ならちゃんとわかってるけどね。前からわかってた」ナレディに言い返されても、リンキーは少しも腹を立てなかった。そのくらい、屁とも思わないのだ。

人の道にかなった期限になったことでナレディは少しホッとし、訴訟記録に取りかかることにした。本のように、読んでいくのがいいだろう。前からうしろへ向かって読むということだ。そうして、読みはじめたが、気がつくと、すっかりのめり込み、いつの間にか時間が飛ぶように過ぎていた。

4時半になると、いつものように、ゆうに30分はソリティアで遊んでいたリンキーがトランプを片付け、帰る用意を始めた。毎日30分ずつ政府から時間を盗めば、45歳で任意退職するまでに、16か月分の給料を無労働で手に入れることができる。そうやって詐欺を働くなんて天才的なアイデアだと、思っているらしい。リンキーは部屋を出ようとしたが、ふと足を止め、振り返って言った。「すばらしいのはさ、きみが昇進するときは、おれもいっしょに昇進するってことさ。おれたちは横並びで昇進し、道が狭まれば横並びで失速する。最高だと思わない？ そしてある日、きみはうんざりして、別のところで能力を試すことにする。すると、じゃーん、このおれが法務長官ってわけさ。ボツワナ共和国法務長官リンカーン・モトラトゥーディ！ 人生ってすばらしいだろ？ なにがいいって、教師や看護師とちがって、マブツァネとかレイコップスみたいな辺鄙な村に転任になることもない。法律家の人生って完璧だよな！」そして、出ていった。閉めたドア越しに、リンキーの笑い声が長い廊下に響きわたるのが聞こえた。リンキーはV火山のオフィスの前でもまだ笑いつづけ、階段に出るドアも、みんなのようにそっと閉めもせずに、バタンと閉めて帰っていった。

ナレディはそのまま資料を読みつづけた。ファイルを家へ持って帰ろうかとも思ったが、思い直した。訴訟記録要旨を持ち帰るときの手続きは知らなかったが、オフィスから持ち出す場合にはなにかしらの登録が必要だろう。検察に配属になって7か月目に入っていたが、オフィスの手続きに関してはまだ知らないことが多かった。書類カバンを開けて、行方不明の少女に関する公的な記録をポンと入れ、ただうちへ持ち帰るわけにはいかないだろう。もしなくしたら？　それに、訴訟記録を持ってバスに乗るなんて考えられなかった。

ナレディは資料を読み終わると、最初からもう一度読んだ。なにかがおかしい。だが、なにがおかしいかがはっきりしない。ようやく家へ帰ることにしたが、うちに着いたら、引っかかっていることをメモに書き留めようと心に決めた。オフィスを出るころには、4月の太陽が沈み、空には黄色やブルーや紫やグレーや赤の光が残っていた。ナレディは急いでバス停まで行くと、物思いにふけりながら家路に着いた。

記録によれば、ネオが行方不明になったのは5年前だ。証人の供述から、村人たちは南部のアフリカ人の言うところのムティのために殺されたと信じているようだ。ツワナ語で言う、ディフェコのことだ。どこかの「偉い」男たちが仕事の成功や権力の座の維持のために、人間の体を「刈り取った」というのが、村人たちの考えだった。この事件について新聞やテレビで見聞きした覚えはないが、それより不思議だったのは、なぜ今になってこの記録が掘りだされてきたのかということだ。なにかが起こりつつあるにちがいない。というのも、つい昨日、ブイツメロ・クカマが電話してきて、遠回しに5年前の儀礼殺人について聞いてきたのだ。ブイツメロは仲のいい友人で、バスケットボール仲間だが、昨日の電話はどこか様子がおかしかった。情報がないかきいてきたくせに、妙にさりげない口調を装っていたのだ。そして、今度はこの訴訟記録が出てきた。この資料は不完全だ。証言のいくつかはつじつまが合っていないような気がする。それに、かなり雑な変更が加えられている。

狭苦しいバスの中で、音楽がガンガンと鳴り、料金を集める乗務員の「通してください」という声が響き、乗客はあの大臣がだめだとかこの大臣が問題だなどと好き勝手に意見を述べている。そんな中で、ナレディはオフィスに置いてきた訴訟記録のことを考えつづけた。常日ごろからバスの乗客の話は、最適な情報源だと考えていた。でも今夜は、ファイルのことで頭がいっぱいで、そうした会話もほとんど耳に入ってこない。そしてバスを降りるころには、「CRB45/94」についてもっと情報を得るためにブイツメロに電話しようと、心が決まっていた。

第17章

ブイツメロのほうも、ナレディと同じくらい連絡を取りたがっていた。先に電話をかけたのはブイツメロで、ナレディが出ると、会って、食事をしながら話さないかと誘った。

数時間後、2人はお気に入りのグリル＆パパというレストランで会っていた。ようやく注文を済ませた後、ナレディのほうから、今夜話すことになっている話題を持ち出した。「で、どうしてこんな昔の事件に興味を持ったの？」

「そっちはどうなの？」ブイツメロもすかさずきき返した。

ナレディは真剣な顔で友だちを見た。「先に電話してきたのは、そっちでしょ。しかも、あなたは刑事弁護士ではない。さあ、教えて。どうして5年前の儀礼殺人でないかと疑われている事件に興味を持ったの？」

「あなたには正直に話すけど、本当のこと言って、わからないの。事件についてたずねたのは、友だちに頼まれたから。ややこしい問題に深入りしがちな子でね。彼女に頼まれたから、調べようとしてるわけ。今のところは、たいした成果もないんだけど！　２日前には、誰にきいても、本当になにも知らないって感じのぽかんとした表情をするだけだったけど、今は、みんな身構えるような顔になる。だから、教えて。なにが起こってるの？」ブイツメロはじっとナレディの顔を見て、ぽかんとした表情が浮かぶのか、身構えた表情なのか見極めようとした。

でも、相手の顔に浮かんだのは、戸惑ったような表情だった。「どの程度まで話していいのか、わからないの。今の時点で言えるのは、ファイルが——ううん、ファイルじゃなくて、訴訟記録。うちの法務室にはファイルなんて存在しない！　あるのは訴訟記録だけ！　法律家ってなんでみんな傲慢なの？　まったく！」ナレディは最初の質問に答えないまま、叫んだ。

ブイツメロは、クスクス笑った。「あのデカい象はいまだに王様気取りなわけね？」

ナレディは答えた。「その点に関しては、彼の考えを変えさせようなんて根性のある人間はいないわよ。だから、答えはイエス。で、さっきの話に戻ると、彼がその古い訴訟記録を引っ張り出してきて、わたしに意見を求めたわけ。いきなりね。だから、今日の午後はずっとそれを読んでた」

「で？」ブイツメロはうながした。

「わかるでしょ！」ナレディはついに核心にたどりついて、嬉々として言った。「つい昨日、あなたがたずねてきたのと同じ事件だったのよ！　でも、これ以上は話せない。そっちがどこから話を聞いてきたか知らないからね。だから、腹を割って話してくれないかぎり、この話はここまでよ」２人は友人だったが、法制度においては敵対する立場にいるのだ。

ブイツメロは別の角度から攻めてみることにした。「だけど、あたしは刑事弁護士じゃないじゃない。どうしてあたしに話せないのよ？」

しかし、ナレディに今の立場を崩す気がないのは、はっきりしていた。「V火山には、誰にも言わないように言われてるの。それが1つ目の理由。2つ目は、なんだか嫌な予感がするのよ。もう少し情報を手に入れるまでは、つまり、その中にはあなたが興味を持った理由も含まれてるわけだけど、しゃべる気はない。たとえ、親友のあなたでもね」

「わかった」ブイツメロは負けを認めた。「知ってることを話すわね。だけど、ぜったいに秘密は守ると約束して。あなたのことは信用できるのは、わかってるけど」

しかし、ブイツメロが先を続ける前に、ナレディは言った。「わたしはまだ約束してないわよ。これははっきりさせときましょ。この話がどこへ向かうか、わたしはわかってない。だから、誰かに言ったり情報を使わないとは約束できない。わたしは検察官なのよ、わかってるでしょ？少なくとも、検察官になろうとしてる」ナレディはにやっとした。自分のことを検察官というのは、ちょっと誇張だと思ったからだ。

ブイツメロは次の手として、2人とも同じ側にいるということを示そうとした。つまりは、「正義と真実」の側だ。「あたしたちの関心が同じ可能性は高い。だから、よく聞いて。あたしの友人は、5年前警察による隠蔽があったと信じてる。そして、最近なにかが起こった。たぶん新しい情報が浮上したとか、そういうことよ。でも友人は、また隠蔽されるのではと懸念している。

正義と真実を大切だと思っている人間がなにかしないかぎりね」

ナレディは興味を持った。「どうしてその彼女は5年前に隠蔽があったと思ったの?」

「わからない」正直な答えが返ってきた。

ナレディは当然出てくる疑問を口にした。「どうして彼女はまた隠蔽されるんじゃないかと思ってるの?」

今度もブイツメロの答えは同じだった。「わからない」

ナレディはなおもきいた。「どうして今になってまた表に出てきたの?」

「本当に知らないのよ」またもや正直な答えが返ってきた。

「ほとんどわかってないのね?」ナレディは思わず言った。

「そうよ」ブイツメロは言い返した。「そっちはどうなのよ?」

「わかってない」ナレディはちらりと笑みを浮かべた。

2人はまた食事に取りかかり、しばらく黙って口を動かしていた。

やがてまたナレディが沈黙を破った。「ねえ、自分が政府機関の中では要注意人物だと思われてるのは、わかってるでしょ。みんなが埋もれたままにしておきたいと思ってる腐敗を明るみにさらけ出すから。でも、刑事事件周辺の人間はみんな、あなたに出くわす羽目になるとは思っていない。V火山はあなたが自分の神聖なる領域をかぎまわってるって知ったら、まちがいなく爆発するわよ」

「それはちがうわよ。あたしたちは刑法に興味は持ってる。あたしたちの関心分野が、刑法に分類されていないだけよ。今はまだね！　あたしは、家庭内暴力は犯罪だと思ってるし、それを言うなら夫婦間レイプだってそう！　自分の子どもの養育を拒否するのだって、職権乱用だってね！　軍や領地裁判所から女を締め出すのも！　ほかの、考えるどころか口にも出したくないような差別的措置もね！　だけど、それはまったく別の話。友だちっていうのは、アマントルのこと。アマントル・ボカアのことは覚えてるわよね？」

ナレディにとってのアマントルの印象は、本人と会ったときのことより、彼女の評判のほうが先に立った。「あの、2年前の機動隊員を悩ませた張本人の学生？　でしょ？」

「ちがうわよ、そうじゃないって！」ブイツメロは誤解を解こうとした。「なんでみんな、そう言うわけ？　アマントルはなにもしちゃいないわよ。むしろ被害者よ。機動隊に関して言えば、自業自得でしょ。体制が何年も目をそらしてきたことに、アマントルは目を向けさせたの。隠された醜い真実にね。それだけよ」

「わかったって！」ナレディは折れた。「わたしに噛みつかないでよ！　そんな意味で言ったんじゃないんだから。だけど、警察の残虐な行為に対して調査委員会が立ちあがったのは、彼女がいたからでしょ？　その副次的な影響はいまだに、機動隊の不安要素になってる。あなたがありとあらゆる要求をしたからね！　いい、あなたはなんとしてでも避けるべき存在だって、言われてるのよ。天敵だって」

「なら、どうしてあたしとしゃべってるのよ?」ブイツメロはもっともな質問をした。

「友だちだから」ナレディは答えた。「あなたのことを、すべきことをしている人だと思ってるから。さあ、続けて。どうしてアマントルがすばらしい第六感を働かせたのか。彼女曰く、わざと隠蔽された5年前の事件が、なぜまた隠蔽されようとしていると思うのか。なぜ彼女はそんなことを知ってるの? どうやって知ったの?」

ブイツメロにはわかっていることしか話せなかった。「正直に言って、細かいことは知らないの。ただ、なにか大きなニュースが明らかになろうとしてるって予感がする。アマントルはハファーラでTSPをしてるのよ、女の子が行方不明になった村よ。アマントルはなにかを見つけ、誰かがすばやく蓋をしないかぎり、事件が再び動きはじめると考えている。そして、明日までには、なにか大きなことが起こると考えているのよ。村で暴動が起こるのかもしれない。分別のある人間が、彼女が発見したものをどうにかしないかぎりね」

「どうして詳しく話さないのかな?」ナレディはたずねた。

「電話を信用してないからよ、もちろん」ブイツメロは説明した。「国の機関はビッグ・ブラザーよろしく、たいていの人が思ってるよりも色々盗聴してることを、あたしたち2人とも知ってるから。特にあたしの電話はね。何度も盗聴したに決まってる。そのせいで、彼らは自分で自分の首を絞める羽目になってるわけ」昔から、電話が盗聴されているのではないかと疑っていたのだ。

「わたしには、盗聴なんてそう簡単に信じられないけど。でも、後悔先に立たずだしね」

またしばらく、2人はしんとなった。

それから、ブイツメロは肯定的な返事がほしい質問をした。「これからも状況を知らせてくれる？　国家機密漏洩をお願いしてるわけじゃないわよ。すべて秘密にすべきだと本気で思ってるわけじゃないでしょ？　つまり、一般市民が情報にアクセスできる権利はあるわけだし。ここは民主国家よ！　情けない状況に陥っているほかのアフリカ諸国とはちがうでしょ？」

ナレディはバランスと公平さを保とうとした。「わたしに約束できるのは、明日また会おうってことだけ。ここまで来るのは遠いだろうから、あなたが村へ行く前に会うことにしたほうがいいわね。明日、法廷の後はどう？　カニエへ行く前。そのときなにを話してなにを話さないかは、わたしがこの話がどこへ向かっていると判断するかによる。わたしの判断を信用して。いい？」

これで、話しあいは終わった。後の時間は、もっと軽い共通の話題を楽しんだ。

ブイツメロはたずねた。「で、V火山はどう？」「ヴェスヴィオ火山」と噴火のことを知らない法律家はいなかった。「もうやられた？」

「それは、まだ。でも、いっそのこと噴火してくれればいいと思うくらい。そうすれば、少なくとも、それでとりあえずは済むわけでしょ。いつ来るかと思ってると、死にそうなのよ。リンキーが同僚っていうのも、最悪。あの人、なんにも気にしないから」

ブイツメロは、リンキー案件のことも知っていた。「あいつは昔からああよね。最近のメアリーの爪はどんな色？」

「最後に会った12時半の時点では赤だった。それから何度も変わってるわよ、きっと。やだ、悪口じゃないのよ。メアリーのことは気の毒に思ってるの」けれど、誰でもナレディの笑みを見れば、本当に気の毒には思っていないことくらい、わかるだろう。メアリーはかなりの美人で、数々の美人コンテストで優勝していた。いつも見た目を気にして、どこへ行くにも鏡を持ち歩いている。ある日鏡を見たら、邪悪な魔女に美しさを盗まれているかもしれないとでも、思っているみたいだ。えんえんと鏡をチェックして、すべての要素がちゃんとしていることを確かめる。ほかに確認する方法として、「プロポーズ」してきた上司なら誰とでもベッドに飛びこむ、というものがあった。今までのところ、数々の美人コンテスト優勝歴と自分の番をじりじりしながら待っている上司の列の長さから、彼女の乳房のあいだの距離と、へその位置と、お尻の形と頭の形、そのほか重要な部位の位置と形は完璧だという一般合意がなされているようだった。にもかかわらず、本人はどこかが垂れたり、ずれたり、しぼんだり、膨らんだりしているのではないかと心配しつづけている。

「虚栄心の塊なのよ、メアリーは」ブイツメロは意見を述べた。

「わたしに言わせれば、情緒不安定よ」ナレディが言う。

「アハーンは？　もう何か月も会ってないかも」と、ブイツメロ。

「元気よ。それどころか、年上の検察官たちの中でいちばん、親切かも。わたしたち全員に優しいの。もちろん、ディヴィッドは相変わらずいばりくさったクズよ。あまりにもえらそうで、見てると吐きそう——あいつに向かってね！」ナレディの声が一段と大きくなり、隣のテーブルのカップルがこちらを見た。

「あの人は、解決できない問題を抱えてるのよ」ブイツメロは独り言のように言った。「昔からずっとね。あのニキビ面男！」

「最低最悪のクソよ、言わせてもらえばね」ナレディが激しい口調で返す。

ブイツメロがストップをかけた。「ねえ、ディヴィッドのことなんかで熱くなるの、やめよう。そんな価値もないわよ！　で、マイケルはどうしてる？」ブイツメロはにっこりしながらきいた。マイケルは、ナレディのボーイフレンドだ。

ところが、ナレディの顔がみるみる曇った。「その話は禁句。話すこと、なにもないから」

ブイツメロはさらにたずねた。「えー、ちょっとだけでいいから。なにもないってことは、ないでしょ。ねえ、どうなってるの？　もう何か月も、そのことについては口を閉ざしてるじゃない。もしかしてあまりうまくいってない？　なにかあった？」

けれど、ナレディはその話にはいかないことにして、会話を打ち切った。「お会計にしましょ。もう遅いし、そっちの話じゃ、わたしたちは、今にも爆発しそうな案件を抱えてるんでしょ？　せめて、すっきりした頭で立ち向かわなきゃ。マイケルのことは、また今度話すから。マイケルの話なんてないっていう話かもしれないけど。とにかくぜんぶ片が付いたらね。話せば長いのよ」

ブイツメロはムードを明るくしようとして言った。「男関連の話は、いい話と悪い話と長い話ばっかりよ」

けれども、ナレディはすでに給仕の女性に合図を送っていた。マイケルのことを思い出して、友人が悲しい気持ちになったのは明らかだった。

給仕の女性はのんびりとこちらに歩いてきた。まだかわいらしい少女だ。必死になって大人になろうとしているように見えるし、実際、男性客の彼女に向けられた視線からすると、それは成功しつつあった。でも、もしかしたら、少女は子どもらしくありのままふるまっているだけで、彼女に向けられた視線は、彼女ではなくて男性客たちの内面を物語っているのかもしれなかった。

レストランを出ると、ブイツメロは唐突にたずねた。「この事件を任されるには、まだ若すぎると思わなかった?」

ナレディは眉間にしわをよせた。「まだ任されてはいないわよ。資料を読んで、意見を言うだけで」

「だとしても、そもそもその資料を見るのを許されるなんて、おかしくない?」

「ううん、別におかしいとは思わなかった。ただ、隠蔽の話が本当だとすると、おかしいかもしれない。でも、その説を裏付けるほどの事実はまだないと思うけど」ナレディはまだ顔をしかめながら言った。

ブイツメロは慎重に話しはじめた。「V火山は、上から連絡が入りだしたら、あなたにファイルを渡したことを後悔するかもしれない。火山がファイルを掘り出してきたのは、あたしたちが質問してるって話が入ったからかも。事件がまた表へ出つつあることは気づいてないのよ。火山は今日、意見がほしいって言ってたって言ったわよね？　本当にこの件が重要だと思ってたら、そんなに短い期間で返事しろなんて言う？」ブイツメロはナレディにもいっしょに考えてほしくて、頭に浮かぶことをそのまま口に出して言った。

ナレディも、ブイツメロの考えをすぐさま却下はできなかった。「じゃあ、火山がまちがいに気づいたら、すぐさまファイルを取り戻そうとするってこと？」

「ナレディ、今はあなたがファイルを持ってる。コピーして。ファイルを取り上げられる前に、コピーを作っておくのよ。お願い！」ブイツメロはナレディの前に立ちふさがり、声から切迫感を溢れさせて言った。

ナレディは友人を落ちつかせようとした。「ちょっと、そんなことにはならないわよ。法務局は警察とはちがう。わたしたちは法律家よ。ファイルが消えたりしないわよ！　隠蔽なんかに関わるわけない！　ここはボツワナよ！　民主国家なのよ！　少なくともわたしが知るかぎりではね！」ナレディは憤慨しようとしたが、その声に力はなかった。何年か前に、レイプ事件の訴訟記録が消えたとささやかれていたことを思い出していた。詳しいことを知っている人間に会ったことはないが、ある権力の座にある人間がレイプで告訴されそうになったときに、いきなり訴訟記録が消え、証人の記憶に問題が生じはじめたといううわさだった。被害者は清掃の仕事を失ったが、性交渉を承諾したかどうかを思い出せなくなったとたんにまた元の仕事に戻れたらしい。欠勤は休暇に変更され、正式なものにするために、実際より前の日付の書類が用意された。一連の疑わしい出来事の前から女性を知っていた人たちによると、事件後、女性は口数が少なく物静かになったということだった。

ブイツメロは改めて主張した。「どうしてなくならないってわかるの？　働きはじめてどのくらい？　あたしはただ、万が一に備えておいてって言ってるだけよ。明日の朝一番で、書類をコピーして」

ナレディの返事ははっきりしなかった。「ただコピー室に行って、ジョセフに『ねえ、ジョセフ、V火山がうっかりなくさないように、これをコピーしてくれる？』なんて言えると思う？」

ナレディは、ブイツメロの不安なんてバカバカしいと思おうとしたけれど、うまくいかなかった。するとブイツメロは大胆な提案をした。「明日の朝、あたしが行くから。ファイルを持ち出して、オフィスの近くでコピーする。あそこにコピー屋があったでしょ」

それを聞いて、ナレディは決意した。「ううん、わたしが自分でやる。やったほうがいいって思えば、自分でやるから。オフィスに行ってすぐにまた外に出るのには、理由がいるけど。でも、大丈夫。わたしがやる。だけど、コピーをあなたに渡すわけじゃないからね！」

「ちょうだいなんて言ってないでしょ。あたしはただ、誰かが都合よくオリジナルを置き忘れたりしたときのために、コピーが必要って言ってるだけ。もしオリジナルに万が一のことがあれば、勇気を持って正しいことをしたことになるわ」

ナレディは友人の顔をじっと見た。

そして2人は別れたが、またすぐに話すことになるのはわかっていた。まだわずかな経験しかない新米検察官のナレディは、まだなにも掌握できていないうちに、すべてが手に負えなくなっていくのを感じていた。

第18章

国家安全保障省の会議室が広くて、趣味のいい調度品が置かれているのは、当然だった。事務次官の趣味の良さは、みなの知るところだ。必ずしも高価なものというわけではない。だが、まちがいなくいいものばかりだった。政府が支払わないものについては、個人の財布から払っていたほどだ。だから、会議に出席する各代表たちは誰もが、壁にかけられた油彩画や花瓶に生けられた花や床に敷かれた絨毯についてなにかしら誉め言葉を口にした。

今日は、6人の出席者が会議室のテーブルを囲んでいた。そのうち2人は、国家安全保障大臣のマディング氏その人と、ロラン事務次官だ。2人が犬猿の仲だというのは、公然の秘密だった。最近行われた総選挙の結果、政府は内閣改造を行い、新しく国家安全保障省を設置した。そして、とりわけ野心的な政務次官が新しい省の長に任命されることになったのだ。そして、もう1人、大した実権もない省に所属し、ほかの省には一切干渉せず、引退の日を指折り数えていた男が、新大臣の事務次官に昇進した。新事務次官となったロラン氏は趣味のいい絵画やこまごましたものを、「真新しいピカピカの」建物の4階にある広いオフィスに移さなければならなくなった。こうして、同じ学校に通い、互いに相手を知りすぎているマディング大臣とロラン事務次官は、一つ屋根の下で働くことになった。そして2人とも、「知りすぎている」相手のことを心底嫌っていた。

会議の3人目の出席者は、警視総監のセレペ氏だ。セレペ氏は尊大な軍人で、上着の前はほとんど勲章で埋め尽くされている。テーブルの右側には警棒が、左側には制帽が置いてあった。

セレペ氏の右に座っているのが、4人目の出席者だ。国家奉仕プログラムの責任者、モラポ所長だ。魅力的な丸顔の女性だが、愛想のいい仮面の下には、そう簡単には譲らない強さを秘めている。人によっては、付き合いにくい性格だとさえ言うだろう。まず警察全般を信用していないし、語られている話のうしろにもっと深い話が隠されていると常に考えるタイプだ。彼女が警察を信じないのには、個人的な理由もある。数年前、甥が謎の発砲事件で亡くなったのだが、彼は警察官で、公式には彼と同僚の警官たちが追っていた強盗に撃たれたことになっていた。だが、なぜ追っていたはずの強盗に背中から撃たれたのかは、警察は説明することができなかった。

モラポ所長の正面には、5人目、副法務長官のパコ氏すなわちV火山が座っている。

そして、パコ氏の隣に、国家検察官のナレディ・ビナーンが座っていた。こんな大勢の要人を目の前にしたことも、大臣や事務次官や階級の高い警察官と同席したこともない。緊張を隠すために、ノートだけを一心に見つめていたが、なにか興味深いことが書かれているわけではない。

今日の役割は、できるだけ早くノートにメモを取ることだ。パコ氏には、完全かつ正確な議事録を取るように言われている。パコ氏はすでに、世の中を騒がせるようなことが進行しつつあることに気づいており、それに備えようとしていた。

6人の各代表は、厚生大臣のゲイプ氏を待っているあいだ、あいさつを交わした。ナレディはほかの出席者の様子から、厚生大臣の遅刻は彼のささいな欠点としてみなが知るところらしいと見て取った。とはいえ、テーブルのまわりでは、ぼそぼそと不満げな声が上がっている。待たされるのに慣れていないパコ氏は、大臣抜きで始めようと言ったが、セレペ警視総監は待とうと言った。そして、同意を促すように名目上は上司であるマディング国家安全保障大臣のほうを見ると、大臣もうなずいた。しかたなくパコ氏はタバコを取り出し、時間をやり過ごすことにした。左側の壁には「禁煙」の表示があり、正面の壁には「肺呼吸中」、右側の壁にも「私を有毒な煙で殺さないでください」とあったが、無視して火をつける。そして、スパスパと吸って、目の前の美しいテーブルに向かって煙を吐き出した。

モラポ所長はルールを守ろうとしない喫煙者を見て、顔をしかめた。だが、パコ氏はあえて無視した。モラポ所長は抗議の意味をこめて咳をしたが、それでもパコ氏は無視した。そこで、モラポ所長は立ち上がり、窓を開けたが、外の熱い空気が入ってきたので、セレペ氏が文句を言った。すると、モラポ所長はじっとセレペ氏を見て、ぼそりと言った。「原因のほうをなんとかしてください、警視総監どの。結果ではなくて」

すべての目がパコ氏に注がれた。パコ氏は思い切り長々と最後の煙を吸いこむと、ティーカップの並んだお盆に置いてあったスプーンの上で、火をもみ消した。

会議の開始時間から30分遅れて、ようやくゲイプ厚生大臣が入ってきた。大柄な体を揺らし、かすかにコロンの匂いを漂わせている。誰かが清掃係を呼んで窓を閉めるように言ったので、その匂いが部屋に残ることになった。

セレペ警視総監が口を開いた。「会議を始める準備が整ったかと思います。しかし、その前に、パコ副長官、隣に座っている若い女性の肩書を教えていただけますか？」

ナレディは驚いて顔をあげた。V火山の指示通り黙って議事録を取るだけだと思っていたのだ。「もちろんです、彼女は国家検察官です。万が一今回の事件が法廷に出ることになれば、わたしのアシスタントを務めます。それが、われわれのやり方ですから」パコ氏は、警視総監が図々しくも彼の行動を問いただしたことにいら立った様子で答えた。

「失礼いたしました」セレペ氏は答えた。「しかし、若いお嬢さんには出ていってもらわねばなりません。今回の会議にお呼びした時点で、説明しておくべきでした。実際に、話しあいが始まれば、わかっていただけると思います。お嬢さんは退席してください。説明は後でします」

そして、パコ氏の答えを待たずに、警視総監は直接ナレディに向かって言った。「お嬢さん、退席していただきたい。だが、その前に、お茶を入れてもらえるかね？　みなさん、さっさと済ませましょう。この若いお嬢さんに飲みたいものをおっしゃってください。わたしにはコーヒーをお願いするよ。ミルクと砂糖は2つでな。お嬢さん、急いでくれ。こちらは忙しいのでね」

ナレディはかんかんに腹を立てて、出席者たちに紅茶とコーヒーを出すと、さっさと部屋を出ていった。どちらにしろ、パコ氏に会議に出るように言われて驚いていたのだ。しかし、パコ氏はまだ、犯罪記録管理局の証拠品「45／94」について詳しい話は知らない。ナレディは、訴訟記録がこのままではありえないことを十分すぎるほどわかっていた。もちろん、権力の座にある人間たちが、再びこのまま埋もれさせなければだが。

会議が始まると、セレペ警視総監が仕切り役だということがはっきりした。とはいえ、最初のほうは、マディング国家安全保障大臣のほうをちらちらと見ていたので、本当に実権を握っているのは、たとえそれを切望していたとしても、自分でないことはわかっていたのだろう。警視総監はこう口火を切った。「みなさん、本日は急なお知らせだったにもかかわらず、こうしてお集まりいただきありがとうございます。そして、この部屋をご提供くださった国家安全保障大臣及び事務次官に感謝したいと思います。まず要点から始めます。なぜみなさんに集まっていただいたのか？　厚生大臣に出席いただいているのは、今回の危機の現場が診療所だからです。国家奉仕プログラムの所長に来ていただいたのは、そちらのTSPがシャーロック・ホームズ気取りのことをやらかしているからです。まったくもって鼻持ちならない娘ですな。それについては、すぐに説明します。国家安全保障大臣をお呼びたてしたのは本日のホストというだけではなく、2年前にも安全保障省が同じ娘の件を扱っているからです。もちろん、内閣改造のため、当初、その件に当たっていた大臣は本日はいらっしゃいません。しかし、その件に関しましては、詳細な報告があるはずです。特に、当時なぜ娘に対し厳格な措置が取られなかったか。なぜこんなふうに野放しになっているのか。それが、われわれの行きつく疑問です。副法務長官にいらしていただいた理由は、説明するまでもないでしょう」

セレペ警視総監は、国家安全保障省の設立にはずっと反対だったし、自分が実質上、大臣の部下にあたるということも認めていなかった。自分の縄張りでは長の立場であり、大統領府に匹敵する力を持っていた時代に戻ることを切に望んでいた。今では、実際の治安維持などまったくわかっていない「穏健な」文民も相手にしなければならない。2年前にたかが1人の娘が巧くやってのけたのも、当然だろう。

続いて彼は、彼の言うところの関連する基本的な状況について説明した。説明が終わるとすぐに、出席者たちはみな、質問があることをほのめかしたが、セレペ氏は、質問を受け付ける前に一人ひとりに手短に状況を説明してほしいと注文し、全員が終わると、ようやく質問に移った。最初に質問したのは、TSPを統括するモラポ所長だった。「お手元にある証拠の評価では、その子どもにはなにが起こったということになっているんですか？」

警視総監と所長は同席してまだ間もなかったが、すでに互いに気に入らないという結論に達していた。セレペ警視総監は、モラポ所長の質問を利用して彼女の出鼻をくじいてやることにした。「それは、警察の極秘情報です。これは、裁判ではありません。警察が一触即発の状況を平和的に解決できるようにするための会議なんです。わたしがみなさんからいただきたいのは、それに役立つ情報です。わかっていただけましたね」セレペ警視総監はモラポ所長から視線をそらし、別の出席者からの意見を求めた。

　しかし、モラポ所長の話はまだ終わっていなかった。「いいえ、警視総監どの、わかりません。わたしは政府の役人です」口には出さなかったが、そのセリフには暗に「あなたと同じ」という意味がこめられていた。「なんらかの決断に関わるようにということでしたら、情報はすべて教えていただかなくてはなりません。わたしはただの、黙って言われたことをする操り人形ではありません。ほかの方々がどうお考えかは知りませんが、警視総監がわたしたちを利用するのに、情報はくださらないというのは、妥当なやり方とは思えませんね」そして、賛同者がいるのを期待するようにテーブルを見回した。彼女は、この部屋ではいちばん若手だったから、ひと言でも反対意見が出ようものなら、彼女の意見など窓から投げ捨てられることはわかっていた。退室を迫られることもありうる。

　セレペ警視総監は訴えるような口調で言った。「ああ、所長どの、これは仕事ですよ。感情は抜きにしましょう。誰も利用されてなどいません。わたしは自分の仕事をしようとしているだけです。わかっていただかないと。別にあなたのお仕事に口出ししようって言うんじゃありません。ですから、わたしにも親切にしていただけませんかね」セレペ警視総監は、わざとへりくだったた物言いをしてみせた。昔から、女をイライラさせるには、暗に相手を感情的だとほのめかすのが効果的だと信じていた。

　そして、当然モラポ所長は、高所から見下ろすようなセレペ警視総監の態度にかっとなった。

「では、わたしの仕事に口出しはしないと？　なら、そちらのマウンの警察署長から、その娘を異動させてくれという電話が入ったことは、どう説明なさるんです？　あなたが鼻持ちならないと言った娘ですよ。それは、口出しとは言わないんですか？」モラポ所長は明らかに怒気を含んだ大声で言った。

　パコ氏はあいだに入ることにした。「みなさん、少し落ちつきましょう。まず、わかっていることを洗い直し、ほかの部署と共有できる情報とできない情報を見極めようではありませんか。その若い女性は、2年前のカニエでの警察による暴力疑惑に調査が入るきっかけになった人物です。それ以来、1人の兵士が解任され、2人の警官が停職処分になりました。そして、もちろん、国家安全保障省が目下、暴動取り締まりの指針をまとめていると聞いています。それは、その娘によるすばらしい功績でしょう。つまり、カニエの件は、その娘について多くを語っています。目の前の案件に関して次の手を決めるにあたり、そのことを忘れてはなりません」パコ氏は会議室を見回し、全員が聞いているのを確認してから続けた。「さて、その娘はハファーラでTSPをしています。そしてある奇妙な状況において、TSPとして働いている診療所の倉庫から証拠物件の入った箱を見つけ出しました。逃げ帰って、もう戻らないと泣き喚く代わりに、彼女はそこに留まった上、ここにいらっしゃる所長がおっしゃったことからすると、警察から別の村への異動を打診されたのも断ったわけです。普通どんな若者でも、転任の機会に飛びつくものでしょう。実際、彼女が送られた先は、非常に魅力に欠けた土地だというのは隠すまでもないことです。そもそも彼女がそんな辺鄙な場所に送られたということに、国家安全保障省がなんらかの形で関わっていたとしても、わたしは驚きませんな」そして、片手を挙げて、国家安全保障大臣とTSP所長が口を挟もうとするのを制した。「いやいや、わかりました。この件は置いておきましょう。彼女が最果ての地へ飛ばされたのは、運が悪かったからだということにしましょう。さて、ここに5年前の事件があります。子どもは野生動物に殺されたということで、捜査は終了しました。この判断の合理性については、みなさんいろいろ意見もあると思いますが、これが警察の公式発表ですから」そう言って、パコ氏はセレペ警視総監を見て、反論してくるかどうか様子をうかがったが、どっちつかずの表情を浮かべただけだったので、続けた。「さて、われわれの前に、国家安全保障省の災いの種である箱が現われました。そして、その箱は、警察の判断とは別の可能性があることを示唆しています。さらに、2人の看護師が人質となっており、おそらくはその娘が村人に知恵と手を貸していると思われます。そして、村は暴動の一歩手前といった状況です。つまり、警視総監、わたしには、このテーブルについている全員がすべての情報を知る権利があると考えます。それからでないと、情報のどの部分を世間に公開するかについて、決めることはできません。もちろん、あくまで旗振り役は警視総監どのですが。この件が大いに世間の注目を集めることになるのは、十分ご理解いただけるでしょう。マスコミの攻撃にさらされることはまちがいありません。どんな話だろうとね。せめてわれわれにできることは、同じ話を用意することです。それどころか、同じ記者声明を作成したほうがいいかもしれません。ですから、質問にはできるかぎり完全に答えていただきたい。そうして初めて、なにをこの場だけに留めておき、なにを公の消費のために差し出すかを、総監もアドバイスができるのではないですか？　それからもちろん、大統領にも説明が必要でしょう——近いうちに」パコ氏はタバコの箱に手をのばしたが、モラポ所長の視線に気づいて、ひっこめた。頭の回転の速いパコ氏は、注意を怠ってはならないときはわかっていたのだ。

ゲイプ厚生大臣も参戦することにした。厚生大臣は、眉間にしわをよせ、セレペ警視総監とマディング国家安全保障大臣に向かって言った。「なぜその村を制圧しない？　ただ準憲兵隊を送りこんで、村を包囲すれば済むことじゃないのか？　そんな大きな村でもあるまい！」ゲイプ氏にしてみれば、火を見るよりも明らかな解決法が見過ごされていることが理解できなかったのだ。

答えたのはマディング大臣だった。「できない理由はいろいろあります。まず、村は非常に辺鄙な場所にあるため、村人は数キロ先からでも軍の車が来る音を聞きつけられます。そうすれば、ブッシュの中に隠れてしまうでしょう。第2に、例の証拠の服を手に入れなければなりません。服を取り返すために、和解策を講じなければならないのです。もし村を攻撃すれば、死者が出るかもしれません。そうなれば、村人たちはまずその服を証拠として使うでしょう。例の娘が表ざたにするかもしれません。そんなことになったら、われわれは、死んだ少女の捜査でしくじっただけでなく、それを見苦しくも繕おうとしたせいで村人の死まで抱えこむことになるんですよ！　われわれは非常に厄介な立場に立たされているんです。ですから、交渉するほかない。あと、忘れないでください。例の娘は、あちこちで開業している成り上がりの弁護士どもと関係があるんです。クカマ・バディーサ事務所は、例の人権とかいうバカバカしいものに関わっています。わたしが引き継いだところによると、彼らはその娘の弁護士で、しかも娘はＴＳＰに行く前に彼らの弁護士事務所で働いてたんですよ。彼らは人権団体の連中とつながってますからね。権利がある者は悪人だけだと思っているようなやつらです。連中に言わせれば、われわれには人権がないということなんでしょうね！　やつらは嬉々として刑務所のドアを開けているんですから！　最近じゃ、囚人にも選挙権を与えるべきだなんて言い出してる輩もいるんですよ！　納税者の税金を刑務所内に投票ブースを作るのに使おうって言うんですから！　頭がおかしい連中なんだ！」

そして思わず興奮したことを後悔するように、マディング氏はセレペ警視総監のほうを見て、先を続けるように促した。

ゲイプ厚生大臣は眉間にしわをよせたまま、会議の出席者にむけて次の質問をした。「そもそもその服は今回の件にどう関連があるんだね？　服を見れば、少女を殺した犯人がわかるのか？」閣僚の月例会議が、必要な時間よりも1時間長くなるのは彼のせいだというのは、みなの知るところだった。

今度もマディング大臣が答えた。「いいえ、そうじゃありません。しかし、子どもはライオンに殺されたという警察の捜査の結論がまちがっているという証拠なのです」

モラポ所長がたずねた。「いったいどうして、どういう理由で、そんなバカバカしい結論になったんです？」

セレペ警視総監は副法務長官に向かって言った。「パコ副法務長官、これでも、わたしは質問に答えるべきだと思われますか？」

「思いますね」

警視総監は手の内を明かす決意をした。「わたしが思うに、警官たちは、殺人の裏にいる人物たちを恐れて、捜査終了を急いだのでしょう。ディフェコのために殺人を犯す人間は、真実を突き止めようとする人々に、ディフェコを使って害を及ぼすことは、誰でも知っています。警官たちは、命を失ったり頭がおかしくなったりするのを恐れたんです。もちろん、そうした殺人の裏には常に、権力を握っている男が存在しています。それも、1人ではないかもしれない。そうしたいわゆる有力者たちが、警察の捜査に影響を及ぼすことができるし、これまでも及ぼしてきたことは、認めたくないとしても事実です」セレペ警視総監はいったん言葉をとぎらせると、テーブルを見回した。自分が危険な水域を泳いでいるのはわかっている。彼が警察の捜査を操る権力の存在を仄めかしたと、誰かがしゃべるかもしれないのだ。

「なにを言いたいのだね？」ゲイプ大臣がたずねた。

マディング大臣が、総監の仄めかしから話を具体的な話へと戻した。「今日の会議の目的に戻りませんか？　われわれがここに集まったのは、ハファーラの村人たち相手に、今回の件をどう交渉に持ちこむか、戦略を立てるためです。そのことについて相談しませんか？」

しかし、モラポ所長はその件をそのままなかったことにする気はなかった。「しかし、警視総監は重要な点を指摘なさったのではないですか？　これはハファーラ特有の問題というわけではありません。儀礼殺人については、実際に解決されたことはほとんどないというのは事実です。子どもたち、とくに少女たちが、得体のしれない状況下で行方不明になったり、殺されたりしているのに、誰も責任を問われていないのです。そして、村人たちが答えを求めているときに、われわれ政府がその口を封じようとしているんですよ。いつまでもこんなことを続けるわけにはいきません。正面からこの問題に取り組まないと。そうでないと、わたしたちは殺人者に味方しているみたいではありませんか」

セレペ警視総監は、モラポ所長に対する怒りが抑えきれなくなってきた。「殺人者の味方などしていません。しかし、村人たちに勝手に裁きを下させるわけにはいかない。これまで、なにがあったかはご存じでしょう。容疑者を公開むち打ちの刑にしたり、私有財産を燃やしたり！　そんなことを許せるはずがない。法と秩序が必要なんです！」

モラポ所長はそのキーワードを聞き逃さなかった。「今、容疑者とおっしゃいましたが、今回の事件では容疑者はいないんですか？　1人も？　目撃者が1人もいないなんて、信じられません」

セレペ警視総監は言った。「今の時点では、容疑者の名前を開示することはできません。こればかりは、副法務長官がなんとおっしゃってもです。名前の挙がっている2名については、疑惑を裏付けるようなものはなにも上がっていません。こうしたことで、その方の名声に傷がついてしまいかねませんからね。申し訳ありませんが、それは無理です。名前を明かすつもりはない。少なくとも今は」そして、パコ氏のほうを見た。ここでなにか意見を述べないはずはないのはわかっていたのだ。

そして当然、パコ氏は口を開いた。「その件については、警視総監に賛成します。わたしが読んだ資料によれば、現時点で警察が取り調べている人物を『容疑者』と呼ぶのが正当だという証拠はありませんから」

しかし、モラポ所長は聞き入れなかった。「副法務長官は警察からすべてをお聞きになっているということでしょうか。そちらのファイルの厚さからして、警視総監のファイルと比べても、すべての情報をお持ちとは思えませんが」

V火山は、誰の目から見ても相当な冷静さを保ったまま、厳しい目つきでじっとモラポ所長を見つめたが、なにも言わなかった。だが、彼女が言ったことの意味は、よくわかっていた。会議の後、セレペ警視総監にすべての情報を出させるつもりだ。だが、それに自分で気づかなかったと思われるのが、耐えられなかったのだった。

一方、会議の前にセレペ警視総監からすべて説明されていたマディング大臣は、そろそろ次の議題に移るべきだと判断した。「今日の集まりの目的に戻りませんか？　わたしからの提案です。明日の朝、ハファーラでコートゥラを行うのです。そして、出席していただきたいのは——今日ここにいらっしゃるみなさんです」

それから、ゲイプ厚生大臣に向かって言った。「ゲイプ大臣、犯罪科学研究所の所長も参加するよう、手配していただけませんか？　彼女にも来てもらう必要があるでしょう。今は、そちらの省の仕事をしていると思いますが、すぐさま戻ってきてもらわないと」

「なぜです？」ゲイプ大臣は鋭くききかえした。「ブッシュで、捜査《ブッシュテスト》でもするつもりですか？」冗談のつもりだったが、誰も笑わなかった。パコ氏にいたっては、不愉快そうに鼻を鳴らした。

マディング大臣は警視総監から議長役を引きとる形になったが、セレペ氏はおとなしく椅子に寄りかかって、警察活動に関わるようになってまだ日も浅い男の手に委ねるほかなかった。「いいえ、捜査《ブッシュテスト》をしようというのではありません。村人たちに、われわれは誠意をもって出向いたのだということを見せてやらねばなりません。関係者全員がコートゥラに出席すると請け合ってやらねばならないのです。こちらには隠し事などないと、示さなければ」

モラポ所長は次の質問をマディング大臣にぶつけた。「5年間もすべてを隠してきた後で、彼らが信じると思いますか？　5年前も、同じことを言ったんじゃないんですか？」

2年ほど前まで、マディング大臣は地方福祉局の政務次官だった。その前は、銀行の窓口係で、古いバンに乗り、5人の子どもたちを養うために妻と四苦八苦していたのだ。その後、妻が支払い証書を偽装し、金をだまし取った罪で有罪判決を受け、仕事を失った。罰金と執行猶予付きの判決ですんだ妻は、自由時間とわずかな資金を夫の選挙運動に注ぎこんだ。そして今や、彼は大臣で、プール付きの邸宅に住み、子どもたちは高い学費のかかる学校に通っている。彼らは国籍不明の英語を話し、「デュメラン《こんにちは》」の代わりに「ハロー」とか「ハ〜イ」と言う。マディング氏の野心は膨らんで、状況に従って戦略を切り替えるようになった。彼の目は常に、大きな成功に向いていたのだ。

事務次官のロラン氏は、ボスのマディング氏が和解の立場をとっていることに驚いていた。マディング氏なら、ハファーラ村に特別機動隊を送りこもうとするにちがいないと思っていたのだ。2年前、マディング氏が国家安全保障大臣に就任し、ナショナル・スタジアムの反軍デモの事件を引き継いだ。同僚たちはなんとか彼を引き留め、学生たちを拘束するだけで済ませるよう説得するのに大変苦労したのだ。

マディング大臣は、以前の行動の正当化に取りかかった。「わたしは当時の隠蔽には関わっていない。新しく設置された省の大臣を引き受けて以来、2年間、チームの育成だけに努めてきた。その2年は、警視総監が実権を握っていたのだ。とはいえもちろん、大臣として起こったことには最終的な責任を負っている。ここにいるわれらが友人の警視総監がすべての責任を負うべきだという者もいるだろう。だが、政府というのはそういうものではない。『連帯責任』がわたしのモットーだ。だが、今回は非常に難しい事態となっている。だから、すべてを公開するべきだと覚悟を決めたのだ。少なくともできるかぎり公開すべきだと。わたしが懸念しているのは、村人たちが奇跡を望むようになることだ。5年たった今、なにかしらの糸口を見つけられるとは思えない。われわれは、一触即発の事態を収めるという目的に向けて協力しなければならない。村人たちは、捜査が再開すると確信しないかぎり、われわれと話しあおうとはしないだろう」

国家奉仕プログラム事務所のモラポ所長は、自分がこれから行われようとしているゲームの参加者だとはどうしても思えないでいた。「では、村人たちに捜査を再開すると嘘をつかねばならないということですか？」

「そのとおりです」マディング大臣は答えた。

「それでなんの問題もないと？」所長は見下したように言った。

大臣は反論した。「それよりも大きな問題を抱えているからです、2人の看護師の血が流れることになるかもしれないのですぞ。しかも、暴徒が村に入ろうとする政府の役人を袋叩きにするかもしれないという、さらに大きな問題もあるのです。おわかりですか？」

「ひと言いいでしょうか？」ロラン事務次官が初めて発したのは、ボスに対する発言許可の申し入れだった。

ボスはうなずいた。2人が互いに敵意を抱いているのは、短いやり取りからですら明らかだった。

「アマントルというTSPの娘が本当に村人たちと共謀しているなら、看護師たちの身に危険があるとは思えません。つまり、娘は人権団体の一員なんですから。殺人に関わったりしたら、恥さらしですからね。しかも、2人もの命を奪うなんて。人質云々ははったりだと思います。カニエの事件の後、何度か娘と面会しましたがね。そういうタイプの人間ではありません」

ゲイプ厚生大臣がそれに答えた。「ありがとう、事務次官。だが、きみが問題にしている娘は、自分のことをヒーローかなにかだと思っているのだよ」

「それを言うなら、ヒロインですけどね」モラポ所長がぼそりと言った。

「今、言ったように、われわれは自分をヒーローだと思っている娘を相手にしているんです。娘が誘拐に関与していると思われますか？」ゲイプ厚生大臣は、所長にまちがいを直されるつもりはなかった。結局のところ、彼女は年下なのだ。自分より年上の人間がしゃべっているときに口を挟めると思っていること自体に、だんだんと腹が立ってきた。しかし、彼がさまざまなスキャンダルに関わっていることは、みなが知っている。最近では、ある医者と関わっていたことが明るみに出ていた。その医者は、ＴＳＰのわが子を僻地に行かせたくない親たちに、病弱だという診断書を売っていたのだ。ゲイプ氏は、診断書発行のべらぼうに高い料金の一部を懐に入れていたというもっぱらの噂だった。

モラポ所長はそのスキャンダルを知っていたし、ゲイプ厚生大臣が関わっていたことも知っていた。だが、確かな証拠はなかった。

ゲイプ厚生大臣も、モラポ所長が知っていることを知っていた。だから、下級の役人だからといって会議から退席させるのはやめておくことにした。6人が陥っている難局から抜け出すには、力を見せつけるしかない、とゲイプ氏は考えた。「その娘がなにかバカなことをしでかして、計画やもくろみが大きく外れる羽目になるかもしれん。わたしは、警察による緊急介入を要請する。村を攻撃し、連中を逮捕すればいい。娘も逮捕し、刑務所に放りこむんだ。そうすれば、娘も頭を冷やすだろう。弱腰な態度では、こうした状況を打開することはできない。2年前に娘に厳しく対処しておけば、またこんなふうに悩まされずにすんだはずだろう？　ちがうか⁉」

セレペ警視総監は心から同意したかった。強さを見せつけるのは、彼自身のやり方でもある。が、村が僻地にあることを考慮すれば、そうした攻撃を仕掛けるのは愚策でしかなかった。「なぜ、ただ村を襲撃するわけにはいかないのかは、すでに説明しました。覚えてますか？　3年前にマハラーペとボボノングでなにがあったか、世間はようやく忘れはじめたんです。また同じことを繰り返すわけにはいきません。儀礼殺人の事件は、簡単に対処できるものではないんです。今回の問題に強引な手段を使うことが正解とは思えません」国家安全保障大臣に賛成するのはいやで仕方なかったが、彼は現実主義者だった。

マディング大臣はほかの出席者たちに言わなかったが、村で会議を行うという案は彼が考えたのではなかった。マウン警察署の署長が、24時間以内にコートゥラを開き、指定された人物を出席させなければならないと言ってきたのだ。マディング大臣は、セレペ警視総監とロラン事務次官に、自分が必要だと思う情報だけを伝えた。集会と出席者は娘と村人たちからの要求だということを、話すつもりはない。自分が集会を招集したかのようにふるまわねばならない。普段は交渉による解決を考案するタイプではまるでないが、この日の彼のふるまいを見たほかの出席者たちはマディング氏が集会に「参加」し、村人たちと「意見を突き合わせる」つもりだと思っていた。

まあ、ただのバカで暴力的な男ってわけでもないのかもね、とモラポ所長は心の中で思った。

第19章

「ありがとう、ダニエル。引き受けてくれて」アマントルは夜の闇に目を凝らし、ちかちかと瞬く光が見えないかどうか探した。空にはいっぱいの星が輝いている。こっそり出かけるにはぴったりの夜だ。だとしても、アマントルと同僚のTSPのダニエル・モディーセは、自分たちがボツワナでも1、2を争う未開の地のただ中にいることはわかっていた。腹をすかせたハイエナやジャッカルやライオンがうろついていることはまちがいない。実際、レイヨウの鼻を鳴らす音や、ハイエナのうなり声もときおり聞こえてくる。村から離れるにつれ、野生動物の立てる音はますます多くなるだろうし、姿も見かけるようになるだろう。

「こっちこそ、ありがたいよ！」ダニエルは答えた。「なにがなんでも見逃す気はないさ。なにしろこのド田舎にやられて以来、初めてわくわくしてるんだ。さあ、そろそろどういうことか話してくれないか？　どうして真夜中にこんなふうにこっそり抜け出したんだ？　車の窃盗は、最低でも禁錮5年だからね。けっこうな長さだ。いくらわくわくするとはいえ、どうして刑務所に

5年もぶちこまれるリスクを冒してるのかは、知りたいよ」目立ちたがりの若い男にありがちだが、ダニエルも片手で運転をしていた。

ダニエルのお粗末な運転技術を見て、アマントルは言った。「ハンドルは両手で持って！　こんな真夜中に、誰もいない場所で、ひけらかす必要があるわけ？　理由はすぐにわかるから。光のシグナルを見逃さないように、よく見ていてよ。懐中電灯か、車のヘッドライトだと思う。どっちだか、わからないのよ」

ダニエルはしびれを切らし、軽口をたたかずにはいられなかった。「おれたち、いらいらしてない？　落ちつこうぜ！　誰と会うんだ？　秘密の恋人とか？　興味津々だよ！」そして、カーステレオのボタンを押したので、車内じゅうに音楽が響き渡った。正確には、ハファーラ診療所の救急車内だが。

「消して！」アマントルは怒鳴った。「あと、ちがうから。恋人なんかじゃないわよ。もうすぐわかるから。そういう約束だったでしょ。わかったら、これ以上わたしをいらいらさせないで。すでにいらいらしてるんだから。運転に集中して。もっとスピードを落としてよ。このあたりの道路は気を付けないと」

「落ちつけって！」ダニエルは繰り返した。「ちょっとくらい音楽をかけたって、問題ないだろ」そうは言ったものの、ダニエルは手を伸ばして、ラジオのスイッチを切った。どっちにしろ流れてきた音楽は最低だったし、そもそも、このあたりは電波が悪いから、どんな曲だろうとたいして楽しめないのだ。

ダニエルはフンフン鼻歌を歌いながら運転を続け、アマントルは闇に目を凝らして、光の合図が見つかるよう祈った。ときおりヘッドライトが動物の目に反射する。トヨタのハイラックスの前に、いきなりスタインボックが飛び出してきてぶつかりそうになったことも、5、6回あった。

すると、突然アマントルが叫んだ。「光が見えた！　あそこよ。左側！　左、左だってば！　火よ！　火が見える！　ううん、ちがう。懐中電灯！　ライトを点滅させて、あっちへ向かって。早く！　早くして！」アマントルは興奮を隠せずに叫ぶと、降りて車を押しかねない勢いでダニエルをせかした。

「わかった、わかった、わかったって！」ダニエルも負けじと叫んだ。「まったく。急いでるだろ！　土手にあがる場所を探さないと。掴まってろよ、お嬢さま！」ダニエルはクスクス笑いながら、道路からそれて、土手にあがれそうな道を見つけた。

光のほうへ近づいていったが、相手の車の人間は、すぐには降りてこなかった。そこで、アマントルが大きな声で自分の名前を告げると、ようやくエンジンを切り、ブイツメロが2人の同乗者といっしょに降りてきた。危険だとわかったらすぐ逃げるつもりだったのだろう。ブイツメロ・クカマ、ナレディ・ビナーン、ナンシー・マディソンの3人は、丸一日車に乗って、砂漠を越え、緑豊かな土地を抜けてきた。インパラやキリン、ヌー、オリックス、チーター、オオミミギツネ、そしてあらゆる種類の鳥たちといった数多くの動物を目にし、胸躍るような日を過ごしたのだ。今でこそくたびれて、シャワーと温かい食べ物を待ちわびていたが、心の底から今回の旅を楽しんでいた。そもそもなぜここまで来たのか、現実を実感する機会はまだなかったのだ。

ブイツメロは興奮したようにアマントルをハグした。「ああ、アマントル、いっしょに来られたらよかったのに。ここは本当に美しいところね！　信じられないような動物や木や鳥たちを見たのよ。今日の夕日は、目を見張るような素晴らしさだったんだから！　それに、最後の10キロのほとんどは、川沿いを走ってきたの。ああ、なんて美しいの！　ここなら、住んでもいい。ああ、本当にすてき！」車のドアのすぐ横に立っているところを見ると、このまま、さらにドライブを続けることになると思っているらしい。

「来てくれてありがとう、ブイツ。でも、この方たちはどなた？　どうしてここへ？　なにかの罠じゃないわよね？」アマントルはてっきり2人の友人が会いに来るものと思っていた。弁護士のブイツメロと、ジャーナリストのミリー・サムソンだ。ところが、ブイツメロが連れてきたのは、ナレディ・ビナーンと白人の女性だった。ナレディが法務局の検察官なのは知っていたが、白人の女性のほうは会ったことがない。アマントルはいらだちがつのるのを感じた。深入りしすぎたかもしれない。一歩進むごとに、ますます面倒なことになっていくようだ。

「大丈夫。ごめん、あたし、興奮していて、頭が働いてないわね。ええと、ナレディのことは知ってるわよね。それから、こちらはナンシー・マディソン。イギリスのロースクールの学生で、今、あたしたちの事務所で働いてるの。インターンとしてね。ミリーは来られなくて。親戚に不幸があったから。最近、よくあることよ。今に、エイズのせいで国が空っぽになりそう。あと、ナンシーのカメラの腕は一流よ。少なくとも、自己申告ではね。運転の腕については、あたしが保証する。それにしても、長かった！　でも、やるべきことをやらなきゃ。くたくただし、すっかり汚れちゃったから、まずは案内して。そんなに遠くないといいけど、ほんと、すっかりくたびれちゃったのよ。シャワーと、なにか温かい食べ物があれば、最高よ」ブイツメロはまた車に戻ろうとした。てっきりアマントルもついてくるものと思っているのだ。

しかし、アマントルの計画はちがった。「案内って？　今晩はここで過ごすのよ。あと、こちらはダニエル。TSPよ、わたしと同じ。ここまで運転してきてくれたの。ほら、わたしは運転できないから。さあ、テントを張りましょ。話はそれからよ」そして、すたすたと救急車に戻っていくと、カバンを引っぱり出そうとした。

ブイツメロは耳を疑った。「今晩はここで過ごすって、どういうこと？」ブイツメロはようやく車のドアから離れ、合図に使った懐中電灯の光でアマントルの顔が見えるところまで進み出た。アマントルは手を止めて、友人のほうを見た。「そういう計画ってこと。ここで野宿するの。今夜はここで作業をするから。村からも警察からも離れたところでね。そして、明日の朝、村に戻る。とにかくまずテントを立てて。そしたら、座って、計画のことを話すから。ね？」

けれど、ブイツメロはそれだけでは納得できなかった。「それに、彼はTSPってどういうこと？　TSPは、政府の車を運転できないはずでしょ！　だいたい、これは救急車じゃない！

BXでしょ！　まさか盗んだなんて言わないでよ？　アマントル、盗んだんじゃないわよね？　あたしは抜ける——抜けるわよ！　あぁ、マリア様！」ブイツメロの声はいらだちと連動してどんどん大きくなっていった。

ダニエルがピアスをいじりながら口を挟んだ。「テントを立てて、椅子を出して、なにか食べるものを作って、怒鳴りあうのはそれからにしない？」

ブイツメロはダニエルのほうに向きなおった。夜の闇のせいで、せっかくの怒りのまなざしは役に立たなかったが、声のほうははっきりと響き渡った。「あたしは、怒鳴りたいときに怒鳴るの！　それに、今晩、野宿なんかしない！　こんなブッシュの、ハイエナが吼えて、ゾウが足を踏み鳴らしているような場所でね！　それに、ここにはライオンだっているのよ！　あたしはぜったい、そう、なにがあってもぜったいに、ここでテントを張って寝たりしないから！　冗談じゃないわよ！」

アマントルは友のほうに進み出て、肩に手を置いた。「ブイツ、お願いだから聞いて。このあたりには、ゾウはいない。ここから村まではたった30キロくらいよ。だから、危険はない。だけど、村には行けないの、今夜はね。今夜はわたしたちだけで作業しないとならない。警察には見つからないように。警察のことは信用できない。わたしたちの計画を阻止するために、診療所に忍びこむかもしれない。村に突入してこないともかぎらないのよ、いくらしないって約束してもね。だから、とにかくテントを立てて、その後ですべてを話しあわない？」

ブイツメロは渋々折れ、5人はテントを設置した。おかげで、みんなのムードも少しよくなった。アウトドア料理のメニューは限られていた。果物にパンに紅茶、ワイン。しかし、ダニエルが肉を焼こうと言って取り出すと、ブイツメロは断固として反対した。野生動物をおびき寄せるのが怖かったのだ。「いい、アマントル。却下よ！　どうしてわざわざライオンみたいな野生動物にこの身を捧げなきゃならないのよ？　もちろん、わざとやってるだけよね？　今夜は、これ以上のスリルはごめんよ」

ちらちらと燃えるたき火越しにアマントルはナレディを見つめた。さっきからほとんどしゃべっていない。それから、みんなに向かって言った。「こちらの国家検察官のいるところで、話して大丈夫なの？　気を悪くしないでね。だけど、やっぱりどうして今夜、彼女が来たか、わからないのよ」ナレディには何度か会ったことはあったし、彼女にはむしろ好感を持っていた。とはいえ、今回のミッションにナレディが同席するのは、望ましいとは思えない。

ナレディはアマントルを見つめ返して、答えた。「アマントルが心配するのは、わかる。わたし、ここには衝動的に来てしまったの。どこへ行くか、同僚には言ってない。上司に話せば、まちがいなくその場で解雇される。どちらにしろ、解雇されることになるかもしれないけど。だけど、ブイツメロに説得されたの。自分は真実の側にいるって。だから、ここに来た」

アマントルは次にナンシーのほうを見た。さっきからずっと空を見上げている。まるで、空が彼女には理解できない魔法を湛えているかのように。「じゃあ、ナンシー、あなたはどうして来たの？」

「冒険ってやつ？」ナンシーは芝居がかった言葉を使った。「それに、ブイツメロがカメラマンが必要だって言ったから。だから来たの。どうやらすでに冒険は始まってるみたいね！　うん、まじめに言うと、すでに今回のケースについてはちょっと調べたんだけど、興味津々。それに、政府と迷信と両方を相手に戦おうなんて、どうかしてる！　しかも、舞台はこのオカバンゴ・デルタの外れ！　こんなところに来るなんて、よほどのバカだけよ。あたしは美と恐怖にひきよせられて来たってわけ」ナンシーはすっかり夢想に浸っていた。

こうしてようやく、アマントルはここ数日間の出来事について話しはじめた。最初はみんな口を挟んだり質問をしたりしたが、アマントルは無視したので、しまいには4人ともあきらめ、黙って耳を傾けた。

しかし、アマントルが話しおわると、ナレディははっきりさせておきたいことをきくことにした。「つまり、あなたは誘拐に関わってるってこと？　2人の——2人の看護師の？　しかも、こうやってわたしたちが話してる間も、2人は村の診療所に囚われているわけ？　そういうことなの？」

アマントルは、きっぱりした態度を取りつづけることで、この場を仕切ろうとした。「そういう言い方はやめて。わたしは、尋問されてる証人じゃないのよ。それに、そもそも正確には誘拐と言えるかどうかもわからないと思う。村の人たちには、なにかしら警察に対抗する力が必要だったたんだから」

ナレディは思わず叫んだ。「わたしは法律家よ。そして、わたしに言わせれば、それは立派な誘拐よ！　信じられない。まさかこんなことだなんて……」失業するどころか、一連の犯罪行為を幇助した罪で投獄されるかもしれないという考えが、頭をよぎったにちがいない。「V火山が知ったら大噴火よ！　思ってたよりもはるかに深刻だわ！　ああ、もう、なんてことしちゃったんだろう！」

ブイツメロが立ち上がった。「しかも、盗んだ救急車で村から逃げてきたなんて！　さらに、そこにいるアシスタントくんは免許証すらないんでしょ！　いったいなに考えてんの、アマントル？　いくらなんでもひどい——やりすぎよ！」ブイツメロは背を向けて立ち去ろうとしたが、暗がりから黄緑色の目がじっとこちらを見ているのに気づいて、ぱっと腰を下ろした。「しかも、刑務所に入れられる前に、食われそうだなんてね。あそこで、こっちをじろじろ見てる動物はいったいなんなのよ？　誰か教えてちょうだい！　もうこんなの、無理！」

ダニエルは答えてやることにした。「ただのハイエナだよ。たいていは無害な連中さ。それに、見てるのは、きみじゃないんじゃないかな。っていうか、そもそもじろじろ見たりしてないと思うけどね」

ブイツメロのパニックは一向に収まらなかった。「たいてい？　たいていですって？　いったいどういう意味よ？　食われたってちょっとだけだから、大丈夫とか？　だいたいいつからハイエナの専門家になったのよ？　あなた、南部から来たんでしょ？　そのしゃべり方は南部出身に決まってるわよ！」

ダニエルは相変わらず落ちつき払って答えた。「こっちに来てから、何度かブッシュにも行ったよ。ハイエナは臆病者だと教わった。ほんとさ。今、その懐中電灯をやつらに向けて振り回したら、すぐに逃げていくよ。あわよくば食べ物のおこぼれにあずかろうってだけさ」そして、たき火に薪をつぎ足し、火を大きくした。

しかし、ナレディはしつこくハイエナの話題をつづけた。「それはどうかな。ハイエナは群れで狩りをして、獲物を引き裂くでしょ、テレビで見たところによると。それに、なんだって食べ散らかすのよ」ナレディは、まわりの闇を見回して、懐中電灯の光で草原をさーっと照らし、ほかにも野生動物の目が光っているのを見て、さすがにぞくっとした。

「ナンシー、ナンシーはどう思うの？　さっきからずっと黙ってるけど」アマントルはナンシーに矛先を向けた。ブイツメロにばかりしゃべらせずに、事態を鎮静化させようとしたのだ。ナレディはナレディで、ハイエナの食べ方の生々しい描写をしてよけい事態をややこしくしている。それに本当のところ、アマントルだって、まったく不安を感じていないわけではなかった。

「あたしにはぜんぜん経験がないから。今夜は大丈夫って言われれば、信じるしかないもの。あなたは自殺願望があるようには見えないし。でも、星がきれい。すごいわよね。ほら、天の川よ！　あれが、南十字星よね？　なんてきれいなの。信じられない。だけど、大きなテントに入ったほうがよさそう。そうすれば、振り返るたびに、あの目を見なくてすむし。実際、今は見たい気分とは言えないかな」そう言って、ナンシーは立ちあがると、テントの中に入るようみんなを促した。

ナレディもそれがいいと思ったようだった。「ナンシーの言うとおりよ。考えなきゃいけないことが山ほどあるし。それに、話の感じでは、作業も山ほどありそう。あんなたくさんの動物たちに見てられちゃ、仕事なんてできないわよ」

ナレディがすぐに生々しい描写をすることに、アマントルは腹が立ってきた。「なんでそんなふうにいちいち具体的に言わなきゃいけないわけ？　みんなを不安にさせてるだけじゃない。勘弁してよ、ナレディ、もうやめて！」

「わかった、わかったわよ」ナレディは言った。「いいから、ワインを1杯ちょうだい。わたしは大丈夫だから。まさかブッシュで寝ることになるとは思わなかっただけよ。初心者のキャンパーたちと、わたしを食べようとしてる肉食動物たちに囲まれてね！」

ブイツメロは立ち上がり、テントに駆けこみたい衝動を必死で抑えた。

ナンシーはしりごみしている仕事仲間にたずねた。「でも、じゃあ、キャンプ用品はなにに使うと思ってたの？」その顔にうっすら笑みが見え隠れした。

「わからないわよ！」ブイツメロは怒鳴った。「ほかの人もいるようなキャンプ地を想像してたのよ、シャワーもあって！　トイレもあって！　まさか、うなり声をあげてるジャッカルといっしょに夜を過ごすとは、思ってなかったのよ！　ここにいるあたしの友だちが、山のような違法行為をしているとも、思ってなかったしね。誘拐よ！　あぁ、マリア様！　誘拐は重罪よ、かなりのね！　自分が誘拐犯とこんなところでいっしょに座ってるなんて、信じられない！　アマントル、いったいどういうつもり？」ブイツメロの神経が崩壊寸前なのは、一目瞭然だった。

アマントルは答えた。「わたしはなにもしてない。いろんなことが、わたしのまわりで勝手に起こるだけよ！」

ブイツメロは芝居がかった調子で叫んだ。「すばらしい弁護よね。『いいえ、裁判官。誘拐はたまたまわたしのまわりで起きただけです。あと、自動車泥棒の容疑？　それも、たまたままわりで起きたんです。わたしはなんの罪もない女の子で、たまたままわりでいろいろなことが起こるだけです』。いいんじゃない、この弁護路線で通せば。完璧よ！」

アマントルは我慢の限界だった。「ブイツ、やめて。今すぐ黙って！　そんなふうな態度を取ったって、いいことなんてひとつもない。わたしたちはここにいて、すでにたくさんのリスクを背負ってる。大事なのは、次に打つ手は？ってことでしょ。さ、テントに入って。お願いだから！　今すぐ！」きっぱりとした態度を取ることで、ブイツメロが勝手に不安をつのらせていくのを止めさせたかったのだ。

ひとたびテントの中に入ると、薄っぺらいビニールの壁があるだけでも、心強く感じた。ブイツメロも少し落ちつき、アマントルが自分たちを呼び出した目的に関心が戻ってきた。

だが程なく、アマントルがブイツメロたちになにをしてほしいか、はっきりわかっていないことがわかった。言ってみれば、アマントルは、話が進むのに合わせて脚本を書いていくつもりだったのだ。ブイツメロが、この先の展開を考える気満々でやってくることにも期待していた。

「あなたたちは法律家でしょ。問題は伝えた。解決方法を考えるのは、そっちよ。これからどうするか、計画をね！　わたしにわかってるのは、こちらには証拠の服があって、警察はそれを喉から手が出るほど欲しがってるってこと。村の人たちは、捜査の再開を望んでいること。だから、村の人たちの弁護士として、前回と同じ道をたどらずに済むようにしてほしいの」

ナンシーが口を挟んだ。「ひとつ、きいてもいい？　『証拠の服がある』っていうのは、どういうこと？　今、ここに持ってきてるの？」

「ええ。箱は救急車に積んである」アマントルは答えた。

ブイツメロがまた爆発する前に、ナレディは片手を挙げて制した。そして、アマントルに冷静な声でたずねた。「それは、わかった。でも、アマントル、ほかに話してないことはない？　警察の証拠品を持って逃げるのは犯罪かもしれない。だけど、今は、そのことにこだわってる場合じゃない。先へ進む前に、わたしたちが知っておいたほうがいいことはもうない？」ナレディは、自分が解雇されること、そして、おそらくどこかの時点でV火山と対決するはめになることを、なんとか受け入れようとしていた。頭を振って、最後に刑務所へ行ったときの記憶を振り払おうとしたが、若い女性が3年の刑期をやりすごすために形のないセーターを編んでいた姿が焼きついたまま脳裏から離れない。

「ないわ」アマントルは答えた。「これでぜんぶ話したと思う。それに、わたしの考えでは、捜査は5年前に終了したんだから、理屈から言えば、服は継続中の捜査の証拠品にはならない。どっちみち警察は殺人じゃないって言ってるんだから。つまり、わたしはなんの法律違反も犯してないでしょ?」口ではそう言いつつ、アマントル自身も心から信じてはいなかった。

ナレディは提案した。「しばらくは、法律に関してはわたしたちに任せてくれる? ほかにわたしたちに話しておいたほうがいいと思うことはない? たとえば、村の人たちがサインをした嘆願書は持ってる? わたしたちが文章をチェックしておいたほうがいいと思うの。明日、全国民を前にして、あらゆる罪を犯したことを認める前にね」そう言って、ナレディは嘆願書を受け取ろうと手を差し出した。「あと、警察署長になんて言ったか、できるかぎり正確に話しておいたほうがいいんじゃない? たぶん、向こうは会話を録音してるだろうから」

アマントルはダニエルにいっしょに来るように頼んで、救急車に箱と嘆願書を取りに行った。歩きながらダニエルはアマントルに言った。「きみはなかなかの度胸の持ち主だな。ブイツメロの言ったことはぜんぶ無視していいさ。彼女のことを知らなくたって、今回のことはぜったいに降りないってわかるからね。おれだって、ぜったいに降りないよ。まさに1分、1秒を心から楽しんでるからね。おかげでTSPの経験が値打ちのあるものになったよ」ダニエルはアマントルの腕をつかんで、ハグした。けれども、アマントルのほうはそんなのんきな気持ちではなかったので、ハグを返したものの熱はこもっていなかった。

テントに戻ると、5人はものものしく箱を見つめたが、蓋を開けようとする者はいなかった。しばらくしゃべった後、ようやくアマントルは手袋をはめ、蓋を開けた。そして、バリバリになった服を取り出して、みんなのほうに掲げてみせた。アマントルは、乾いた血がこびりついた、見るも無残な服を目にして、怒りを覚えない者はいないと踏んでいた。怒り、激高しない者などいるはずがないと。実際、返ってきた反応はまさに怒りと激高だった。

そして、ナレディが冷静な声で宣言した。「わたしもみんなに見せたいものがあるの」それまでは、ブイツメロに例のファイルを見せるべきか、決意がつきかねていた。しかし今、ナレディは覚悟を決めた。結果については、後から心配すればいい。「事件のファイルのコピーを持ってるの。あと、ほかのものも。書類カバンを取りに行くから、誰かいっしょに来てくれる？」

ナンシーが懐中電灯を手に取って立ちあがった。

ふたたび沈黙が訪れた。戻ってくると、ナレディはふくらんだ封筒を3つ、アマントルに渡した。アマントルは、中から色のついたファイルを取り出し、収められた書類にすばやく目を通したが、すぐには頭に入ってこなかった。

ナレディは説明した。「その厚くて青いファイルは、5年前に警察がうちの部に送ってきたもの。緑のは、わたしの書いたもので、証拠の評価。今、アマントルが持ってる赤いのは、本当ならわたしが持っていてはいけないものよ。元のファイルにはなかったものだけど、読めば、5年前になにが起こって、なぜ診療所でその箱が発見されることになったのか、おおまかなことはわかると思う。これから2時間使って、資料を読むことにしない？　そのあいだ、わたしは嘆願書に目を通すから。分厚いものは、ちょうど2つに分けられるから、みんなそれぞれ1つずつ読めるはず。ぜんぶ読み終わったら、次の手について相談しましょ。どう？」ナレディは、ひと言発するごとに、自分と仕事場との距離が開いていくのを感じながら言った。

ほかの4人も賛成し、さっそく取りかかった。それからしばらくは、テントは静まり返り、みな、ひたすら資料を読みつづけた。しかし、当初予定した2時間では終わらず、そのあいだダニエルとアマントルは4回ほど、思い切って外に出て、全員の分のコーヒーや紅茶を淹れた。外に出るたびに、懐中電灯のちらちらと瞬く光の輪を行き先に向けると、あらゆる種類の目がこちらを見ているような気がした。おそらくは、夜に草を食べにきたインパラで、害はないはずだ。それでも、人間ではないものに囲まれていると思うと、落ちつかない気持ちになった。

最初に外へ「突撃」したとき、ダニエルが言った。「しばらくは、ライオンの声がしないよう、祈ろう。ブイツメロが対処できるとは思えないからね」そして、たき火に薪を足した。

「そうね。わたしも祈ってる。あと、ゾウが挨拶しに来ないように」

「さっきちょっとした嘘をついたのを聞いちまったけどね。このへんにゾウはいないって。姿は見ないですんだとしても、明日、糞は見ちゃうだろうね。たぶん、あたりはゾウの糞だらけだろうから。そもそもここまで来る途中で見なかったなんて、びっくりだよ」

「嘘はまずかったかも」アマントルも認めた。「明日には、ブイツメロも今ほどは怖がらなくなってることを祈るしかないわね。ブイツメロが騒ぐと、みんな、不安になるから。彼女が落ちついてくれないと、集中できないもの」

テントに戻ると、ブイツメロが全員に集まるように言った。「じゃあ、まだ読み終わってないのはわかってるけど、時間がないから。ナレディ、あなたから始めて。資料について、どう思う？」

ナレディは落ちついた口調で最終弁論を述べた。「確かに必要なものはぜんぶそろってないけど、だいたいこういったことだと思う。つまり、子どもは、1994年4月15日の午後か夕方に行方不明になった。警察と村人両方の捜索隊が、5日間ほぼ24時間体制で捜したけど、なんの手がかりも見つからなかった。6日目、ショショという名前の男性が、服を持って交番に現われた。服には血の染みがついていた。ショショは捜索隊の一員だったから、服を見つけたのは、一度すでに捜索した場所なのは確かだと言った。巡査は服を箱に入れて、きちんとラベルを貼り、証拠物件をしまうロッカーに入れた。さて、次のは警察のファイルとは別の情報だけど、同じ夜にボタネで交通事故があった。ここからそう遠くない村よ。それで、今から話すことはわたしの憶測。マウン病院の看護師から手に入れた記録に基づいてのね。なにか混乱があったんだと思う。事故でけがをした3人が、警察の車でマウン病院に運ばれてきた。病院についたときには、すでに1人は死亡していた。その混乱の中で、箱もいっしょに病院に運ばれてしまった。そしておそらく、混乱の中で、誰かが箱は車に載せてあったものだと思ってしまった。もしかしたら、そもそも箱はロッカーにしまわれなかったのかも。もしくは、しまわれたんだけど、まちがって取り出されたのかもしれない。そこのところはわからない。誰かが――たぶん看護師だと思うけど、たまま箱を見つけて、なにも考えずに、っていうか、患者の持ち物だと考えて、救急車に載せて診療所に送ってしまったんじゃないかな。救急車の運転手がラベルを読めなかった可能性は高いしね。運転手の仕事は、患者や患者の携帯品や薬を運ぶことで、文字を読むことじゃないから。それで、倉庫にしまわれ、それからずっとそのままになっていたんじゃないかって思ってる。そして5年後に、ここにいるアマントルがそれを見つけて、今回の大騒ぎとなったというわけ」

これは、確かに考える材料になった。しばらくしんとなった後、ブイツメロが考えていることを口にした。「わからないのは、今ナレディが話したようなことがどうして5年前にはわからなかったのかってこと。なぜ隠蔽されたの？　だって、まちがいなく隠蔽だもの。あなたがそう呼びたくないとしてもね」ナレディの意見を批判するというより、自分の頭の中を整理しようとしたのだ。

ナレディは少し間をおいてから、答えた。「ライオン説は、恐れから作り出されたのだと思う。殺人者と警察が結託していることを示唆する証拠は、なにもない。少なくとも、全警察とはね。この件は、担当した警官の視点から見なければならない。子どもが儀礼殺人の犠牲になったことは、全員がわかっている。その点はまちがいないと思う。ここに出てくる警官たちは、最初から怖じ気づいている。彼らは子どもを捜さなければならない。彼らのほとんどは、一族の呪術医が遠いところにいて、少女を殺した犯人たちから自分を守ってもらうことはできない。彼らは恐れていた。そこへ、服の入った箱が煙のように消えてしまった。彼らはどう思ったと思う？　もちろん、最悪の事態を考えた。そしてもちろん、捜査をやめるチャンスとばかりにライオン説に飛びついた。子どもはしょっちゅういなくなる。そして、怯えた警官たちは殺人犯の捜索に送り出されるけど、空手で戻ってくる。なぜなら、もともと捕まえる気がないからよ。最初から失敗することに決まってるのよ。こうした事件のほとんどがそう——失敗することに決まってるのよ！」ナレディは、ネオの服の入っている箱を見やった。

　すると、ナンシーが咳払いをして、ナレディにたずねた。「隠蔽は恐怖心からっていうのは、まちがいない？　犯人をかばおうとしたんじゃなくて？　つまり、よくある体制内の癒着みたいってことはありえない？」

　しばしの沈黙の後、ブイツメロが答えた。「正直、ナレディの説明のほうが理にかなってると思う。でも、警官の1人や2人が、殺人自体か、殺人者の擁護に直接加担してたという可能性も排除はしない。とはいえ、階級の低い巡査が意図的に殺人犯をかばうとは想像しにくいのよ。だから、恐怖心というほうが、納得がいく。そして、もし地位のある警察の人間が関わっているとしたら、うまいこと、部下をそのまま怖がらせておいて、捜査がおろそかになるように仕向けるでしょうね」

アマントルは、次々差し出される情報を処理しようとしていた。この話には、まだ穴がありすぎるように思えたのだ。「でも、なぜ、どうやって、証拠の服が倉庫にあったのかという疑問には答えてない。それどころか、そもそもなぜその子が標的になったのかだって、わからないままよ。どうして彼女が選ばれたの？　わたしには、殺人犯が前から彼女の習慣を知っていたとしか思えない。それに、犯罪に車が使われたとしたら、そして、犯人が殺人を計画していたとしたら、行き当たりばったりでこのへんの村を走り回って、ひとりでいる子どもを捜すわけない、と考えるべきでしょ。そう思うと、村の誰かが関係していたと思わざるを得ない。それもあって、今晩、村以外のところで会うことにしたの。村の誰かが関わっている気がするのよ」

「たしかにね」ブイツメロは言った。「でも、今晩だけで、殺人事件を解決するのは無理ってことは、わかってなきゃ。現時点の情報で、まずすべきなのは、明日の集会の計画を立てること。明日、達成したいのはなにかを、決めなきゃ。アマントル、あなたに言われたとおり、明日の集会の情報は、すべての主要紙に流しておいた。だけど、あたしたちが公にしたいのは、なに？　なにを達成したいの？」

アマントルは答えた。「服を警察に渡さなきゃならないのは、まちがいない。だから、コートゥラを通して引き渡しを行えば、少なくともその部分だけは二度と隠蔽されることはない」

ダニエルが口を開いた。「それから、村の人たちにはいくつか要求がある。嘆願書に書いてあるとおりだ。で、そここそ、法律家の出番だとおれは思うね」そして、自分の言ったことがまちがっていないのを確認するように、まわりの面々を見回した。「ブイツメロ、あとたぶんナレディもだけど――たぶんって言ったのは、ナレディがどういう倫理的価値観で今回のことに関わってるのかは知らないから――村人たちの弁護人を公に名乗るべきなんじゃないかな。そうだよな？」

その質問には、ナンシーが答えた。「あたしもそう思う。だとしたら、あと用意しなくちゃならないのは……」ナンシーは最後まで言わなかった。というのも、テントの外から正体のわからない音が聞こえてきたからだ。「今のはなに？　聞こえた？」

最初は誰も答えなかった。それから、ダニエルがアマントルのほうをちらりと横目で見て、やっと答えた。「あれは、もちろんライオンだよ。だけど、誰かがパニックを起こして、せっかくここまで進んだ話を脱線させる前に、ライオンがいるのは少なくとも10キロ先だってことは保証するよ。それに、外には獲物が山ほどいるからね。つまり、10キロ先には。だから、ライオンがわざわざこのテントにいる誰かを襲いたいと思う理由はないさ。ゼロだね」

しかし、またブイツメロの恐怖がぶり返した。「保証!?　今、保証するって言った？　10キロ先とはね！　さっきの声は、1キロも離れてないわよ。それに、もし10キロだとしても、ライオンがずっとそこに留まっているつもりだなんて、どうしてわかるのよ？　ライオンには脚があるのよ、ちがう？　4本の力強い脚がね。しかも、その先には4つの力強い足がくっついてるのよ！　この草原を好きなようにうろつけるのよ。アマントル、どうしてもっと文明のある場所

で箱を見つけなかったのよ？　信じられない！　どうしてこうスリル満点のことになるの？　こ

の国全体でいくつTSPの口はあると思う？　なのに、よりにもよって、ここを引き当てるとは

ね！　しかも、あたしたちをこんなところまで引っ張りだして。　耳元でライオンは吼えるし、ハ

イエナはじろじろ見てるし、ありとあらゆる動物がうなり声をあげてる。なのに、大丈夫だと

思うわけ？　これが普通だって？　ブイツメロがわけのわからないことを言ってるって、そう思

うわけ？　ああ、マリア様！」ブイツメロは立ち上がり、もはや怒鳴っていると言ってもいい声

でまくしたてた。だが、誰も答えないし、外でまたライオンが意に介すようすもなく吼え声をあ

げたのを聞くと、腰を下ろして、哀れっぽい声で認めた。「ごめん、どうしようもないのよ。自

分がうまく対処できてないのは、わかってる。大自然と暮らすみたいなのは、苦手なの。少なく

ともライオンがいるブッシュはね。ちょっと落ちつく時間をちょうだい。車の中に移動しない？

この薄っぺらいビニールよりは金属のほうが安全でしょ!?　アメリカ人って信じられない！　月

にも行けるくせに、獣の爪を通さないテントも作れないんだから！　あたしたちが食われればい

いと思ってるわけ!?　車に移りましょ、ね？」

　ナレディが、テントの生産国についてのブイツメロのまちがいを正した。「このテントは中国

製よ」

「うるさいわね！」ブイツメロはかっとなって叫んだ。

　アマントルは、友だちに対して厳しい態度を取るべきか親切にすべきか、わからなかった。

249　　　　　　　　　　　　　　　　　　　　　　　　　　　　　　　— 第19章 —

ブイツメロは普段は自信に満ちていて、場を取り仕切るタイプだ。だが、今夜、いちばん集中してほしいと思っているときに、取り乱しているのだ。「車には行かない。作業するには狭すぎるし、それに、このあたりには放牧場がいくつもあるのよ。人間が住んでるの。車の事故で死ぬ確率のほうが、ライオンに殺されるより、よほど高いわよ。ライオンは人間のことが嫌いなんだから。よほど年を取ってるか、けがをしているか、どうしようもない状態じゃないかぎり、人間を襲ったりしないってば」

ブイツメロはすぐさま言い返した。「外にいるライオンが年取ってたり、けがをしてたり、どうしようもない状態じゃないって、どうしてわかるのよ?」

「確かに」ナレディが口を挟んだ。

「ナレディ、ちょっと黙ってなよ」ダニエルが言った。「これ以上、事態を悪くさせたいわけ?」

そして、ナレディをにらみつけた。

そこで、アマントルは優しくブイツメロを引っ張って座らせ、紅茶のカップを差し出すと、子どもに話すように言った。「ねえ、ラジオはよく聞くでしょ? テレビも見るし、新聞も読むわよね? じゃあ、この1週間で交通事故のニュースは何件くらいあった? たぶん5件くらいよね? もう少し多いかもしれない。交通事故なんて日常的に起こるから、たいていは記事にすらならないこともわかってるわよね? そして、1頭のライオンが人間を襲えば、ニュースになることも知ってる。たとえそれが、どこかの国の動物園での出来事だとしても。そんな事故さえなければ、一生知らなかったような国だったとしてもね。そうよね？　そうなのよ！　最後に、ライオンが人間を襲ったっていうニュースを聞いたり読んだり見たりしたのは、いつ？　考えてみて。いつよ？　あんまり昔で、詳しいことなんて覚えてないはずよ。もちろん、そういう事故は起こるし、起これば、ショックを受ける。だけど、めったに起こらないから、そんなことをいちいち考える必要はない。さあ、わかったら、紅茶を飲んで、わたしたちを作業に戻らせて。わたしはたくさんの問題を抱えてるけど、その中にライオンに食べられる危険なんて、入ってない……で、ナンシー、さっきはなんて言いかけてたの？」

全員の目がナンシーに向かい、ナンシーは答えた。「声明を用意したらって言おうとしてたの。明日、村人たちの代理としてあなたかブイツメロが読みあげるものを。嘆願書もいいけど、それとは別に村人たちがなにを要求し、望んでいるかをはっきりさせる書類を練りあげなきゃ。それと、明日以降のブイツメロの役割も、明確にする必要がある。でも、心配なのは、5年の空白期間の後、大きな進展があるようなふりはできないってこと。村人たちに、殺人事件が解決すると思わせるのは、無責任でしょ。解決する可能性はほとんどない——それとも、あたし、まちがってる？」ナンシーは意見を聞こうと、顔をあげた。

アマントルは説明した。「わたしも村の人たちに同じことを言おうとした。だけど、問題なのは、村人たちの多くが、占いによって事件を解決できると信じてることなの。つまり、服を呪術医のところへ持っていこうとしてるってこと」

「なるほど、あたしは外国人だから、呪術に対する信仰はない。だけど、それで、村人たちが満足するなら、そうさせてあげることはできないの？　そうしたからって、なんの害もないでしょ。殺人犯が見つかれば、万々歳だし、見つからなければ、見つからないだけだし」

ブイツメロはティーカップをおろすと、ワインを一口すすってから、答えた。「そんな単純なことじゃないのよ、ナンシー。占いをすれば、証拠が破壊されかねない。今回の事件の唯一の物的証拠を見ず知らずの人間の手にただ渡すのは、危険よ。それに、村人たちが助言を求めようとしてる呪術医が、5年前に殺人者たちが助言を求めた呪術医と同一人物だったら？　その占いっていうのが、ヤギだか牛だかを殺して、その血を服に浸すようなものだったら？　アマントルが、呪術医に相談するのはやめるよう説得したのは、よくわかる。明日はまず、警察にミスを認めさせることよ。警察には、隠蔽工作について謝罪し、どうしてそういうことが起こったかを説明する義務がある。隠蔽に関係した警察官は罰せられなければならない。そして、ハボローネでは村人たちの目となり耳となって、明日の集会で約束されたことが果たされるかどうか、見張らなければならない。集会の前に村人たちに会える機会があればよかったんだけど。アマントル、機会を設けられそう？」

アマントルが答えた。「集会は、9時に始まることになってる。朝一番で行動を開始すれば、診療所で看護師を見張っている村人が何人かいるから、彼らには会えると思う。もしかしたら、もう少し集められるかも。田舎の人たちは早起きだからね。できると思う」

看護師たちの話が出たので、ブイツメロはたずねた。「もうちょっと看護師の件について教えてもらえる？　今回、したことで、あなたが誘拐の罪に問われないといいんだけど。村人たちもね。もし国があなたを告訴しないことにしても、看護師たちが訴えを起こすかもしれない。今の『看護師を見張っている何人か』っていうのは、正確に言うとどういうこと？　『見張っている』っていうのは、必然的にどういうことを伴うの？」ブイツメロは心配そうな顔で若い友人を見つめた。

「わかった、わかったって」アマントルは言った。「看護師たちは、村を出るなと言われてる。どっちにしろ、出られないけど。乗り物がないからね。この数日は、村に車を乗り入れるのは禁止されてるから。それに――」

「看護師たちには救急車があるでしょ」ブイツメロが口を挟んだ。「運転手に、村の外まで連れていってもらえたはずよ。診療所と救急車と運転手は、看護師たちが管理しているんだから。少なくとも、数日前まではね」

アマントルは説明した。「運転手は、急に病気になっちゃったのよ。それで、1週間の休みを取ってたの。政府のルールははっきりしてる。政府に指定された役人しか政府の車両を運転することはできない。だから、看護師たちには、自分たちの安全のために診療所の敷地内に留まるようにと助言した。2人は公務員だから、村人たちは警察の失敗の責任を彼女たちに負わせて不当に拘束したということになるかもしれない。でも、村人たちの中には、彼女たちの安全のために見張り役を引き受けた人もいる。それに、少なくとも10人が、運転手が腹を下して病欠しなきゃならなかったと証言できるはず。看護師たちは一度も物理的には拘束されていないし、殴られたり、食べ物を与えられなかったり、ということもない」アマントルはなんの表情も浮かべずにみんなを見回した。「今の事実の中で、誘拐の要素はある？　ブイツメロには、わたしの弁護士として、犯罪のないところに犯罪があったようなことを、安易に言ってほしくなかった。前に、犯罪は犯罪の行為だけじゃなくて、犯罪の意図もなきゃ、成立しないって教えてくれなかった？今回の件では、両方がないと思う」

ほかの4人は黙ってアマントルを見つめた。やがて、ダニエルがパンと手を叩いて沈黙を破った。ダニエルは法廷の役人の声を真似して、宣言した。「われわれ陪審員は、本誘拐罪の件に関し、被告に無罪を言い渡します」すると、全員がにっと笑った。

「ちょっとお待ちを、陪審員長」ブイツメロが口を挟んだ。「ダニエル、テレビの見すぎよ。この国に陪審員制度はない。だから、もし裁判になったとしても、アマントルの運命はたったひとりの人間の手に委ねられる。そのたったひとりが、このテントにいる面々と同じように誘拐罪に対し無罪を言い渡すよう祈らないとね」そして、アマントルを見た。「切り口としては悪くない。今夜の話しあいを終える前に、もう一度その観点から考えておかなきゃ。うん、悪くないわよ、けっこういいかも。感心したわ。楽に勝利できるとは言わないけど――でも、なかなかよ」

アマントルはうなずいた。そしてしばらく黙っていたが、ふたたび殺人犯についての疑問を口にした。「殺人犯は誰かって問題に戻りましょ。名前を挙げろって言うんじゃなくて、どういう人間かってことよ。プロファイリングってやつね。ここは辺鄙な土地だから、犯人は車で来たはず。それに、あの年齢の子どもを生きたまま切り刻むには、少なくとも3人が必要よ。それでも足りないかも。子どもを押さえておかなきゃならないから」

「アマントルの言うとおりでしょうね」ブイツメロが言った。「犯人は車を運転していたはず。つまり、この村の貧しい人たちではないってこと。おそらく政治家やビジネスマンね」

「ビジネスウーマンってことはないわけ？」ナンシーがたずねた。

ブイツメロは説明した。「儀礼殺人を犯すのはたいてい男だから。必ずというわけではないけどね。女が関わっているとしたら、おそらくサンゴーマだったはず。呪術医のことよ。でも、呪術医もたいていは男ね。だから、犯人は男ということになる。絶対ではないけど。でも、そうね。女が関わっている可能性を無視してはいけない。特に最近では、呪術医になる女も増えているから。どう思う、ダニエル？」ブイツメロはダニエルの意見を求めた。

ダニエルはうなずいて、考えながら言った。「おれも男だと思う。女が子どもをだますことはあるかもしれないけど、たいてい殺人を犯すのは男だからな。すでに成功してるけど、さらに上を狙ってる男だろう。大臣になりたがってる議員とか、大臣補佐から純然たる大臣になりたい男とか、校長になりたがってる副校長、仕事を広げようとしてるビジネスマン。そういった類の人間だろうな。だけど、その上で、あなたの言うことも正しい。もっと力を手にしたい女性の可能性もないわけじゃない。例のサナコ村の子ども殺しの嫌疑をかけられていたのは、女じゃなかったっけ？」

ナンシーが意見を口にした。「大臣や校長やビジネスマンで、今の地位を失いたくない人間は？地位を奪われまいとしているとか」

「それもあるわね」アマントルがうなずいた。「確かにありえる。もちろんよ」

今度質問したのも、ナンシーだった。「呪術医も殺人に加わるものなの？」

「ええ、その可能性もある」ナレディが答えた。「殺人者たちは、切り取った体の部位を呪術医のところへ持っていかなければならない。わたしの理解では、呪術医は、体の部位をすりつぶして薬草と混ぜ、ムティ、つまり、薬として使う。もちろん、わたしたちの知っていることのほとんどは憶測にすぎない。のこのこ出かけていって、詳しいことをきいたりできるようなことじゃないからね！　知られていることのうちどれだけが本当なのか、あやしいものよ。手を下した者たちはたいてい、誰かに言われてやっているという事実も見過ごすわけにはいかない。裏にいる権力者の使い走りにすぎない可能性もある。それに、ほかにも考えなきゃいけないことがある。手を下したのが権力者本人だったとしても、ほかの権力者に体の部位を売っている可能性もある。関係している人間は、4、5人いると思われる実行犯よりも多いかもしれない」ナレディは待ち受けている課題がとてもクリアできそうもないことを考え、首を振った。

アマントルはその場で頭に浮かんだことを口にした。「どう考えるにしろ、殺人者のうち少なくとも何人かは、明日の集会に来るはずだと思う。村となんらかの関わりを持つ人間にちがいないんだから。少なくとも1人は、どの子どもを選べばいいか、わかっていたはず。このあたりに放牧場を持っている実業家とか？　村で政治集会を開いた政治家とかは？」

ブイツメロが言った。「でも、さっきもみんなで話したとおり、今夜、事件を解決するのは無理よ。だから、今晩できることを考えなきゃ」

それから後、5人は作業にほぼ一晩を費やし、2時間以上寝た者はいなかった。東の地平線が赤く染まるころ、アマントルとダニエルは火を起こし、朝食を作りはじめた。誰の目から見ても、豪華な朝食だった。ベーコン、ソーセージ、卵にトースト。野外での調理用につくられた平鍋がジュウジュウいっている横で、今ではかなり気分を持ち直したブイツメロが紅茶とコーヒーを淹れた。ブイツメロは一晩でやり遂げた仕事に満足していた。赤らみつつある東の地平線にいくらか元気づけられたのも確かだ。ゾウが1頭、あたかもなにもないところから現われたかのように姿を現わしたときも、あわてて車に逃げこみはしたものの、ゾウが人間たちなど目に入らないように通り過ぎると、また降りてきて、朝食をとった。

アマントルがふいに、朝食のおしゃべりに割って入った。「子どもがいなくなったのに、ずいぶん早く捜査終了になったと思わない？」

しばらく誰も答えなかった。沈黙を破ったのは、ブイツメロだった。「どういう意味？」

アマントルは答えた。「こういう事件では、実際はなにもしてなくても捜査が続いているようなふりをするのが、よくあるパターンじゃない？　はっきりと捜査を終了させることで、得するのは誰だと思う？」

再び沈黙が場を支配した。しばらくして、ようやくナレディが意見を述べた。「前もって、子どもはライオンに食べられたことにするって決めてたとか？　そう言ってしまえば、捜査の必要がなくなるから？」

アマントルはさらに疑問を口にした。「だけど、どうして先にそこまではっきり決めてたんだろう？　実際に捜査しようともしなかったのはなぜ？　手がかりはあったはず。タイヤの跡。村で見慣れない車が目撃されたかどうか。家畜の世話をしてる人とか、誰かがなにかを見てるはずでしょ！　たとえ証拠の服が診療所に行きつくことになったのはただの偶然だったとしても、事件を捜査しようともしなかったことは説明できない。恐怖だけが要因だという説には賛成できない。誰かが裏で手を回して、捜査を終わらせたのよ。そうよ、そうに決まってる！」アマントルは頭の中を整理するように声に出して言った。

「でも、誰が？」ブイツメロも考えを整理しないまま、口にした。「たとえば、警察署の署長だとか、そんなふうに思ってるの？　あの署長が来たのは、事件の2年前よ、それからずっと署長をしてる」

5人は朝食のことも忘れて、輪を縮めた。ナレディは咳払いをして話しはじめた。「アマントルの言うとおりだと思う。誰か権力を持った人間が、服が消えたことを利用して人々に恐怖を植えつけ、これ以上捜査しても無駄だと暗に知らせることで、捜査を終わらせたのよ。署長だとすれば、部下は逃げ道を与えられて喜んだでしょうね。でも、それよりもっと上の地位の人間なら、署長は捜査に障害が生じた理由を考えたはずよね?」今わかっているいくつかの事実から理由をあぶりだそうとするうちに、さらに浮かんだ疑問をナレディは口にした。

アマントルがきっぱりと言った。「誰か悪意のある人間が警察に働きかけて、捜査を終わらせたんだと思う」どうしてもその考えを振り払えなかったのだ。

ブイツメロが重要な事実を提供した。「すでに、重要人物が関わってることはわかってる。それは動かぬ事実よね。貧しい人たちが儀礼殺人をすることはないから」

ダニエルが口を挟んだ。「それはどうだろう? 犯人が呪術医で、自分のためにディフェコを集めてるってこともあるだろ? その場合は、重要人物は関係ない」

前の晩と同じように、いろいろなシナリオを言い合うだけで議論は堂々巡りになり、真実を見出すことは不可能だという気分が場を覆った。

アマントルが言った。「うーん、確かにそうかもしれない。でも、その場合でも、呪術医がディフェコを集めるのは、誰かのためってことは変わらない。としたら、どういう人物だろう? 殺人にも関わってるはずよね、ちがう? 権力がある人間が、さっさと早く、絶対に漏れないように事件を封じこめたのよ」アマントルは、推理を事実に置き換えているのだと自分に納得させるかのようにうなずいた。

ダニエルがたずねた。「儀礼殺人を行って、体の部位を優良顧客に売っているような、全国的な犯罪組織があるんじゃないかと思ったことはある?」

「うそでしょ! そんな恐ろしいこと、想像したこともない!」アマントルは息を呑んだ。

アマントルは呪術の話になるたびに、ひどく悲しい出来事を思い出さずにはいられなかった。8歳くらいのころ、まだ日の出まで2時間ほどあることを祈ってまどろんでいたとき、悲鳴が平和な朝を切り裂いた。「魔女だ! あたしの庭に魔女がいるよ! 魔女だ! 助けて! あたしの庭に魔女がいる!」アマントルが飛び起きて、兄や姉たちと争うようにランダバルの入り口まで行くと、近所中が目を覚ましていた。そして次の瞬間、ぞっとした。祖母がうろたえた様子で、2人の女性にコートゥラ、つまり集会所のほうへ引きずられていくのが見えたのだ。すると、うしろから母親がのどを絞められたような声で叫んだ。「ああ、なんてこと、あたしを産んで、今はマーウェラの墓にいるムーケツィ! あたしを産んだバクハトゥラ家の者たちよ、ああ、これはどういうことなの?」コートゥラのほうへ引きずられていくのは、アマントルの母親にとっては義母だったのだ。

「マー、マー、どうしたの?」アマントルは怯えて泣いた。「おばあちゃんはどうなっちゃうの?」祖母は普段アマントルと兄のモラティワといっしょの小屋で寝ていたが、その日、アマントルは具合が悪くて、両親といっしょに寝ていた。いつもだったら、祖母はまだ眠っているはずだ。普段は、家族のほとんどが目を覚ますまで起きてこない。毎朝、祖母のおまるを空にするのはアマントルの役目だったから、祖母が使うのを待ってから、部屋から持ち出すようにしていたくらいだ。なのに、こんなに朝早くよその家の庭で呪術を使っているところを目撃されるなんて、ありえるだろうか？　早起きする元気などないはずなのに。

アマントルの母親は答えなかった。両親の名前から遡って先祖の名前をずらずらと挙げ、救いを求めるだけだ。

アマントルはモラティワのところへ行って、ささやいた。「なにがあったの？　どうしておばあちゃんはあっちの庭まで行ったの？　おばあちゃんが出ていくのは見た？」

「わからないよ。おれは寝てたんだ。知らないよ。おれにきくな。おれまで、呪術師だって言われちまう」兄の顔には恐怖が浮かんでいた。

「でも、おばあちゃんは魔女じゃないよ。おばあちゃんは魔女じゃない！」２回目は大声で叫んだので、みんなが振り返ってアマントルを見た。

「あたしらにわかるのは、魔女は魔女の子を宿すってことだよ。ヘビがヘビの子を宿すようにね！」集まった人たちのうしろのほうから、隣の女が怒って怒鳴った。

アマントルの母親は、いくらかショックから立ち直ったようだった。そして、子どもたちのほうに向きなおると、命令した。「ラパに戻るんだよ。全員だ！　ラパにお戻り！」

アマントルと兄姉たちは転がるようにうちの中へ戻ったが、入ったところで、どうしたらいいのか、わからなかった。普段なら、火を起こして、朝食の紅茶を淹れ、モトゴというソルガムきびの粉でできたおかゆをつくる。だいたい、うちの火は夜のあいだに消えてしまうので、いつもは隣から石炭をもらっていたのだ。けれど、今朝はそんなわけにもいかず、みんな爪先立って、隣の塀越しにコートゥラのほうをのぞき見た。

すでに話しあいのようなものが行われているようだったけれど、裁判というにはみんながいっぺんにしゃべりすぎていた。「去年、うちの鶏がぜんぶ死んじまったんだよ。まさかこの女だったとはね！」隣の女が言えば、別の女が「どうして話しかけたんだよ？　ほっときゃよかったんだよ。そしたら、あそこから出てこられなかったんだから」実際にそんな場面は見たことがなくても、魔女というものは、庭の持ち主が話しかけないかぎり入ってこられないことは、アマントルも知っていた。ほかにも「今すぐ、裁判にかけよう。今すぐだ！」という声もする。魔女が捕まったという知らせが広がるにつれ、ますます人が集まってきた。「その女はなにをやってたんだ？」「呪術の道具はどこにある？」「こいつは魔女だ！　魔女だよ！」

「説明させておくれ」アマントルの祖母は懇願した。「あたしは魔女じゃない。説明させておくれ。ただ用を足したかっただけなんだよ、助けておくれ。お願いだよ、誰か、助けて！」わきあがった涙が、老いたしわだらけの頬を流れ落ちた。

「『はい、わたしは魔女です』なんて言う魔女がいるか？　おれたちをバカにしてるんだ！」誰かが叫んだ。

そのとき、小水でしかありえない水たまりが、老女の足元に広がった。

「なんてことだ！　大変だ！　魔女の力が出ていくよ！　漏らしちまったぞ！」誰かが言った。

近くに住んでいるマー・セーレッツォが言った。「本当に魔女かね？　気の毒に頭がぼけちまってるだけじゃないかい？　こんなところに来ちまったのも、目が悪いせいだよ。ここんところ、ずっと具合が悪かったからね」

「自分のばあさんが魔女だと、ほかの魔女のこともかばうのさ」別の女がすかさず言った。

マー・セーレッツォはパンチを食らわそうという勢いで前へ出てきた。「うちのばあさまは魔女なんかじゃなかったよ。そうやって人の陰に隠れてるけどね、あんたと、あんたのばあさんの正体も言ってやろうじゃないか！　このおばあさんは魔女じゃないよ。あんただって、わかってるだろう！　マー・ソソの庭に迷いこんじまったのは、目がはっきり見えないからさ。もしかしたら、なにかを頼みに行ったのかもしれないね。おばあさんに説明させてやったかい？　やってないだろ！　それに、そこの2人――』女は、祖母をコートゥラに引きずってきた姉妹たちに怒りの矛先を向けた。「あんたらは、はるばるラポツァニから来たんだろ。汚らわしい意地の悪い連中が住んでるところさ。わざわざこんな騒ぎを起こしにきたのかい！　そっちこそ、こんな朝早くあたしたちの土地でなにやってたのさ？　あんたらこそ、魔女じゃないのかい？　役立たずの独身女《マフェツワ》のくせに。これで、あんたらが行き遅れてる理由がわかったってもんだよ。あんたらみたいな卑怯な女と誰が結婚するもんかね！」

マー・セーレツォが、辱めを受けた老女のほうへ歩いていくと、人々はうしろに下がって道をあけた。老女は頭を垂れ、声を出さずにすすり泣いていた。

「マー・ミレーコ、こっちへおいで」マー・セーレツォは頼むように言った。「さ、行こう。今日は、自分が人間だってことが恥ずかしいよ、動物だって、仲間にはもっと親切だろうさ！　さあ、マー。おいで」

マー・セーレツォが祖母を家へ連れていくと、集まっていた人々も静かに散っていった。

その事件以来、アマントルは、呪術を使った罪に問われる場合、必ずしも揺るぎない証拠があるわけではないことを知った。

アマントルは頭を振って、嫌な思い出を頭から追い払った。

ナレディは、5人で考えているシナリオを、さらに別の角度から考えることを提案した。「もうひとつあるの。捜査を終了させた人物には、暴動を避けたいという動機もあったかもしれない。こういう殺人は人の感情を揺さぶるからね。罪のない人たちが傷つくことになるかもしれない。前にもそういったことはあったのよ。石を投げられ、家が燃やされて、ろくに証拠もないのに糾弾された」

「さあ、ここまでよ」ブイツメロがみんなに向かって言った。「そろそろ用意しなきゃ。荷物をまとめて。悪党たちとご対面の時間よ」

それから20分もしないうちに、5人は出発した。ブイツメロですら、たき火を埋めた後に残された土の山を名残惜しそうに振り返った。

5人は川沿いを進み、インパラやリーチュエやウォーターバック、様々な鳥たちにゾウや名前も知らないような動物たちが群れを成している沼の横を走っていった。ライオンの群れにも出合ったが、前の晩の獲物ですっかり満腹になり、5人がぽかんと眺めているのも気にせずごろごろしていた。2台の守られた車の中から、5人は自然の美しさに目をみはった。鳥たちは蓮の葉の上を飛びまわり、砂の岸辺ではワニが日を浴びている。カバはフウウとうなってあくびをし、サルたちは安全な木のてっぺんから誰彼かまわずシュウウウウと威嚇の声をあげた。

「こんなに美しいものと邪悪なものが同時に存在しているなんて」アマントルは思わず声に出して言った。

あえて返事をする者はいなかった。

第20章

「ご先祖様も神様も、今日は機嫌が悪くてらっしゃるよ。あたしたちの味方についてくださるよう祈ろう」マー・ネオはそう言いながら、小さなショールを肩にきつく巻きつけた。マー・ネオのいちばんいいショールで、結婚式や葬式のような特別なとき用に取ってあるものだ。鮮やかな紫色で、黒い縁取りがしてある。先祖のことを口にしたのは、コートゥラの横に生えているマルーラの大木でフクロウが1羽、執拗に鳴いていたからだ。フクロウは不運をもたらす。よりにもよって今日という、いちばん幸運を必要としているときに。

「味方に決まっているよ」ラー・ナソは答えた。「怒りはおまえさんに向けられてるんじゃない。向けられてるはずがない。予感がするんだ、すぐに真の友人が誰なのかわかることになると」

ラー・ナソの言い方が確信に満ちていたので、マー・ネオはぐっと自信がわいてくるのを感じた。2人はちょうどアマントルの友人たちと会ったところだった。5人の若者はまだ診療所で、山のような書類に最後の直しを加えているところだ。村人たちがちらほらと集まりはじめ、運命の日が始まるのを待っていた。

マー・ネオは首都から偉い人たちが、彼女に関わる呼び出しに応えてやってくるという事実に気おされていた。娘の死の真相を知ることなど、とうにあきらめていた。貧乏人が死んでも、金持ちが死んだときのように犯人を法廷へ引っ張り出そうという意気ごみは生まれない。少なくとも、ラジオのニュースではそう言っている。アマントルのことは好きになっていた。今日もラー・ナソに言ったところだ。「あのアマントルという娘には、気を付けるように言ってやったほうがいい。あの娘には、この村を出た後もまだ人生があるからね。国の奨学金をもらって大学に行きたいと思ってるはずだよ。あの娘に、今日はあまり目立たないように言ってやって。あの人たちはあの娘を見ていて、後で罰しようとするかもしれない。弁護士の友だちのほうが、代表してしゃべったほうがいいんじゃないかね」

ラー・ナソも、村を揺るがせた若いTSPの娘に一目置くようになっていた。「こんなときに、自分以外の人間のことを考えるなんて、おまえさんは本当に優しいね。ああ、おまえさんの言うとおりだ。後であの娘に話してみるよ。だが、おれが言ったところで、変わらないだろうな。あの若い娘は使命感に突き動かされているんだ。だが、おまえさんの言うとおりだ。あの娘は身を引くべきときを学ばなきゃならん。話してみるよ」ラー・ナソ自身も、若さと情熱にあふれるアマントルが自分の利害も顧みずに行動するのではないかと心配していたのだ。

2人はコートゥラが見える古いベンチに座って、政府の役人たちがやってくるのを待っていた。

村人たちの目には、2人が以前にもまして夫婦らしく映るようになっていた。悲しみが2人を近づけたのだ。一連の悲しい出来事からなにも得ることがなくても、せめて生涯の伴侶を得ることができれば、と村人たちは願った。もしかしたら、悲しみの中に幸せの核を見出すかもしれない。そうやって悲しみに満ちた2人が座っていると、BXの車が次々村に入ってきた。

マー・ネオは座ったまま、何度かこっそり友のほうを見た。ラー・ナソは年齢とともに穏やかになり、特に妻が死んでからは、温厚になっていた。孤独は人を温厚にするからねとマー・ネオは思った。けれども、昔の今より荒っぽかったラー・ナソのことも覚えていた。もしかしたら「荒っぽい」というほどではなかったかもしれないが、今より強く、人を寄せ付けない感じだったのは、まちがいない。昔、彼が先頭に立って彼の甥のラマラゴを治療したときのことを思い出す。ラマラゴの家族にとっては、つらい選択だったが、一度決めたら、断固として治療をやり通すしかなかった。

マー・ネオがそのことを知ったのは、学校から帰ってきたネオが、村の誰かから聞いたのを母親に話したからだ。ラマラゴはサマシロに住んでいる聾唖の男だったが、頭がおかしいのを治すことになったという。ラマラゴはのっそりとして体が大きく、小さな子どもがはくツューハという腰巻きをいつもはいていた。ネオの15歳の友だちのモスウェウですら、ツューハをはかなくなって2年近く経つ。あんなぴちぴちのものを身に着け、全世界に尻を見せるなんて！　しかし、ラマラゴは無理やりズボンをはかせても、片っ端から破ってしまうのだ。しゃべることはできなくても、女や子どもが通りかかるたびにしゃがれたうめき声をあげ、ツューハをずらして、男性自身を見せた。家族は彼を木に縛りつけ、人の話では夜もそこで寝かせているらしかった。ネオが聞いてきたところだと、ラマラゴの家族は近くのモシロの村にいる狂気を治療するという男を雇ったらしい。

その日、ネオは急いで制服から着替えると、母親に、ラマラゴが清潔になって、きちんとした服を着るようになるのがうれしいと言った。治った後、頭がおかしかったときのことは覚えてるのかな、とネオは言った。治った後、最初に口にする言葉にも、興味があるらしい。ひとしきりそんな話をした後で、本当に治るのかなと言いだした。だとしたら、どうしてこれまで治療できる人を見つけられなかったんだろう？　なにしろ、モシロの村はたった10キロしか離れていないのだ。「母さんは、ラマラゴが治ると思う？」ネオはたずねた。

「さあね」モトラツィは答えた。「でも、マレキーソは同じような病気を何度も治してるそうだよ。やり方はおじいさんから教わったんだって」

「どうしてみんなの前でやるの？　病気を治すときって普通は誰も見てないところでやるでしょ？　どうしてみんなが見られるの？」

モトラツィは説明した。「狂気は、人の見ている前でしか治せないんだってさ。ほら、行ってみればわかるよ」

母と娘は急いでラマラゴのうちへ向かった。近づいていくと、結構な人数の人たちが集まっていた。ラマラゴの左右に男が2人ずつ、計4人つき、ラマラゴの胸と腰に回した革ひもを握っている。ラマラゴは体を折り曲げ、口からよだれを垂らしていた。ネオとモトラツィが集まった人たちの輪に加わったとき、ラマラゴがツューハをもちあげ、のどの奥から唸るような声を出した。それを聞いて、子どもたちのほとんどがわっと逃げていった。モトラツィもネオにうちに帰るように言った。ラマラゴがあんなふうに縛られているとは想像していなかったのだ。とはいえ、じゃあどんなものを想像していたのかときかれても答えられなかった。けれども、ネオは動くことができないようだ。その場に根が生えたように立ちすくみ、目の前で繰り広げられている光景に目がくぎ付けになっている。

「手も縛れ」ラマラゴを押さえている男の1人が言った。すると、別の男たちがさらに革ひもを2本持ってきて、ラマラゴの両手を縛りあげた。2人が最初の4人を手助けするかっこうで加わると、ランダバルからラマラゴの父親に付き添われて、男が出てきた。　牛やロバを追うのに使うような鞭を持っている。男は前へ進み出ると、大声で言った。「狂気よ、息子から出ていけ！狂気よ、ラマラゴから出ていくのだ！」一言しゃべるごとに鞭でラマラゴを叩く。ラマラゴは鞭打たれ、声なき吠え声をあげて、逃げようとした。6人の男たちが全力でそれを押さえつける。

「頭の狂った人間は強いからね」マー・ネオの隣に立っていた女が誰にとはなしに言った。「しっかり押さえないと」

鞭を持った男は、容赦なくラマラゴに鞭をふりおろした。鞭が当たるたびに、哀れな男の皮膚が裂け、血が流れだす。子どもたちは鼻と口を手で押さえ、恐怖におののいてそのさまを見つめている。ネオはそれ以上見ていられなくなった。モトラツィは娘が黙って帰っていくのを見て、その後を追った。ラマラゴのうちの裏を通るとき、ラマラゴの母親が両手で耳をふさぎ、悲痛な声でむせび泣いているのが見えた。

2週間後、モトラツィはネオがこっそりラマラゴの家のほうへ近づいていくのを見た。ラマラゴが、記憶にあるかぎりずっとつながれていた木のところにいないことを確かめようとしているのだ。そこで、モトラツィもついていくことにした。2人はいっしょにラマラゴのうちをのぞきこんだ。革ひもはそのままだったが、ラマラゴの姿は見えない。2人は顔を見合わせて、にっこり微笑んだ。**ついにラマラゴは治ったんだ。**ところが、まさにそのとき、ラマラゴがいつものおそろしいしゃがれ声を出して、藪のうしろから姿を現わすと、ツューハをぱっとはねのけた。モトラツィがぼうぜんとしている間に、ネオはうちへ駆け戻っていった。うちへ帰ると、ネオはわんわん泣いていて、いくら慰めても泣き止まなかった。しばらくしてようやく泣くのをやめると、ゲエゲエと吐き、それからばったりと横になって、眠ってしまったのだった。

あのとき、ラマラゴを押さえていた6人のうち1人が、ラー・ナソだった。やらなければならないことをやっただけだ。治療はうまくいかなかったかもしれないが、しようがない。マー・ネオは、いっしょに座っているラー・ナソを見ながら、あの日、彼にあれだけの力と決断力が備わっていたのが信じられなかった。そう、悲しみは人から力を奪うのだ。誰よりも自分がそのいい例なのだから。

後になって、コートゥラのあった日のことを思い出そうとすると、モトラツィの頭に浮かぶのは、はっとするほど青い空と、低く垂れこめていた石鹸の泡のような白い雲だけだった。あの日は、ネオが絵に描きそうな風景が広がっていた、とモトラツィは思う。すべてが大げさだった。あの日空は青すぎ、雲は多すぎ、白すぎた。あの日、モトラツィはほんのわずかな希望が湧くのを許してしまった。フクロウが鳴いていたことを、そのせいでひどく不安になったことを、思い出す。

でも、それはすべて、後のことだ。

第21章

青と白の空の下で、ほかにも、車が入ってくるのを見ていた人間がいた。レセホ・ディサンカは、ハファーラで開かれるコートゥラに出席するつもりだとは、誰にも言わなかった。だが、言わなくても、そこまで車で行く方法を見つけるのは、わけないことだった。

彼女が集会のことを知ったのは、偶然だった。大学が休みのあいだ、厚生省でインターンをしていたのだが、ゲイプ厚生大臣が集会に行くから車を手配するようにと言われたのだ。ハファーラという名前にレセホの目は引き寄せられた。この名前を見たり聞いたりするたびに、痛みが体を突き抜ける。そこで、集会について書かれた書類に目を通すと、会場がハファーラだとわかった。大臣の出張が前もって決められていたものではないことに、レセホは興味を惹かれた。その時点で、省の人間は誰も知らなかった。その後、出張の件は伝えられたが、口外しないようにと申し渡された。もちろん、公務員に誰にも話すなと言えば、あっという間にすべてが広まることになる。

レセホは、セントラル・トランスポート代理店に何度か電話をして、ほかにもハファーラまで数台の四輪駆動車の予約が入っていることを突き止めた。そこで、レセホは大臣の個人秘書を積極的に手伝うことにしたが、臨時雇いのアシスタントだったために、大臣の出張準備をやりますと言ったときも、特に警戒されなかった。秘書は喜んで、ホテルの予約から移動の車の確認、状況説明書のコピーまで、レセホにやらせたのだった。

レセホは、ぞろぞろと小さなコートゥラに入っていく村人たちの中に紛れこんだ。あの運命の夜から5年がたっていた。あの夜、彼女は懐中電灯の光で、父親の手が小さな包みを受け取るのを見たのだ。その懐中電灯はまだ持っている。でも、あの夜以来、一度も使えないでいた。

すると、父親が一段高い要人席にあがるのが見えた。この5年間、父親とはほとんど連絡を取っていない。学校が休みのあいだうちに帰らない理由は、いくらでも見つけられた。修学旅行、教会訪問、親戚の家へ行く。両親のほうから娘を訪問することはあった。校長にどうしてもと言われたからだ。レセホは非常に優秀な生徒だった。校長はそれをレセホの両親にアピールする必要があったし、両親も断るはずもない。そして、学校中が見守る中、レセホは父親にハグされなければならなかった。彼女の成績をたたえて、2人はハグをし、キスを交わさなければならない。だが、それらは冷ややかで、レセホの心にみみずばれのような跡を残した。

そして今、過去がレセホを引き戻そうとしていた。それとも、逆だろうか？　現在が彼女を過去へ押し戻し、悪魔と対峙するよう、迫っているのかもしれない。

ほかの要人たちも、父親と並んで台の上に座った。握手が交わされ、口元に笑みが浮かぶ。偉い人たちは、集会が始まるのを待っている人々の前で、互いに背中を叩きあっている。レセホは、偉い人たちの席は日差しをよけるために草ぶきの屋根の下に設けられていることに気づいた。それに引きかえ、偉くない人々は木の下に立っている。傘を持っている者も何人かいた。レセホの母親も台の上の要人席に座り、うやうやしく父親に付き添っている。

レセホは大勢の中でひどく心細く感じた。結局のところ、ここにいる人たちはみな、それぞれ共通の関心を持ったグループに属している。政府の役人のグループ、村人たち、報道関係者。レセホの父親と母親は夫婦だ。ひとりだけで参加しているのは自分しかいないような気持ちに襲われる。火のそばで躍り回っているガのようだ、やがて黒焦げになる運命の。5年前のあの夜に引き戻される。眠れなかった夜。もう一度あの数日間を生きようとしているかのように、細かいところまで記憶がよみがえってくる。恐怖が5年の年月を絞り出してしまう。そう、いつもそうだが、あのときのことは、過去の出来事として思い出すことはできない。現在形でしか、考えることができないのだ。

どうすればいい？　彼女の父親は金持ちだ。彼女はこの立派な家に住み、自分だけの部屋を持っている。彼女の村では、未だかつてない、と言ってもいいほどの贅沢！　両親とも運転をし、両親とも車を持っている。けれども、彼女は幸せではない。父親にはどこか、恐ろしいところがある。父親は優しい。お金にもうるさくない。彼女はいつも最新のファッションの服を着ているが、それも父親が文句も言わず買ってくれたものだ。彼女や兄妹たちのことも、よその子どもは歩かなければならないところを、車で送ってくれる。けれど、いっしょに暮らしている男の中には、別の男がいるように感じる。そして、彼女はその男のことを恐れている。その目は、重大な秘密を持っている人間の目だ。その秘密が、家族の平和を引き裂いてしまうのではないかと、彼女は恐れている。

今夜、彼女は眠れない。頭の中やまわりで嵐が起ころうとしているのを感じる。最近、父親はボカエ村長と彼女の知らない男とこっそり会っている。なぜ知っているかといえば、1週間前、彼女のうちが経営している肉屋の小さな事務室に、3人が集まっているのを見てしまったからだ。母親が置き忘れた鍵を取りに行ったときだった。肉屋はとっくに閉店しており、集まるのにいい場所とは言えない。狭苦しくて、窮屈だ。それに、明かりはろうそく1本しかない。照明をつけるために発電機を動かすのが煩わしいのかもしれない、と彼女は思った。でも、それなら、彼女のうちはここから数メートルのところにあって、人が集まるのに適した広くて居心地のいい部屋がいくらでもある。それに、2年前に父親がボカエとこそこそと会っていたころ、口数が少なくなって、沈んだ様子だったのも覚えていた。何週間も怯え切った様子で、なにかを探すように目をきょろきょろさせていたのだ……だが、またふいに、元の父親に戻ったのだった。

そして今、父親はまたこっそりボカエと会っている。でも、肉屋で父親を見たことは、母親には言わなかった。3人の男が薄暗い中でろうそくの火を囲み、ひそひそとしゃべっているさまにはどこか不吉な雰囲気があった。父親の愛人のことは知っていたし、母親が知っていることもわかっていた。母親の見せかけの自信の裏に、煮えくり返るような怒りが潜んでいるのに、気づいていたのだ。それをかいま見たのは、ある朝、父親がいつもよりも遅く帰ってきたときだった。父親は子どもたちに気づかれないよう、家にこっそり入ってきたが、数分後にまた寝室から出てきた。その額にははっきりそれとわかるこぶができていた。朝食の間、沈黙と共にこぶは腫れて行った。沈黙というものは、無視すればするほどのしかかってくる。父親が席を立ち、部屋へ戻っていったときには、こぶは相当目立っていた。その後、母親は1日中、自分の部屋にいて、父親のほうは狼狽した様子で庭をぼんやり歩き回っていた。問題は、父親が何人かいる愛人の1人に会いに行っていたことではない。それを妻や子どもたち、それに、もしかしたら近所の人間にまで堂々と知らしめてしまったことだ。なにか言い訳が必要なのだ。放牧場へ行くとか。日の出前に戻ってくれれば、なおいい。愛人の家のそばに住んでいる人間は、彼の車が朝、帰っていくのを見てしまっただろう。だが、レセホは、父親が狭い部屋に愛人と2人でいるのを見たとしても、あの2人の男といるのを見たときほどは、恐怖を感じないだろう。愛人が、レセホの家の平和を脅かすことはない。でも、あの2人の男はちがう。

だから、レセホはベッドの上に座って、門を見つめながら、父親が帰ってくるよう祈っていたのだ。**無事に帰ってきて。**時計の針はとっくに午前3時を回っていたが、父親はまだ姿を見せない。

父親の携帯電話にかけてみたが、誰も出ない。愛人の家にいるなら、緊急の要件だと思って電話に出るはずだ。今夜、なにかが起こっているのだと、レセホは直感していた。ボカエと、近くの村の副校長だとわかったあの男と関係するなにかが。

うとうとしかけたとき、車の音がした。ぱっと顔をあげたが、ヘッドライトは見えない。窓からのぞくと、ぼんやりと父親のトヨタ・ハイラックスが見えた。まちがいない。でも、どうしてヘッドライトを消しているのだろう？　ドアが開いて、男が降りてきた。肉屋の門を開ける。レセホは、門がキィと音を立てて秘密を暴くのを待った。しかし、音はしなかった。門を開けた男は、重たい門を持ちあげながら押せば、音が出ないのを知っていたにちがいない。車はするすると入ってきて、門がまた閉まった。お父さんはどうしてヘッドライトをつけずにお店に行ったんだろう？　なぜお店に行ったの？　門が音を立てないように開けるやり方を知ってるあの男は誰？　ボカエの名前がぱっと浮かぶ。恐怖と戸惑いで汗が吹き出す。

パジャマの上に上着をはおり、靴をはく。できるだけ音を立てないように、急いで家の中を歩いていく。両手で探りながら、家具にぶつからないように進んでいく。玄関を出ると、一気に裏の庭を走りぬけ、小さな門から外へ飛び出す。そのまま早足で肉屋へ行って、小さな門をくぐって店の敷地に入る。父親と2人の男がいる。ボカエと、今では副校長だとわかっている男だ。車のドアがそっと閉められ、男たちは早足で建物の裏手へ向かう。様子がおかしい。一言もしゃべらずに急いで歩いていく姿に、どこか狂気じみたものを感じる。レセホはぱっと頭を引っこめた。

男たちは、数週間前見た狭い事務室に向かうものだと思ったからだ。しかし、父親は肉屋の店自体に入る裏口の鍵をあけ、男たちも黙って後につづいた。夜の影のようだ。そして、また鍵が閉められた。

あんなところでなにをしてるんだろう？　運んでいたのは、なに？　レセホに見えたのは、ビニール袋だけだった。それぞれがひとつずつ抱え、中にはなにか濡れた感じのものが入っているように見えた。その夜は月が暗くて、それ以上は見えなかったし、父親が右手に持った懐中電灯をつけたのも、ほんの一瞬だった。なにかの肉かもしれないと思ったけれど、すぐにそんなはずはないと考え直した。店には、それこそいくらでも肉があるはずだ。レセホの父親が真夜中にほんのわずかな肉をわざわざ持って帰る理由がない。

どうしようかと考えたが、窓から中をのぞいてみることにした。でも、届かない。なにか、上に乗るものがいる。建物の正面にはしごが立てかけてあったのを思い出した。そちらへ行くと、はしごを半分引きずるように窓のところまで持ってきて、数段のぼる。パパたちはどこ？　姿は見えない。中は真っ暗だ。と、父親が懐中電灯のスイッチを入れた。彼女の懐中電灯だ。やっぱりそうだ。彼らが持っていたのは肉だ。真夜中に肉なんてどうするつもりだろう。すると、ボカエに光が当たった。ボカエについているのは血？　男たちは服を脱ぎ、店の隅に重ねた。父親は、冷蔵庫から出した大きなビニール袋から服を取り出した。なにをしてるんだろう？　どうして服が冷蔵庫に入ってるの？　大人たちはなぜ真夜中に着替えてるの？　いったいどういうこと？

レセホは怖かった。父親は、普段はお客のために肉を包んでいるラップで肉の切れ端を別々に包み始めた。父親の大きな手を見る。震えている。彼女を抱きしめ、愛してくれる手が。中にはものすごく小さな肉片もある。いちばん大きなものでも、食パン一切れくらいの大きさだ。ほかの2人は黙って見ている。すると、手が伸びてきて、父親の手を止めた。ボカエの手だ。男たちはひそひそとなにか相談している。「肛門」という言葉が聞こえた。男たちはうなずき、ふたたび包む作業を始めた。そして、小さな包みを1枚のビニール袋に入れ、大型の冷凍庫にしまった。レセホが見ていると、父親は冷凍庫に鍵をかけ、さっき脱いだ服を拾いあげた。3人がドアのほうに歩き出したのを見て、レセホははしごを下り、家へ駆け戻った。眠りはすぐに訪れた。恐怖のあまり、脳が見たものを一刻も早く忘れたがっていたのだ。

目が覚めると、ごみを燃やすにおいがしていた。門の前まで歩いていくと、妹のモラティが、父親がごみを燃やすのを手伝っていた。大きなごみの山にはいろいろなものがあった。古い服、集めた落ち葉や芝、空き缶まである。レセホは、中に白いTシャツがあるのに気づいた。昨日の夜見たTシャツだ。思わずぱっと父親の顔を見ると、目が合った。そのとき、なにかが起こった。父親は、レセホが知っていると知り、レセホは、自分がなにかを知っていることを父親が知ったのを知った。父親は灯油の缶をつかみ、ごみにどぼどぼとたっぷり注ぎかけた。ぱっと炎が燃えあがり、モラティが歓声をあげる。そのとき初めて、レセホは父親の手首に包帯が巻いてあることに気づいた。わずかに血がにじみ出ている。レセホは頬を打たれたように飛びのき、くるりと背を向けて、うちへ駆け戻った。

　モラティが父親にたずねているのが聞こえてきた。「お姉ちゃん、どうしたんだろう？」父親の答えは聞こえなかった。父方の祖母のマー・ディサンカの横を走り抜けるとき、もう少しで突き飛ばしそうになったが、そのままリビングを抜けて、バスルームへ飛びこんだ。胃から恐怖がせりあがり、黄色と緑の縞になって便器の中に流れ落ちる。頭がズキズキする。かなり長く思える間そうしていたが、やがて自分の部屋へ戻った。

「お姉ちゃん、どうしたの？　具合が悪いの？」モラティの声がした。妹が入ってきたのに気づかなかったのだ。

「頭が痛いの。それだけ」レセホはむりやり笑みを浮かべた。のどに苦いものがこみあげる。目に涙が浮かんだ。

「パパが、今日一日休めばよくなるだろうって。はい、パパがこれを飲めって」むっちりした手がこちらに差し出された。

　レセホははっとして顔を上げたが、妹が持っていたのは、小さなアスピリンの容器だった。

「ママは？」

「台所にいるよ。見なかったの？　お姉ちゃんのこと、呼んでたのに」モラティは戸惑いと疑いが混ざったような顔でレセホを見た。

「そうなんだ、聞こえなかった。ちょっとひとりにしてくれる？　すぐに良くなるから。しばらく休めば大丈夫」そして、にっこり笑って妹を出ていかせようとした。モラティは、戸惑った表情のまま、部屋を出ていった。

レセホは本を読んだり音楽を聴いたりしようとした。気をそらしてくれるものなら、なんでもいい。でも、すぐにまた昨日の夜と2年前のことを考えてしまう。月日が経つにつれ、記憶があいまいになり、恐怖も和らいでいた。当時なぜあんなに怖かったのか、はっきりとはわからない。ボカエのことは覚えている。イライラしてびくついた様子だった父親のことも覚えているし、午後1時のニュースが流れるたびに、父親がだらだら汗を流していたのも覚えている。同じころ、母親が冷たかったことも、数週間後、父親が力を取り戻し、家族のリズムが元に戻ったのも、覚えている。しかし今、ふたたび恐怖が戻ってきた。でも、今回ちがうのは、父親が少しも怯えたようには見えないことだ。堂々と力に満ちあふれているように見える。でも、ボカエと闇と肉片は、なにかまがまがしいことを意味しているにちがいない。

気がつくと、レセホはそのつもりもなかったのに部屋を飛び出していた。父親を探すと、台所にいて、卵とレバーの朝食をとっていた。父親は、レバーはあまり火を通さずに食べるのが好みだった。皿の上の血を見て、レセホは凍りついた。血がなみなみとたまっている。レバーではなくて小さな肉片があるように見え、「肛門」というささやき声が聞こえた。パニックに包まれ、恐怖にわしづかみにされる。レセホはそのままうしろに下がって、台所を出ようとした。全員の目が彼女に注がれた。

「レセホ、大丈夫？」母親のマー・レセホがたずねた。「お座りなさい。怯えたような顔をしてるわよ。どうしたの？」

母親の手が肩にかけられるのを感じて、ビクッとからだを縮めた。この手が、鍵のかかった冷凍庫にしまわれている肉片を包んだ手に包帯を巻いたのだ。この手が、今は皿に血をつけているレバーを、小さな肉片がしまわれている冷凍庫から出してきて、料理したのだ。頭の中で様々な考えがひしめきあい、レセホは頭がどうかなりそうだった。「パパ、わたしの懐中電灯を返して。わたしの懐中電灯を返してほしいの」レセホはかん高い声で叫んだ。懐中電灯を返してもらうために台所に来たのかも、わからないままに。

「レセホ、大丈夫？　この子はどうしちゃったのかしら？」母親がレセホの額に手を伸ばした。

「朝っぱらからなんで懐中電灯がいるんだい？」祖母が言って、同意を得ようとするようにまわりを見回した。

「レセホ！　座りなさい。こっちが怖くなっちゃうわ。いったいどうしたのよ？」母親が優しく、けれど有無を言わさぬ手つきでレセホを引っ張り、椅子に座らせようとした。

レセホはうしろに下がった。みんなのことが怖かった。みんながどうなるか、怖かった。「パパ、わたしの懐中電灯を返してほしいの。お願い。どうしても欲しいの。お願いよ、お願い」息が詰まっているような声しか出ない。

「レセホ、こっちへおいで」父親がいつもの優しい声で言った。

そして、手を差し伸べた。いつもの手だ。包帯を巻かれた手。1本の指先からレバーの血がぽたりとしたたり落ちた。レセホをくすぐった指から。この声がレセホを何度もあやしてくれた。この両手が、レセホを愛してくれた。この声が、約束をし、それを守ってくれた。でも、今はその声が、その両手が、怖い。そして、その声と、その両手のことが心配でたまらない。暗闇に紛れ、小さなビニール袋の包みを何度も何度も包んでいた手。

レセホは、その手が届かないところまで飛びのいた。「パパ、懐中電灯さえ返してくれれば、あとはなにも言わないから」レセホはささやくように言った。これは、嘆願？　脅迫？　約束？

「この子はなんの話をしてるんだね、ラー・レセホ？」祖母がたずねた。

なんの話かって？　レセホ自身、はっきりわかっていなかった。すると、父親が立ちあがった。いくらか力を失ってしまったように見える。表情が曇ったのは恐怖のせい？　それとも、頭がおかしくなった娘を心配しているから？　レセホは言いたかった。ごめんなさい、懐中電灯はもういらない。父親が力を失ってしまったら、誰が家族を守ってくれる？　父親には力を持っていてほしい。でも、自分まで秘密の一部にはなりたくない。懐中電灯を返してほしい。彼女は加わっていないという印を、真夜中に何度も何度もくるまれたあの秘密とは関係ないという印を。

みんな、静まり返った。やがて父親が戻ってきた。車から懐中電灯を取ってきたのだ。そして、黙って懐中電灯をレセホに差し出した。

レセホは黙って受け取った。「血がついてる」ささやくような挑発。

「わたしは肉屋をやっているんだよ」ささやくような訴え。「そうだね、パパ」わたしはパパになにか約束しようとしているのだろうか？　自分がなにに同意しようとしているのか、自分でもわからない。台所を後にし、バスルームへ向かう。ドアに鍵をかけ、石鹸とシャンプーと殺菌効果のある洗剤を使って懐中電灯をごしごしと洗う。きれいにしてみせる。そう決意し、においをかいで、さらにこする。昨日の夜の記憶を洗い落とそうとする。それから手も洗う。石鹸の泡がボトッと足の上に落ちる。払い落とそうとして伸ばした手が、足に触れる。汚染されたような気がして、風呂に湯をはり、全身を洗いはじめる。洗いおわると、洗い立ての懐中電灯を部屋に持っていって、窓辺に置き、ベッドにもぐりこんだ。恐怖で疲れ果てていた。原因を理解すまいとしている恐怖のせいで。頭から「儀礼殺人」という言葉を追い出そうとするが、またすぐにするりと侵入してきて、脳の奥にまでしみこみ、脳を占領し、ほかのすべてを追い出してしまう。

レセホはそのまま眠りに落ち、目を覚ますと正午をとっくに回っていた。起きると、父親はどこかへ出かけ、母親はリビングにいた。母親は心配そうにレセホを見ていたが、なにも言わなかった。

台所へ行って、昼食をとった。彼女の今朝の奇妙な行動については、誰もなにも言わなかった。レセホも何事もなかったようにふるまい、母親は娘がいつもの娘に戻って喜んだ。肉片が包まれた狂気の夜の翌日は、こうして普段通りに終わった。「普段」の目安が表に出る行動で測れるなら。

ラジオのアナウンサーが読むニュースを全員が聞いた。「ハファーラの村で、12、3歳の少女が行方不明になっています。日曜の朝から警察と村人たちが捜索に出ていますが、今のところなんの痕跡も見つかっていません。警察は……」

懐中電灯を洗った日から2日が経っていた。レセホと父親は、緊迫したダンスを踊るように互いを避けていたが、そのせいでうちじゅうに憂鬱な空気が漂っていた。

マー・ディサンカが言った。「子どもたち、お願いだから、静かにしておくれ。ニュースを聞いてるんだよ。声を小さくして。じゃなきゃ、テレビの部屋に行ってくれないかい?」マー・ディサンカは耳が遠かったので、ニュースの時間は誰一人しゃべらないようにと言っていた。

ディサンカは立ち上がって、部屋を出ようとした。

レセホは言った。「パパ、ニュースを聞かないの? パパはいつもニュースを聞いてるじゃない」その言い方には、はっきりと挑戦的な響きがあった。

父親が答える前に、マー・ディサンカが言った。「勘弁しておくれ。みんながしゃべってちゃ、聞こえないんだよ。ほらほら、ハファーラで子どもが行方不明になったそうだよ。残忍な男どもはいつまでやるつもりだろうね? 人間はどうしてこう残酷で欲深いんだろう? ラー・レセホ、座ってニュースをお聞き」

ディサンカは座って、ニュースを聞いた。レセホは父親をにらみつけた。父親はニュースの内容には興味がないふりをしている。ラジオのアナウンサーによれば、少女はハファーラのすぐ近くの小さな村で行方不明になったということだった。ロバを探しに出かけたまま、戻らなかったのだ。母親が事件を届け出たのは、翌日だった。その日は出かけていて、翌朝戻ったら、子どもがいなくなっていたのだ。警察と村人たちは、子どもの足跡をたどってあとを追おうとしたが、今のところ役立ちそうなものはなにも見つかっていなかった。警察はまだ、事件の可能性についてはなにも発表していなかった。

「バカな警察どもめ！」マー・ディサンカが口を挟んだ。「ディフェコのために殺されたに決まってるだろうが。そんなことくらい、どんな愚か者でもわかるよ！」そして、愚かな警察への軽蔑をこめてフンと鼻を鳴らした。

レセホは父親をにらみつけた。「パパはどう思う？」

マー・ディサンカが代わりに答えた。「もちろん、パパだってあたしと同じ考えだよ。そうだろ、ラー・レセホ？　12歳の子どもは、熟しすぎたキノコみたいにいきなり消えたりしないさ！」

「そうですね」ディサンカは弱々しくうなずいた。

「なにがそうなの？」レセホはとげとげしい口調でたずねた。

「この子はどうしたんだろうね？」マー・ディサンカは、レセホを含めその場にいた家族4人にたずねた。「おまえは最近おかしいよ。怒っているか怯えてるかだ。なにを怖がってるんだい？　誰かがおまえのことを、あの女の子みたいに傷つけようとしてると思ってるのかい？　そんなことをするやつはいないよ、レセホ。おまえの父親は力を持っているからね、誰もおまえに手出しはできないさ。かわいそうに、犠牲になるのはいつも貧しいうちの子だ……だが、ラー・レセホ、おまえも村へ行って、捜すのを手伝ってやらないと。貧しい村の人たちのためにも、おまえみたいな人間が警察を動かしてやらないといけない。いいかい、レセホ、あんたにはなにも起こらないよ、なにもね！」

レセホは部屋を出た。

すると、母親がついてきた。「どうしたの、レセホ？　どうしてパパにそんなに怒ってるの？」

レセホはうそをつかなければと思った。「なんでもないよ、ママ。なんでもない」わたしが邪悪だから、邪悪だと思うんだろうか？　ほかのみんなはなにも変だと思ってないのに。

母親は心から心配そうにレセホのことを見た。「なんでもなくないわ。なにか、気になってることがあるんでしょ。話してごらんなさい」

「ママ、わたし、寄宿学校に行きたい。今学期から。ううん、今週から。そう、明日とか。入れたらすぐに」レセホは一気に言った。この家を出なければ。じゃないと、頭がおかしくなってしまう。

母親はパニックに襲われた。「寄宿学校へ行きたいってどういうこと？　どうして？　なぜ今なの？　これまではずっと、うちにいたいって言ってたじゃない」

レセホはすばやく頭を働かせた。「わたしが寄宿学校へ行きたがってるって、パパに伝えて。お願い。パパなら、手配できるはず。パパには力もコネもある。この地区以外の学校ならどこでもいいから」

母親は、娘の適当な言い分を信じはしなかった。「レセホ、いったいどういうことなのか、話して。パパがなにか、あなたを動揺させるようなことをしたの？」

レセホは必死で涙をこらえた。「ママ、パパに転校したいって伝えて。この地区以外のところへ。お願いだから、なにもきかずに、それだけ伝えて。そうすれば、すべてうまくいくから。じゃないと、なにもかもめちゃくちゃになる」涙があふれ出し、もはや止められなくなった。

母親はレセホを抱きしめようとした。

レセホは母親を押しのけると、背中を向けて、自分の部屋に走っていった。そして、眠りに逃げこんだが、しばらくして、ためらうようなノックの音で目を覚ました。目をあけて、毛布の隙間からそっとのぞく。部屋は真っ暗だった。すると、さっきより少し大きなノックの音がしたが、やっぱりおずおずとためらいがちだった。レセホは無視した。ドアが開き、明かりがついて、ノックの主が入ってきた。

「レセホ、レセホ、話をしないか？」震える声がたずねた。力強いはずの声が、弱々しい。

ベッドの毛布の下からは、なんの返事も聞こえない。

「レセホ、わたしの娘、お願いだから口をきいてくれ」

やはり答えはない。

「レセホ、わたしが日曜の夜帰ってきたとき、まだ起きていたんだね？」たずねる声には恐怖の響きがある。

「月曜の朝よ」ベッドからささやき声が言う。

「放牧場から戻ってきたんだよ。だから、あんなに遅くなってしまったんだ」密かな連帯を結ぼうとしているのだろうか？　それとも、納得させようというのか？

「どうしてそんなこと、わたしに言うの？」毛布をかぶったままで言う。2人とも、相手を深く愛するからこそ、堂々と向き合うことができない。だからこそ、深く恐れている。

「おまえはなにかちがうことを考えているんじゃないかと思ったんだ」父親は言ってみる。「そんなふうに考えないでくれ。お願いだよ、レセホ。パパは放牧場に行っていただけだ」藁にもすがるような訴え。

レセホは、毛布の下から出ずに、言う。「パパ、いいから、寄宿学校を探して。お願いよ。わたしのお願いはそれだけ。できるだけ早くして。明日がいい。パパには、それができるコネがあるでしょ」

「レセホ、おまえにうちを離れてほしくない。行かないでくれ」父親はすがりつく。

ついに毛布のかたまりが広がり、むっくりと起き上がる。レセホは毛布をはねのける。真っ赤に泣きはらした目が、懇願するような目と見つめあう。「パパ、ここにはいられないの。パパは、誰にとってなにがいちばんいいか、わかってるでしょ。わたしはここを離れなきゃならないの」

窓辺にピカピカになった懐中電灯が置いてある。父親と娘はそれを見つめる。そして、同時に目をそらす。
沈黙が訪れる。
父親は娘に近づこうとする。娘に触れようとする。慰め、慰めてもらおうとする。
娘はビクッとして身を引く。「パパ、わたしに触らないで！　一生触らないで！」

第22章

レセホが、父親と、ひいては家族との間に亀裂ができた事件を思い返しているとき、父親のほうも同じことを考えていた。こうしてコートゥラの集会に来れば、長女の愛を失ってしまったことを思い出さずにはいられない。「一生触らないで！　一生！　一生！　一生！」娘の懇願であり命令であるささやきが、頭の中で再生されない日は1日たりともなかった。あの日、娘に言われるままに部屋を出ていったときのことを思い出す。「パパ、わたしに触らないで！　一生触らないで！」涙を流しながらよろよろと部屋を出た。なにをまちがったのだろう？　彼は世界のトップに君臨するはずだった。それまでは、警察は無駄な努力をすることになるだけだと思っていた。彼と共犯者たちは、そうなるよう計画していたのだ。

しかし今、彼の長女がすべてを危険にさらそうとしている。娘が目の届かないところに行くことすら、おそろしい。もし誰かに話してしまったら？　だが、話すとしてもなにを？　父親が夜遅く帰ってきて、次の日ごみを燃やしていたと？　そもそも自分の家族を危険にさらすようなことをするだろうか？　そんなはずはない、とディサンカ氏は思った。娘が昔のように理路整然と物事を考えられるように、呪術医に治療を頼めばいい。寄宿学校に入れるのは、たやすい。その点は、娘の言うとおりだ。彼に恩義を感じている人間などいくらでもいる。ただ、妻のロシナには安心できるようにぜんぶ説明してやらなければならない。

バスルームへ行って体を洗い、顔の傷の手当てをしたのを思い出す。でも、心の傷の手当てはできない。よろめくように寝室へ行って、ロシナの目を見ないようにする。

「レセホと話した？」ロシナがたずねる。

「ああ、話したよ。マー・レセホ」ディサンカ氏は答える。「寄宿学校へ行かせてやったほうがいい。あの子が行きたいというなら、行かせてやろう。嫌になれば、いつだってやめればいいんだから」精一杯なんでもないことのように言う。

「急に転校したいなんて言い出した理由は言いました？」ロシナは静かな口調でたずねた。

「いいや。だが、男が関係しているんじゃないかと思う。わかるだろう？　あの子は16歳だ。付き合う相手のことを運命の相手だと思う年ごろだよ。だが、その相手が別の子を好きになったんだと思う。話から想像するとな」相変わらず妻と目を合わさないまま、彼は言った。

ロシナは眉をひそめた。「そうは思えないわ。あの子が、男の子のせいで学校をやめようとするなんて。それどころか、この地区にもいたくないなんて！　ちがうわ。ほかに理由があるはずよ。男の子がどうこうなんて話は信用できない。あの子がそう言ったの？」ロシナにしてみれば、なにひとつ腑に落ちなかった。長女の態度も、夫の説明も。しかも、夫は泣いていた。

ディサンカ氏は心の中で自分を呪った。もっとましなうそはつけなかったのか？「いや、そうじゃない。ちがうよ。あの子がはっきりそう言ったわけじゃない。あの子の態度から、そうじゃないかと思っただけだ」

ロシナはまだ眉をひそめたままだった。「それは、想像を膨らませすぎじゃない？　別の子を好きになったとか、いったいどうしてそんなふうに思ったの？」ロシナは夫のほうへ行って、肩に手を置いた。

ディサンカ氏はぱっと向きを変え、怒鳴った。「おまえは母親だろう？　娘をちゃんと教育できなかったのを、人のせいにするな！　だまって寝ろ！　これ以上ガタガタ言ったら、一発お見舞いするぞ。いいか、もう決めたんだ。あの子は寄宿学校へやる。明日の朝一番でおれが手配する。わかったら、もう寝かせてくれ。うるさく言われるのはもううんざりだ！」声はいつになく高かった。態度も妙だ。そして目は涙で光っていた。

その週のうちに、家族の行事にも参加しないまま、レセホは寄宿学校へ旅立っていった。家族が悲しみに満ちたまま、見送ろうと大きな家の玄関まで行くと、タクシーが待っていた。父親と母親が車で送ろうと言ったのを、レセホは断り、バス停までタクシーで行って、その後新しい学校まで６００キロの道のりはバスに乗っていった。

その日以来、ディサンカ家は二度と元には戻らなかった。ロシナは、夫がいるとイライラして気難しくなり、娘を追い出したと言って夫を責めつづけた。最初のうちは毎晩のように泣いていたが、そのうち夫を問いただすようになった。「あなたがなにかしたせいよ！」

「いったいなんの話だ、ロシナ？　自分がなにを言ってるか、わかってるのか⁉」

「たくさんいる愛人の誰かが、あの子になにか言ったのかもしれないわね！」ロシナは怒鳴り返した。

「想像でものを言うのはやめないか？」ディサンカ氏はしどろもどろで言った。

妻は食ってかかった。「じゃあ、事実を言ってよ！　知っているくせに！　あなたはなにか隠してる。あなたとレセホは、わたしの知らないことを知ってるのよ！　どうしてあの子があんなふうに出ていったのか、教えてちょうだい！」

そんなふうに堂々巡りを続けても、どこかにたどりつくわけもなく、ただただ悲しみが深まるばかりだった。2人はなんとか仲直りしようと、ハグをして、また前のようにすべてうまくいくと誓い合った。けれども、2人の悲しみは徐々に家族にも広がっていき、もはや心からの笑い声は聞かれなくなったのだった。

第23章

村人たちは続々とコートゥラに集まってきた。車も次々やってくる。レセホはぱっと頭をひっこめた。ゲイプ厚生大臣がこちらを見たのだ。ゲイプ氏が自分のことを知っているとは思わなかったが、油断は禁物だ。要人の数はどんどん増えたが、非・要人の数はそれを上回るペースで伸びていた。

すると、集会場にいた人々の目が一斉に、入ってきた村人たちのほうに向けられた。先頭にいるのは、年老いた男だった。動きはゆっくりと穏やかで、ふんぞり返っているようにも見えるが、ぎくしゃくした動きは左の足をわずかに引きずっているせいだ。

その隣には、40代半ばの女がいる。顔はやつれ、幸せそうな雰囲気をまとわせる黄色い服とひどく不釣り合いだ。紫のショールはずりあがり、肩掛けというよりはネクタイのようになっている。細い腰まわりに、「幸せ」の服が光沢のある白いビニールのベルトで留められていた。

2人のうしろから、若い女が4人歩いてきた。そのうちの1人を見て、要人たちのなかには驚いた顔をした者も少なからずいた。白人だったからだ。首をのばしてじろじろと眺め、互いの耳元に口を寄せてあれこれたずねている。パコ氏が眉をひそめた。ナレディと目が合ったからだ。だが、気づいたのは本人とナレディだけだった。白人の女は写真を撮っている。しかも、ビデオカメラも持っている。若い女のうち2人は、パンパンに膨れた封筒を3つ、持っていた。3人目はクリップボードを持ち、まわりを見回しながら猛烈な勢いでなにか書きこんでいる。

6人は、集まった人々のところまでやってくると、戸惑ったように歩く速度を落とした。年老いた男は要人のいる台のほうを見あげた。みるみる表情が曇っていく。レセホは、男が足を止めたとき左足がピクピクと妙に震えたのに気づいた。あの人が、殺された子どもの父親だろうか？　叔父かもしれない。彼の顔に浮かんだのは恐怖？　それともただ目を細めただけ？　目があまりよくないのかもしれない。台の上に上がろうとしているのだろうか。自分が要人か非・要人か決めかねているのかもしれない。若い女たちもためらっている様子だ。あの人たちは誰？　被害者の母親と左足の震えている男の味方のようだけど。

台の両脇に設けられた準・要人席に座っていた男たちが何人か、ぱっと立ち上がって、6人に席を譲った。あの人たちは要人に近いんだわ。でも、台の上に上がるほどは偉くない。レセホは心の中で考えた。

するとふいに要人の台の上から声が響いてきて、レセホははっとわれに返り、現実に引き戻された。「みなさん、この集会を始めるにあたり、牧師に祈りを捧げていただきたいと思います」

拡声器を通して声が村の先にまで響きわたった。

レセホは祈りの間も目を閉じずに、じっと父親を見つめていた。両手をしっかりと組み、牧師が、導きと真実と無垢な子どもを死に追いやった人間への罰を神に祈っている間、真摯な様子で頭を垂れていた。牧師はその3つを、父と子と聖霊の御名において求めると宣言した。

「アーメン」総勢2000人の人々が声を合わせた。

レセホの父親は厳粛な表情を浮かべていた。見ている人々は、彼が「導きと真実と無垢な子どもを死に追いやった人間への罰」を求めていることを疑いもしないだろう。その3つを、父と子と聖霊の御名において求めていることを信じるだろう。

司会進行役の声が再び拡声器から響いた。要人たち一人ひとりへの感謝の意を、喋々と続けていく。村長たちの名をあげ、次に副村長たち、そして、当然ネオの母親の名を挙げてから、「ご出席の皆々様」へと移る。声の主は、マウンの警察署長だった。警察署長は要人全員に、彼の言葉を借りれば「感謝を捧げ」たことを確認すると、マイクをマディング国家安全保障大臣に渡した。彼のような地位にいる男はえてしてそうだが、マディングも大柄だった。常にたっぷりと食べている証拠だ。目立つほくろが鼻の形を損なっていることをのぞけば、なかなかの風貌と言えた。

マディング大臣は、今回の集会の目的について説明しはじめた。1994年にネオ・カカンが行方不明になった事件に進展があり、それに対処するために招集された。また同時に、もしあれば最近の関連する出来事について、村人が警察に報告する機会を与えるものでもある。マディング大臣が相当慎重に言葉を選んでいるのは、明らかだった。そこまで言うと、大臣はいったん言葉を切った。何人かが手を挙げるか、もしかしたらマイクに殺到してきてもおかしくないと思っている様子だ。しかし、そういったことは起こらなかった。彼が予想していた反応とちがう。怒りにかられた村人たちが発言しようと、我先に押し寄せてくると思っていたのだ。しばらくして、誰も話すつもりはないことがわかると、マディング大臣は人々に意見を求めた。そして、手が挙がったのを見て、安堵したように微笑み、彼に発言を促した。

「ありがとうございます、大臣どの。要人席には、政府の方々しか座っていないようにお見受けしますが、いかがなものでしょう。本来なら、マー・ネオが、つまり、お子さんが残酷にも、みなさんが繰り返しおっしゃっていることによればライオンに殺された女性もそこに座るべきではないでしょうか。わが村の人々も同じ考えだと思って構いませんか？」男はまわりを見回した。

人々は口々にそうだそうだと叫んだ。

男はまわりの反応を見極めた上で続けた。「ありがとうございます。さらに言えば、今回、われわれはお客人を迎えていますが、彼女たちこそわれわれの要人です。彼女たちにもそちらの台に上がっていただきたいと思います。そして最後に、われわれのほうが、みなさまに報告していただきたいと思ってお呼びしたのです。逆ではありません。われわれが話すのは、まずみなさまの話をお聴きしてからです。では、マー・ネオ、ラー・ナソ、アマントル、ブイツメロ、どうぞ台に上がってください」

準・要人席だけでなく、要人席の面々もひそひそとささやきあった。ラー・ナソは台に上がるように言われたとたん、首を横に振った。しかし、アマントルがラー・ナソを上に押し上げた。だが、台の上には、昇格した4人が座れるだけの椅子がない。レセホが見ていると、父親が立ちあがって席を譲ろうとしたが、すぐに引き止められ、引き止めた男はレセホの父親の腕をつかんだその手で、別の4人に台から降りるよう合図した。

マディング国家安全保障大臣は、発言した男への感謝を口にし、続けて自分の意見を述べはじめた。「わたしも、警察の報告については今、発言なさった方と同じ意見だ。ただ、村のみなさんには、こちらに話を聞く気がないなどと思ってほしくなかっただけです。しかし、この方々がどなたか、うかがってもよろしいかな? マー・ネオとラー・ナソのことは聞いています。それに、アマントルという名前は耳にしたことがある。TSPだったね――」彼は言葉をとぎらせ、慎重に言葉を選び、続けた。「彼女と、もう1人の若い女性の役割について、説明していただけるかな?」

たった今、しゃべった男が再び答えた。「大臣どの、ミズ・アマントル・ボカアがその台の上にいるのは、われわれに弁護士を紹介してくれたからです。その弁護士の先生がそちらにいるミズ・ブイツメロ・クカマです。ミズ・クカマの役割は、あなた方の話を聞いて、その情報にどう対処すればいいか、われわれに助言することです。というわけですので、どうぞお続けください」男は今度も、大臣が話をどこから始めればいいか決めるヒントになるようなことはなにも言わなかった。

しかたなく、マディング大臣は話を続けた。「わかった。続けよう。5年前の1994年、女児のネオ・カカンがこの村から姿を消した。村人と警察からなる捜索隊が編成されたが、少女は発見されなかった。少女が儀式のために殺されたと考えている者もいる。わたしもその1人だ。一方、警察は野生動物に殺されたと考えた」

人々にざわめきが広がった。アマントルが手を挙げると、人々はまた静まり返った。

大臣は続けた。「警察の見解が理にかなったものとは言えないことについては、わたしも同意見だ。だが、儀礼殺人犯に対する恐怖で、警察が真実を突き止めるのを恐れることもまた、周知の事実だ。従って、ここではっきりと断言したい。まちがいが起こったのは、つまり、まちがいが起こったことは事実だが、それは恐怖によるもので、意図的な隠蔽ではない。それについてはみなさんにご報告すべきなのはわかっているが、先にひとつ、われわれの懸念を表明したい。看護師たちのことだ。彼女たちはどこにいる？　様子はどうなんだ？　看護師たちのことをたずねなければ、わたしは義務を果たしていないことになってしまう」

すると、明らかに村人たちの代弁者であるさっきの男がコホンと咳払いをして、口を開いた。「われわれがここに集まっているのは、公務員の件で質問に答えるためではありません。なので、話の続きをお願いします」

マディング大臣はマイクから顔を離し、大わらわでささやきあっている側近たちのほうを見た。ゲイプ厚生大臣が、自分の主張を強調するように両手を振り回している。モラポ所長はどうやらマディング大臣に報告を続けるよう合図しているようだ。そこで、彼は再びマイクのほうに向き直り、話を続けた。「報告に戻りましょう。すでに言ったとおり、われわれはまちがいを犯した。まちがいを正すことができるかどうかは、神のみがご存じだ。だが、まず必要なのは――いや、こう言い替えさせていただこう。われわれからのお願いだと。そう、要求ではなく、村のみなさんにお願いしたい。診療所で見つかった服をわれわれに引き渡してほしい。ここにいるミズ・アマントル・ボカアが倉庫で見つけたということはわかっている。長い年月を経ていようと、その服が貴重な証拠品であることは変わらない。第2に、事件の解決に向けて村の協力をお願いしたい。そして、最後に、とても重要なことだが、看護師たちを無事に解放していただきたい。われわれに武力を行使する気はないことを、わかっていただきたい。暴力が関わることは、なんとしてでも避けたいと考えている」マディング大臣はこの3点を提示し終え、ほっとした様子で要人たちの席に戻った。

次に、ブイツメロがマイクを持った。ブイツメロとアマントルは、全員が年上で、男性が圧倒的多数の役人たちの中でひどく場違いに見えた。聞き取りやすく毅然とした声で、ブイツメロは話しはじめた。「わたしのクライアントの代理として、いくつか大臣に質問があります」

村人たちから賛同のさざめきがあがった。「クライアント」という言葉の響きを気に入ったのだ。

ブイツメロはすぐさま最初の2つの質問に移った。「証拠の服が診療所で発見されたことについて、警察はなんと言っているのですか？　診療所に来る前はどこにあったんでしょう？」

マディング大臣は再びマイクを手に取るしかなかった。「ミズ・クカマ、その質問は、この場にそぐわないのではないかね。そうしたことは、後で事務所で話しあうべきことだ」

村人たちから抗議の声があがった。

ブイツメロは脅しにひるまずに言った。「いいえ、ちがいます、大臣。この2つは非常に重要な質問であり、わたしのクライアントが大臣のおっしゃることを信じるかどうかは、その答えにかかっています。お答えいただけますか。さもないと、また数日前の時点から始めることになります」ブイツメロのように若く、資産もない者にとっては、相当勇気のある発言だ。

マディング大臣はどう答えようか考えてから、マイクを手に取った。「話を進めるために、お答えしよう。証拠の服は、ショショという名前の男性によって警察署に持ちこまれた。関連する記録から確信できるのは、それだけだ。そして服は一晩、証拠品用のロッカーにしまわれたが、翌日、行方がわからなくなった。なぜ服がロッカーからこの村の診療所に来る羽目になったのかは、わたしにも本当にわからないのだ。この事件に関わった2人の巡査が、そうしたことを被害者の母親に隠そうとしたことはわかっている。しかし、わたしの省がそれを奨励したわけではないことは、はっきりさせておきたい。もちろん、当時わたしは大臣ではなかったが、それについては政府に連帯責任がある。わたしに責任がないと言っているわけではない。ただ、わたしに言えるのは、なぜか服はロッカーから消え、ここに来たということだけなのだ。これについては、必ず調査を行い、一連の疑問に答えられるようにするつもりだ。今は、きみたちが服を持っているのだから。これで答えになるかな？」

「おそらくは。しかし、だからと言って、わたしのクライアントが納得したわけではありません。ほかにもまだ質問があります。もちろん、クライアントからの質問です。記録を改ざんし、悲しみに暮れる母親にうそをついた巡査たちは、今どこにいるんですか？　彼らの行いを非難するという証として、どういう措置を行ったのでしょう？」

村人たちは拍手喝采した。

この2つの質問は予測していたので、マディング大臣は答えを練習していた。「われわれの誠意をお見せするために、今日は責任者たちを連れてきた。今回の件は、一切暴力抜きで対処するつもりだということを証明するためだ。わたし自身、真実と正義を求めている。正義を果たすにはもう手遅れかもしれんが、真実を突き止めるのは、まだ間に合う。正直に言えば、もっと強硬な手段を取るべきだとわれわれを批判する人々がいるのも事実だ。準憲兵隊を投入し、服と看護師を取り戻すべきだと。だが、わたしはそのような暴力の正当性を信じていない。長い目で見れば、そんなことをしてもなにも解決しないことはわかっている。だから、こう申し上げよう。話しあい、話しあおうと。そうだ、話しあいだ。さあ、セナイ、ボシロ、モルティ、モナーナ、前へ出てきてくれ」

要人席のうしろから4人の男が前へ出てきた。狭い門をくぐらされた家畜の牛のように身を寄せ合っている。誰も先頭に立とうとせず、身を縮めようとした結果、背中を丸め、身の置き場のないようすでぴったりくっつき合っていた。

大臣は戦利品を誇示することができて満足げだった。まんまと生け贄を見つけたのだ。「ここにいる者たちは、事件の初期捜査に関わっていた警察官たちだ。きみたちの要求に応えて、今日、彼らをここに呼び寄せた。彼らが恐怖からああした行動を取ってしまったことを忘れないでほしい。決して故意に殺人犯たちをかばおうとしたのではない。彼らの立場になってみてくれたまえ。実際、ほかになにができた？　だが、きみたちの言うとおりだ。彼らの取った行動は取り調べなければならない。そして、しかるべき罰を下さねばならないだろう」

計画していたとおり、ブイツメロは言った。「彼ら全員から、今回の失態にそれぞれどう関与したのかについて、供述を文書の形でいただきたいと思います。しかし、その件については後で話しましょう。先に、もうひとつ質問をしたいと思います。大臣、成功の見こみはどのくらいだとお考えですか？　今回の殺人事件が解決するという確信は？」

国家安全保障大臣は、いかにも申し訳なさそうに悲痛な表情を浮かべて首を横に振った。「わたしに言えるのは、全力を尽くすということだけだ。きみも弁護士なら、わかるだろう。再び事件を追うには、5年は長すぎる年月だ。しかし、約束できるのは、そう、今日、大勢の人々の前でわれわれが約束するのは、全力を尽くすということだ。まず服から始めよう。破かれた箇所がなんらかの手がかりになるかもしれない。新しく捜査チームを結成し、捜査に当たらせよう。わたし自身が、捜査チームを監督するつもりだ。そして、可能なかぎりきみたちに報告しよう」

レセホは、マー・ネオに向けられた大臣の目の中に悲しみを見た。マー・ネオは弱り、疲れ果て、打ちひしがれていた。横に座っているラー・ナソも同じだ。老いた2人は、同じ重荷に押しつぶされていた。と、レセホはまわりの人々がこちらを振りかえったのを感じ、カメラのレンズが彼女に向けられたのに反応したのだと気づいた。そして、レセホは自分が泣いていることを知った。涙がぽろぽろとほおを流れ落ちていく。そのせいで、弁護士といっしょに来たカメラを持った女性の関心を引いてしまったらしい。頭を引っこめ、群衆に紛れようとする。父親か母親は気づいただろうか。しかし、2人とも深刻そうに大臣の話に耳を傾けていて、気づいたようすはなかった。

すると、ブイツメロがまたマイクを手に取り、休憩を取って、大臣と自分たちだけで話したいと言った。台の上で、みながそれぞれに首を振り、うなずいた。政府の要人たちが相談すると、レセホの父親は力強くうなずいた。誰も母親にはたずねなかったが、母親もうなずいている。そこで、司会の男がしばらく休憩にすると伝え、レセホが見ていると、マディング大臣とブイツメロとアマントル、マー・ネオとラー・ナソ、それからあと2人ほどが診療所のほうへ歩き出した。要人の中からも数名ほどが、その後に続く。残った者は何度かうなずき、台の上に留まった。

カメラを持った白人の女性が、となりの女性になにかささやいている。すると、その女性はレセホが立っているほうに歩いてきた。話す気はなかったので、レセホは群衆の中に紛れこんだ。しばらくして、うまくかわしたと確信すると、人々のいるところから離れた木を見つけて、その下に座った。すると、後ろからパキッとなにかを踏む音がして、振り返ると、さっきささやきあっていた2人のうち、黒人の女性のほうが彼女を見下ろしていた。

女性は声をかけてきた。「すみません、わたしも座っていい？　ナレディっていうの」

「ご自由にどうぞ」レセホはぶっきらぼうに答えた。

ナレディはねじれた木の下に腰を下ろした。「さっきあなたがいるのが目に入って。動揺しているみたいだったから。今もそう見える。それで、どうしても気になって。どうしてこの事件に興味を？　服装からして都会の人だって、わかる。村の人じゃないわよね」

レセホは逃げ場を失ったような気がした。そして、なんとか口を開いた。「事件に興味がないのに動揺しちゃ、おかしい？」

「確かにね。だけど、集まった人たちの中に若い人は多くない。事件にショックを受けて、わざわざ学校や仕事を休んでまで来た人はね。だから、今日、あなたがここに来たということは、なにか特別な理由があるはずだと思って。なにかに関心を持っているんだろうって」

レセホは質問をそのまま返すことにした。「そっちはどうなの？　さっきも、特に紹介はされてなかったわよね。あなたはなにに関心を持ってるわけ？」

ナレディは、泣きはらした目をした若い女をじっと見つめてから、答えた。「わたしが関心を持っているのは、真実と正義。わたしが紹介されなかったのは、あなたと同じで、わたしがここに来ていることを知らせたくない人がいるから。わたしは国家検察官なの」

レセホはぱっとナレディを見あげた。

「ええ、そう。オフィスに戻ったら、十中八九、クビになるでしょうね。でも、わたしは友人が、つまりブイツメロとアマントルが真実の側にいると信じたの。きっと後悔するだろうけどね、来週には家賃の支払いもあるし。でも、もうそのときには手遅れ。というわけで、じゃあ、あなたの関心事は?」

レセホは両手をぎゅっと握って、また開いた。「つまり、あなたは仕事を失うかもしれない。だけど、また別の仕事を手に入れることができる。友だちのブイツメロ・クカマのところで働くこともできるわけよね?」

「まあね」ナレディは認めた。

レセホは、なぜ関心を持ったか、話す気持ちにはなれなかった。「なぜここに来たか、あなたに話したところで、わたしには失うものはなにもない。すでに、すべて失ったから。だから、検察官さん、調査なら別のところへ行って。わたしには話すことはなにもない。だから、ほっておいて。ひとりになりたくてここに来たんだから」そう言うと、レセホは目をそらして、これ以上話す気のないことを態度で示した。

「せめて名前だけでも教えてくれない？」ナレディは去り際に思い切ってたずねた。

答える代わりに、レセホは膝の上に置いていた懐中電灯をつかむと、立ちあがって、歩き去った。

第24章

「どう思う?」ブイツメロは仲間たちにたずねた。「うまく進んでるわよね? 国家安全保障大臣はなんとしてでも暴力を避けたくて、こっちの要求をほとんど飲んだのよ! 最高よ」今日は大変な日だったが、みんな、今日の経緯を確認したかった。

ダニエルが声を張りあげて言った。「パラキ看護師が、別に誘拐されたわけじゃないと言ったのが、大きかったな。もう1人はちょっと説得しなきゃならなかったが。だけど、2人が訴えるって言ったら、大臣も耳を傾けないわけにはいかなかったろう。きみがさんざん謝ったのも効いたよ、アマントル。あんなふうにへりくだれるなんて、知らなかったよ!」ダニエルはからかうような口調だったが、本気で言っていた。コートゥラが休憩に入ったときに、矢も楯もたまらず救急車から診療所に行って、こっそり話を聞いていたのだ。

アマントルは言った。「服を法医学研究所の人間に引き渡すのは、かなり抵抗があったことは事実だけど。唯一の切り札を手放すような気持ち。渡してしまったら、無力感に襲われた。わかるでしょ？　公の場でみんなが見ていて、メディアの前で嘆願書が読みあげられたのに、それでも空っぽになってしまったような感じがした。なぜか向こうが勝ったような気がしちゃったのよ。これだけの年月が経ってしまった以上、大した成果を上げられないのはわかってる。それでも希望を持ち続けることはできるし、もしかしたら、警察も、最初は捜査に失敗したけど、今度は、当時怖じ気づいて記録に残せなかったような証拠が出てくるかもしれない。でも、現実的に見て、成功の見こみはないものね」アマントルは、診療所の奥に置いてある、ひとつしかないベッドにあおむけになった。荷物があちこちに散らばっている。

ブイツメロはリンゴを食べながら言った。「あたしは、大勝だと思ってる。アマントルと村の人たちは、彼らを行動せざるを得ない立場に追いこんだ。集会を開き、主導権を握った。しかも、警官を何人かクビにさせたのよ、責任を取らせたの。それに、まだわからないわよ。現代の技術があれば、手遅れじゃないかもしれない。なにか見つかるかもしれないでしょ。あたしは満足してる」

ナレディが言った。「あの泣いていた女の子のことはどう思う？　事件とどう関係してるのかしら？」

「泣いていた女の子って？」アマントルがたずねた。

ナンシーとナレディはレセホのことを説明した。ナレディが言った。「なにかしら関係してるにちがいないと思う。でも、なにかは想像もつかない。すべてを失ったとかそんなことを言ってた。

あの子を捜さないと。あの子のことを調べたほうがいい。事件についてなにか知ってることはまちがいない」

ブイツメロは話に真剣に加わることにして、リンゴを置いた。「その子、何歳くらいだった？もしかしたらこの村の出身なのかも。じゃなきゃ、殺人が起こったときに、村にいたとか」

ナレディが答えた。「たぶん22くらいじゃないかな。ネオが殺されたときは、16か17ってことよね。だけど、この村の出身にしては、着ているものが高価すぎると思う。もしそうだとしたら、アマントルがなにかしらわかるんじゃない？　この村の人たちとずっと過ごしてたんだから」そう言って、ナレディはアマントルのほうを見た。

「今は、どういうことか、ぜんぜんわからない。後で調べればいいんじゃないかな。その子のこと、ビデオに撮ったんでしょ？　よかった。少なくともひとつは糸口があるってことだから」アマントルは少し興奮した口調で締めくくった。

しばらくみんな、黙っていたが、やがてダニエルがナレディにたずねた。「これで今回の騒動も決着がつきそうなわけだけど、これからどうするんだ？　戻るのか――ええと、なんだっけ、V火山だっけ？」

「思い出させないで！」ナレディは言った。「戻れるとは思えない。V火山の噴火にやられるからってだけじゃなくて、もうああいった管理された仕事には興味が持てない。あのオフィスに座って、訴訟記録に目を通したり、リンキーの話を聞いたりはできそうにない」

「あたしたちのところに来て、いっしょに働けばいいわよ！」ブイツメロが割って入った。「あなたみたいに闘志を燃やしている人材が必要なの。どう？」

「本気？　本当にいいの？　つまり、わたしのことを気の毒に思ってるだけじゃない？」ナレディは見るからに興奮していた。

「本気よ。だけど、ひとつ言っておくことがある。あたしたちと組んでも、金持ちにはなれないわよ。わかってるわよね、あたしの運転してる車を見れば。それに、仕事は忙しいし。だけど、胸が躍るような興奮は味わえる。ほら、今のあたしを見ればわかるでしょ。辺境の地にいて、ライオンが首に息を吹きかけるくらい近くにいるところで夜を過ごしたんだから！　こんな弁護士事務所なんてほかにある⁉　ここにいる友だちと組めば、これからますます興奮に事欠かないことはまちがいない」ブイツメロはナレディとみんなを見た。「この人は、シンプルな人生を送ることなんて、できないのよ。ようこそ、あたしたちの世界へ。お祝いをしなきゃね。ワインはある？」ブイツメロは、数分前にのんびりと座ったばかりなのに、また立ち上がった。

「おれは？」ダニエルが割って入った。「おれは退屈なTSPを続けなきゃならない。もう1頭でもロバを見たら、吐いちまう！　少なくともきみは休暇を取るんだからいいよな、アマントル。無実の看護師たちを誘拐して、救急車を盗んで、政府相手にあれこれ命令を下して。それで、休暇？　フェアじゃないよ！」ダニエルはわざとらしく傷ついた顔をして見せた。

「ちょっと、ダニエル、そんな冗談、言って回らないでよ。まじめな話、わたしは誘拐なんかしてないんだから。その件については、一切ジョークにしないで。いい？」

ナレディはせっせと間に合わせのワイングラスを用意していた。そろそろくつろいでもいいはずだ。「さ、みんな。お祝いにしましょ。ほら、いいからゆっくりしよ！　わたしの新しい就職先も決まったことだし！」まさにそのとき、ナレディの携帯が鳴りはじめた。画面に表示された番号を見て、ナレディは息を呑んだ。パコ氏の番号だったのだ。「大変、V火山よ！　今日、わたしがいるところを見られたような気がしたのよ。見られたんだわ！　なんて言おう？」ナレディはV火山に聞こえるはずもないのに、声を潜めて言った。

「電話を貸して」ダニエルが言った。

ダニエルに上司としゃべらせるのが果たして正解なのか、決める間もなく、ダニエルは電話を奪い取った。「もしもし」ダニエルは神妙さを気取った声で言った。「ミズ・ビナーン？　いいえ、番号をおまちがえじゃないですか……まあまあ、落ちついて！　そんなに怒っちゃ、心臓に悪いですよ……本当に？　そんなカッカすることはありませんよ。心臓っていうのは、繊細な臓器ですからね。電話を切ったほうがいいですよ、噴火する前にね。そんなことになっちゃ、目も当てられないでしょう？　……じゃあ。番号ちがいですがね。もう少し癇癪を抑えたほうがいいんじゃありませんかね？……では。よい一日を！　……おやおや、噴火してしまいましたね！」

会話が終わるころには、部屋にいる面々はみな、どうかなったみたいにクックッと笑っていた。そして、さらなる笑いが起ころうとしたとき、ドアをノックする音がした。アマントルが見に行った。

ドアを開けると、ラー・ナソのやせこけた姿が現われた。「こんばんは、みなさん」

「こんばんは、ラー・ナソ」アマントルはみんなを代表して応えた。「どうぞ、座ってください」

そう言いながら、アマントルは戸惑って彼を見つめた。体の弱っているラー・ナソが来るとは思っていなかったのだ。今日は長い一日だったし、興奮も冷めやらぬまま、とうに家族のもとへ戻っただろうと思っていた。

ラー・ナソは疲れた目をアマントルの友人たちに向けた。「荷物を作ったようだね。明日、ここを発つと聞いたから」

「ええ、明日、ここを出ます。ここにいる友人たちと行くつもりです。でも、発つ前に、ラー・ナソのところへ寄るつもりでした。色々助けてくださったお礼も言いたかったし、マー・ネオや、あと何人か、お目にかからないとならない方もいるので。ですから、明日の午後まではまだここにいます。ちょうど今、ラー・ナソがネオのお母さんを支える力になったんだという話をしていたんですよ」アマントルはコートゥラのときに、モラポ所長に2週間の休暇を願い出たが、近々、もっとハボローネに近いところに異動させてほしいと頼むつもりだ。捜査が再開されるにあたり、その中心にいたいと思ったのだ。聞き入れられるとは思っていないが、やってみるだけやってみるつもりだった。

「お礼を言ってくれる前に、ペンと紙を出してくれないか。1枚じゃ足りない。あと、そのランプには灯油はたっぷり入っているかね？　しばらくここにいることになると思うのでな。話さなきゃならんことがあるんだ。あんたには重い荷を背負わせることになるが――だが、あんたなら、やれるだろう。どうするかは、あんた次第だ。友だちにもいてほしい。わたしの話を聞いてほしいんだ」ラー・ナソはやせ衰えた体を震わせて、咳きこんだ。

アマントルはラー・ナソの結核がうつるかもしれないという心配はしなくなっていた。この数日間、あまりにも張り詰めた日々だったので、もはや結核に感染することくらい大した問題ではないように思えたのだ。ラー・ナソが話の続きを始めるのを待ったが、ラー・ナソが黙っているので、まずランプの灯油の量を見て、ノートとペンを用意した。するとやっと、ラー・ナソはアマントルのほうに向き直った。ダニエルとナレディとブイツメロは部屋の隅に移って、そこで聞くことにした。ナンシーはビデオカメラを手に取って録画を始めた。

ラー・ナソは、話が終わるまで口を挟まずに聞いてほしいと頼んだ。そして、この独白がひとつの長い段落であるかのように言葉を紡ぎはじめた。一度、言葉をとぎらせてしまったら、続ける力が失われてしまうことを恐れているように。最初はささやくような声だったが、次第に力がこもり、声の震えもなくなっていった。「ヤギを5匹くれると言ったんだ、毛のない子羊を見つけたら。まだ罪の穢れのない子どもを。まだ初潮を迎えていない少女がいいと言った。まだ男を知らない少女がいいと。わたしは貧しくて、弱い男だ。そんなことはしたくなかったが、彼は何度も何度も夜にわたしのところに来た。来るたびに、食べ物を持ってきた。わたしは恐ろしくて、食べ物をいらないと言えなかった。彼のような男には、ノーと言えない。彼はわたしに頼みたいと言ったが、頼んでいるのではなかった。命令だった。砂糖を1袋と牛乳とお茶と妻の服を持ってきたこともあった。冬には、毛布を持ってきた。それでも、わたしは断っていた。そして、恐れていた。心から。すると、彼はヤギを持ってきた。クリスマスだったから、殺して、たくさんの肉を手に入れた。そして、それを食べたとき、もう断れないと悟った。帰り際に彼は言った。『あと4匹、連れてくる』と。ヤギのことだ。あと、4匹ヤギを連れてくると言ったんだ。わたしは彼が怖かった。彼は娘のナソをじっと見た。そして出ていった。わたしは怖かった。ナソは眠っていた。炉端に——彼女の寝床に。彼はいつも夜にやってきた。わたしは怖かった、心底怖かった。彼がわたしの娘を見ているのを見て、怖かったんだ。そして、ネオのことを話した。気が付くと、ネオのことを話していた。ネオがふと頭に浮かんできたんだ。ふと思いついただけだった。それまでは、ネオのことは頭になかった。でも、次の瞬間、ネオのことが浮かんできて、彼に話した。ネオには男の兄弟がいないから、ネオが男の代わりにブッシュに行ってヤギやロバを連れてくること。それに、ひとりでいるのが好きなこと。ほかの女の子のようにブッシュを怖がらないこと。どこに行けばネオを見つけられるかも話した。それだけだ。わたしがネオを捕まえたわけじゃない。彼らのためにネオを捕まえたのは、わたしじゃない。彼らはネオを捕まえるのに、わたしのことは必要としていなかった。そして、彼はヤギをもう1匹くれた。

いっぺんに4匹はやれない、と彼は言った。噂になるから、と。でも、彼はわたしをだました。彼らはわたしをだましたんだ。彼らが手を下すとき、いっしょにいたくなかった。彼らはだましたんだ。わたしをだましたんだ。ある夜、うちに来た。そして、こう言った。『出かけよう』わたしはきいた。『なぜ?』わたしは怖かった。向こうは3人だ。前は、彼が1人で来た。今度は3人になっていた。わたしは言った。『妻が眠っている。妻に、どこへ行くのかきかれる』彼らは言った。『来い。男は始めたことは終わらせなければならない。指をさしておいて、また眠るなど、許されない』彼らはそう言った。わたしのことを殺したいのかもしれないと思った。彼らは大人の男が必要になったのかもしれない。小さな少女ではなくて。でも、年寄りの肉など誰も欲しくない。役に立たないから。わたしはわからなかった。彼らは言った。『来い』わたしはついていった。わたしは弱かった。頭の中には空気しかない。考えはない。空っぽだ。わたしは考えることができない。彼らはわたしを車に押しこんだ。最初は、息をする音しか聞こえなかった。それから、押し殺した泣き声が聞こえた。『ムウウウ! ムウウウ! ムウウウ!』わたしは見た。すると、小さな少女がいた。ネオだった。手と足を縛られていた。3人の男が車に乗りこんだ。そして、車は走りだした。彼らがなにかを差し出した。そして、噛めと言った。『恐怖がなくなる』彼らはそう言った。わたしは噛んだ。でも、恐怖はなくならなかった。それどころか、もっと恐怖を運んできた。恐怖は、わたしの頭に、心に、腹に、内臓に、膝にあった。少女が動いて、足がわたしに触れた。わたしは恐れた。少女は熱かった。熱いアイロンが触れたみたいだった。少女に触れてほしくなかった。目を閉じ、強くなれるよう祈った。すると、彼が言った。『黙れ！』別の男が言った。『もっと噛むものをやれ！』でも、わたしは噛めなかった。あごが動かない。唾が出てきて、わたしは泣きはじめた。赤ん坊みたいに。彼は言った。『静かにしろ、男らしくするんだ。さもないと、二度と戻れないぞ。ワニに食わせるぞ』車はワニ池に向かっていた。わたしは黙ろうとした。でも、少女はずっとうめいている。『ムウウウ！　ムウウウ！　ムウウウ！』わたしは両手で自分の口を押さえ、悲鳴をこらえようとした。足を引き寄せ、少女に触れないようにした。長いあいだ走った後で、ようやく川岸で止まった。大きな木の下だった。ワニ池のモークハの木だった。彼らは言った。『降りろ』わたしは降りた。彼らは少女をおろした。それから、言った。『その子に触れ。運べ』わたしは少女に触れたくなかった。彼らは言った。『触れろ。男は始めたことは終えなければならない』わたしは少女に触れた。冷たかった。カエルみたいに。濡れて、べとべとしていた。わたしは怖かった。**どうして冷たくなったんだ？**　声には出さなかった。頭の中で考えていただけで、黙っていた。彼らは少女を地面に横たえた。わたしたちは全員、服を脱いだ。彼らは言った。『この仕事をするには、なにも身に着けていてはならない』少女は足で蹴ろうとしたが、足は縛られていた。目隠しを取った。少女はわたしを見た。暗かったが、わたしが誰だかわかった。そして、助けてと目で訴えた。わたしは目を閉じた。でも、少女の目が向けられているのを感じた。それから、彼らはさるぐつわも外した。ディフェコの力を解き放つには、少女は見て、叫ばなければならないと言った。少女は訴えた。

『お願い、ラー・ナソ。助けてくれないの？　レイプされるのに？　お願い、助けて。誰にも言わないから。ここに置いていってくれれば、自分でうちに帰るから。お願い、助けて。ナソだったかもしれないんだよ、ナソのこと、思い出して』ネオはレイプされるのだと思っていた。それを怖がっていた。わたしは逃げようとしたが、足に根が生えたように動かない。逃げられなかった。彼らはそれを知っていたんだ。わたしを力で支配したから、もう逃げられない、と彼らは言った。それで、わかった。さっき噛めと言った薬は、恐怖を消すためではなくて、わたしを力で支配する薬だったんだ。その後は、すべて彼らといっしょにやった。わたしは力を失っていた。彼らに支配されていた。彼らが腋の下を切るときは、腕を全力で引っ張った。左の胸を切り取るときは、頭を押さえつけた。右の胸は切り取ったかどうか、覚えていない。たぶん切ったのだと思う。切ったはずだ。残しておくはずがない。小さな足を広げて、少女の秘所を切ったときも、わたしはまだ頭を押さえていた。だが、少女は強かった。頭を動かして、わたしを噛んだ。ここだ。もう何年も経つのに、この小指はいまだにまっすぐにならない。夜になると、ひきつって、目を覚ます。肛門は簡単にはいかない。だが、そのときには、わたしは頭がおかしくなっていた。いつの時点で少女が死んだのかは、わからない。彼らは、体を切り取る間は死なずにいてほしがっていた。だから、すばやく作業をした。わたしは切り方はわからなかったから、やれとは言われなかった。『おまえは経験したことがないからな。押さえろと言われたところを、押さえていればいい』中の1人が、前に同じようなことをしたとき、秘所をだいなしにしたから、今回は気を付けると言った。だが、リーダーはその男にはやらせなかった。すべて終わると、ナイフを舐めてキレイにし、わたしにも指を舐めろと言った。わたしは舐めた。彼らの白い歯から血が滴るのを見た。もしかしたら見ていないのかもしれない。夜だったから。想像しただけかもしれない。でも、そうじゃない。わたしはあの歯を見た。彼らがほくそ笑むのを見た。そのときには、もう自分の頭の中にはいなかった。自分の体を出て、彼らと自分を見ていた。少女の小さな体が血まみれになって横たわっていた。体じゃないみたいだった。血だまりみたいだった。わたしたちは川へ入って、血を洗い流した。わたしはワニが怖かったが、彼らは言った。『来い。もうおまえは力を得たんだ、ワニはなにもできない。ワニは友だちだ。残った体はワニにやろう』そして、彼らは死体を川に投げこみ、わたしたちは体を洗った。すると、そのとき……別の車が現われた。大きな車が音もたてずに夜の闇から姿を現わした。そして、ぴたりと止まった。モークハの大木のところに。そして、男が降りてきた。大きな男が。男はこちらに歩いてきて、彼らはわたしに待ってろと言った。そして、男のほうへ歩いていった。肉片は木の器の中に入っていた。4人の男は器をのぞきこんだ。わたしはショックで凍りついて、ただ見ていた。彼らは、やってきた男のために肉片を選んでいた。暗かったから、最初にわたしのところへ来たリーダーの男が懐中電灯をつけた。そして、器に手を伸ばし、肉片を選んだ。今でも、はっきりと見ることができる。渡された肉片をまじまじと見ている男の顔に光が当たっていた。それからずっと、あの顔が消えることはない。今でも、すぐそこに、あの木の下に、立っている男が見える。男が手を挙げる。懐中電灯の光がまっすぐ顔に当たる。それから、わたしたちは村に戻った……。あと、服のことだ。服のせいでひどいことになった。あの服のせいで。自分でも、なぜ服を取ったのかわからない。でも、わたしは服を取った。少女は、切られる前に、服を脱がされていた。なぜか服を取っておかなければと思った。だから、取った。取って、ポケットに詰めこんだ。彼らは気づかなかった。神が、服が問題を起こすことを望まれたのだと思う。それから、頭の中で少女が悲鳴をあげはじめた。昼も、夜も、悲鳴をあげつづけた。少女は悲鳴をあげ、訴えた。わたしは眠れなかった。食べられなかった。少女は悲鳴をあげつづけた。わたしが捜索隊に加わったときも悲鳴をあげた。少女を捜しにワニ池のほうへ行くと、ますます悲鳴は大きくなった。みんなが少女の行方不明について話すと、悲鳴をあげた。妻にも悲鳴が聞こえるんじゃないかと思ったこともある。妻がわたしを起こして、きくからだ。『今のはなに？』と。わたしは服をどうすればいいのか、わからなかった。そしてついに、ブッシュの中に捨てた。そうすれば、少女が悲鳴をあげるのをやめると思った。でも、やめなかった。それでも、少女を静かにさせることはできなかった。男たちはヤギ3匹を支払わなかった。でも、そんなものはいらなかった。彼らはやってきて、もししゃべったら殺すと言った。それでも、よかった。死ねば、少女は静かになる。少女はだんだんと静かになったが、あんたが来て、服の入った箱を見つけたら、また悲鳴をあげはじめた。あんたにこのことを話さなきゃならなかった。あんたは若い女だが、彼らの力を恐れないからだ。あんたには、神の導きがあると信じている。神は、彼らがあんたに手を下すことを許さない。わたしは地獄に落ちる。当然の報いだ。わたしはくたびれた……すべて書いたか？」

アマントルは取りつかれたように、怒りに任せて書きとっていた。目の前にいる男の頭はおかしいのだろうか。それもわからないまま、すべてを書きとった。そして、顔をあげると、老いて衰えた男が、結核でぼろぼろになった体を丸めて座っていた。悲しみを湛えた優しい顔を見て、アマントルはなんと言ったらいいのかわからなかった。男がたった今、彼女の足元に差し出した話に、言葉を失っていた。ショックを受けていた。茫然としていた。部屋にいるみんなの恐怖を感じる。ラー・ナソが話している間、じりじりと彼に引き寄せられ、話が終わったときには4対の恐怖におののいた目が彼に注がれていた。ナンシーはまだ、みなの反応に駆り立てられるようにカメラを回していた。もちろん、ラー・ナソがなにを言っているのかはまったくわかっていなかった。告白はツワナ語だったからだ。

ラー・ナソは最後に付け加えた。「今から、その4人の男の名前を教える。驚くだろう。いや、驚かないかもしれない。ひとりは、実業家のディサンカだ。わたしのところに最初に来たのは彼で、彼がリーダーだ。今日もあの台の上に座っていた。あんたも見ただろう。毎月、彼のトラックがこの村にやってくる。ヤギや農産物を売っている。誰もが、彼のことを立派な男だと思い、敬っている。今日、コートゥラでしゃべったのも聞いただろう。それから、セバーキだ。川のむこうの村で校長をしてる。もちろん、当時は校長ではなかった。前の校長が車の事故で亡くなったのだ。3人目は、ディプクウィ村の村長のボカエだ。自分こそが、ディプクウィの首長になるべきだと思っているし、それに賛成する者も多くいるだろう。つまり、彼が首長になるべきだと考えている者たちが。わたしには、そうだとかちがうとかは言えない。彼も今日、あの台の上にいた。そして、肉片を取りに来た男。彼も今日、集会に出ていた。国家安全保障大臣だ。そうだ、あの安全保障大臣にまちがいない。あの顔を忘れることはない。人生で見たのは2回だけだ。あの夜と今日と。そして、もう一度見ることになるだろう、地獄で」

「ええっ⁉」後で見たビデオには、4人が同時に声をあげた様子が映っていた。黙っていたのは、ナンシーだけだ。録画に集中していたせいだけではなく、ラー・ナソの言葉が理解できなかったからだ。

犯人全員の名前が挙がったところで、聞いていた者たちは自分の命が危険にさらされることに気づいた。しかし、なによりも、自分たちがだまされたことを知ったのだ。国家安全保障大臣のマディング氏のよどみない話しぶりに。

ブイツメロは頭の片隅にひとつ、ひっかかっていることがあった。そして、胸にせりあがる恐怖にためらいながらもたずねることにした。これ以上話を聞く恐怖と、ラー・ナソが一種の興奮からさめ、これ以上聞けなくなる恐怖に。「女の子の服には、あなたの血もついていますか？」ブイツメロの脳は、なんとかこの話を立証しなければならないと告げていた。ネオがラー・ナソに噛みついたのなら、少なくとも服のどれかには彼の血がついているはずだ。心から信じられないまでも、それは現実的な希望だと。

ラー・ナソは言った。「わたしが血を流したことは心配しなくていい。あれはたいしたことはなかったが、ついているだろう。ディサンカの血すら、たいしたことはなかった。彼はブラウスで血を止めようとしていた。あの卑怯者が、小さい子どもに噛まれたというだけで跳ね回って毒づいていた様子は、見ものだったがな。ああ、そうだ、ネオは彼のことも噛んだんだ。手首のあたりだったと思うが、親指だったかもしれない。はっきりとはわからない。ブラウスを包帯代わりに使っていた。それから、そのまま服を置いていったんだ。なぜ自分が服を拾ったのかはわからない。おそらく神が、すべてが明るみに出ることを望まれたのだろう。彼らの力も、わたしが服を持っていくことを止められはしなかった。それに、彼らの力は、ネオがわたしの頭の中で悲鳴をあげるのも止められなかったのだ。そして今も、彼らの力はわたしが話すのを止められなかった」

アマントルは、老人のやさしげな顔を見た。愛情と思いやりにあふれた顔？　それとも、残虐な人殺しの顔？　勇敢な男の顔？　それとも、臆病者の顔？　12歳の少女が生きたまま切り刻まれ、もがき、悲鳴をあげ、泣いて助けてと叫び、血を流しているあいだ、押さえつけていた男の顔なの？　それとも、嘆き悲しむ母親に手を差し伸べ、友として支えた男？　それとも怪物？

あらゆる考えが頭の中を飛びかう。わたしたちの中にはみな、怪物が潜んでいるのだろうか？もしわたしたちが恐怖に身をすくませ、邪悪さから目をそらしたら、誰が無垢な子どもの叫びに耳を貸すのだろう？

翌日、ネオの母親を支え続けたやさしい老人の遺体が、村のすぐ外の木にぶら下がっているのが発見された。ネオの母親と村人たちにそれを伝えるのは、アマントルの役目だった。老人は、胸の喘鳴ではなく、頭の中で爆発しそうになっている無垢な子どもの悲鳴を鎮めるために死を選んだのだ、と。そして、彼らの期待を裏切ってしまったことを伝えるのもまた、アマントルの役目だった。なぜなら、唯一の証拠が、彼らが何日間も守り抜いてきた証拠が、再び敵の手に渡ってしまったのだ。それはアマントルにとって、伝えるのがあまりにもつらいメッセージだった。

著者　ユニティ・ダウ

ボツワナの現外務国際協力大臣。1959年にボツワナの伝統的な村で生まれる。同国女性初の最高裁判事として、弁護士として、女性や子ども、先住民、AIDS患者、LGBT等の人権問題について、先駆的な取り組みをしてきた。また、アメリカ人の男性と結婚し、父親しか子どもに国籍を与えることができなかったボツワナの法律は不当だとして自身も裁判を起こし勝訴。その後、同国では母親も子どもに国籍を与えることができるようになった。

ボツワナ国内にかぎらず、国連ミッションのメンバーや政府のアドバイザーとして、ルワンダ、シエラレオネ、ケニア、イスラエル・パレスチナの人権問題にも関わってきたほか、2009年にはコロンビア大学の客員教授も務めている。2011-2012年のWomen of the World Summitでは「世界を揺るがす150人の女性」の1人に選ばれた。本書を含め5冊の本を執筆。西洋文化と伝統の狭間で揺れる人々、人権や貧困をテーマにしている。

日本語版出版にあたり2019年5月、編集部よりユニティ・ダウ氏に、本書についていくつかの質問をした。以下にその質問と回答を掲載する。

Q. 本書の執筆当時、最高裁判事として人権問題に取り組んでいたあなたが、なぜ実際の経験に基づくノンフィクションではなく、あえてフィクションのサスペンス小説を書いたのでしょうか。

フィクションは、著者の意見が明確に見えないぶん、読者が読みながら自分の考えを紡いでいく余地がありますし、自分とは異なる立場にある登場人物の考えを体感できるものだと思ったからです。サスペンスというエンターテインメントのかたちで、問題について伝えたいという思いもありました。

この本を書くことは、私にとって登場人物をとおして、自分のなかの叫びを表にだすことでもありました。そして、これまで届いた読者の感想は、読者のなかにあった叫びだったとも感じています。

Q.「文化」や「伝統」が、ときに弱い立場にいる人々を支配し、傷つけ、殺す理由となる。その事実に疑問を呈したくて、この本を書いたと伺いました。「文化」や「伝統」というものについて、どう考えていますか？

「文化」というものは、固定されたものではありません。本当の意味で「自分たちの文化を存続させ、繁栄させたい」と願うのであれば（どんな文化圏の人もそう願っていると思いますが）、本書で取り上げたような儀礼殺人のように、人を傷つけ、殺してしまうような文化的慣行に挑んでいかなくてなりません。

しかし、文化的慣行に挑むということは、究極的には「自分たちの文化を存続させ、繁栄させたい」という自分と同じ願いを持つ人々と、対峙することでもあります。

Q.世界で人権問題に取り組まれてきたなかで、今のアフリカや世界における人権問題について、どう考えていますか？

アフリカでもアジアでも、どんな地域の人でも求めるものは、同じだと感じます。尊厳ある生活、暖かい夜、十分な栄養、まともな仕事、そして自由に考え、自分が共にいたいと決めた人々と過ごすこと。

こうした求めを満たすこと、つまり人権を守るということは、個人の自由を促すことでもあります。そして個人の自由を促すというのは、理不尽に、もしくは不公平、不合理に、他人の自由を侵害することなく、自己実現をするということでもあります。

個人の価値観（たとえば、経済活動、信仰、ジェンダーの役割、家族のかたち、国家の役割に関するもの）には、相反していて両立しえないものも多くあります。人権問題に取り組むということは、そういった両立しえない価値観や利益を持った人々が調和して暮らすことができる状態を、絶え間なくあがいたり、バランスをとったりしながら、創造していくことだと思っています。

本文中の「部族」という言葉は、「tribe」の訳語として使用しています。
文化人類学等では使用を避ける傾向にある言葉ですが、可読性をかんが
みて本書では使用しました。

訳者
三辺律子（さんべ・りつこ）

翻訳家。東京生まれ。聖心女子大学英語英文学科卒業。白百合女子大学大学院児童文化学科修士課程修了。訳書に『龍のすむ家』（竹書房）、『サイモン vs 人類平等化計画』（岩波書店）、『エヴリデイ』（小峰書店）、『オリシャ戦記　血と骨の子』（静山社）、『最後のドラゴン』（あすなろ書店）など多数。海外文学を紹介する小冊子 BOOKMARK の編集もしている。

[英治出版からのお知らせ]

本書に関するご意見・ご感想をE-mail（editor@eijipress.co.jp）で受け付けています。また、英治出版ではメールマガジン、ブログ、ツイッターなどで新刊情報やイベント情報を配信しております。ぜひ一度、アクセスしてみてください。

メールマガジン：会員登録はホームページにて
ブログ：www.eijipress.co.jp/blog
ツイッターID：@eijipress
フェイスブック：www.facebook.com/eijipress
Webメディア：eijionline.com

隠された悲鳴

発行日	2019年 8月30日 第1版 第1刷
著者	ユニティ・ダウ
訳者	三辺律子（さんべ・りつこ）
発行人	原田英治
発行	英治出版株式会社
	〒150-0022 東京都渋谷区恵比寿南1-9-12 ピトレスクビル4F
	電話 03-5773-0193 FAX 03-5773-0194
	http://www.eijipress.co.jp/
プロデューサー	安村侑希子
スタッフ	高野達成 藤竹賢一郎 山下智也 鈴木美穂 下田理 田中三枝 平野貴裕 上村悠也 桑江リリー 石崎優木 山本有子 渡邉吏佐子 中西さおり 関紀子 片山実咲
翻訳協力	仲居宏二 松本優美
校正	小林伸子
装丁	緒方修一
印刷・製本	中央精版印刷株式会社

ISBN978-4-86276-289-4 C0097 Printed in Japan

トレバー・ノア　生まれたことが犯罪!?

トレバー・ノア著　齋藤慎子訳

全米で最も熱いコメディアンをつくったのは、アパルトヘイトと偉大な母だった——。人気風刺ニュース番組の司会をつとめる、トレバー・ノア。分断が騒がれるアメリカでユーモアによって新しい風を吹き込む存在として、注目を集めている。アパルトヘイト下の南アフリカで、彼の人生は「黒人の母と白人の父から産まれたこと」という犯罪行為からはじまった。ビル・ゲイツ絶賛、映画化も決定している、涙と笑いの痛快自伝。

定価：本体1,800円＋税　ISBN978-4-86276-257-3

Because I am a Girl

わたしは女の子だから

アーヴィン・ウェルシュ他著　角田光代 訳

「作家たちが（おそらく私と同様の思いで）描き出した、幾人もの女の子たちの声を、私は私たちの言葉で、届けなくてはならなかった。」—— 角田光代

角田光代が訳さずにはいられなかった、世界を代表する7人の作家が描いた 名もなき女の子たちの物語。

定価：本体1、600円＋税　ISBN978-4-86276-118-7

祈りよ力となれ

リーマ・ボウイー自伝

リーマ・ボウイー、キャロル・ミザーズ著　東方雅美訳

彼女たちの声が、破滅に向かう国家を救った——。紛争で荒廃する社会、夫からの激しい暴力、飢える子供たち……泥沼の紛争を終結させるために立ち上がった彼女の声は民族・宗教・政治の壁を超えて国中の女性たちの心を結び、ついには平和を実現する。2011年ノーベル平和賞受賞者の勇気溢れる自伝。

定価：本体2,200円＋税　ISBN978-4-86276-137-8

ハーフ・ザ・スカイ

彼女たちが世界の希望に変わるまで

ニコラス・D・クリストフ、シェリル・ウーダン著 北村陽子訳 藤原志帆子解説

今日も、同じ空の下のどこかで、女性であるがゆえに奪われている命がある。人身売買、名誉殺人、医療不足による妊産婦の死亡など、その実態は想像を絶する。衝撃を受けた記者の二人（著者）は、各国を取材する傍ら、自ら少女たちの救出に乗り出す。そこで目にしたものとは——。

定価：本体1,900円＋税　ISBN978-4-86276-086-9